一笑

古龍自署

古龍武俠小說 領先時代半世紀

【記者賴素鈴／報導】江湖代有才人出，這廂古龍凋零二十載，那廂今朝懸賞百萬獎新秀，浪淘不盡，唯有武俠熱愛，不隨時間變易，在學術研討會上更見分明。以「一代鬼才：古龍與武俠小說」爲主題，淡江大學第九屆文學與美學國際學術研討會昨起在國家圖書館，展開爲期兩天的議程，紀念武俠小說家古龍逝世二十周年，新生代學者與古龍故舊齊聚一堂，以文論劍話武俠。

日前與淡大中文系教授林保淳共同發表《台灣武俠小說發展史》，武俠小說評論家葉洪生昨天在專題演講中，直批胡適1959年底發表「武俠小說下流論」是「胡說」，學界泰斗的不當發言以及隨即展開的「暴雨專案」，反而促成1960年起台灣武俠新秀的繁興，「武俠小說迷人的地方，恰恰在門道之上。」，葉洪生認定，武俠小說審美四原則在文筆、意構、雜學、原創性，他強調：「武俠小說，是一種『上流美』。」

集多年心血完成《台灣武俠小說發展史》，葉洪生認爲他已爲從十歲起迷上武俠小說的半世紀畫上完美句點，並且宣布他「以後決心退出武俠論壇，封劍退隱江湖」。

雖然葉洪生回顧武俠小說名家此起彼落，套太史公名言「固一世之雄也，而今安在哉？」，認爲這是值得深思的嚴肅課題，昨天意外現身研討會而備受矚目的溫世禮，則爲了紀念同是武俠迷的哥哥溫世仁，推出第一屆「溫世仁武俠小說百萬大賞」，即日起至今年10月3日截止收件，經兩階段評選後於明年12月7日公布首獎得主，預料將會是一場武林新秀的龍虎爭霸戰。

看明日誰領風騷？風雲時代出版社發行人陳曉林眼中的古龍，其實領先他的時代半世紀，以致如今雖然古龍逝世20年，陳曉林認爲大家對古龍的了解仍然有限，預言未來世代更能和古龍的後設風格共鳴。

昨天這場研討會，也凸顯武俠小說作爲一項文學研究門類，仍有待開發學習空間。多位與會者都指出，武俠小說的發表、出版方式和管道具考證難度，學術理論與論文格式的建立待加強。而武俠名家的版權之爭、市場競爭力，也增加出版推廣困難，古龍武俠小說的版權糾紛、司馬翎作品的版權官司也成爲研討會的場外話題。

第九屆文學與美
一代鬼
古龍

古龍兄為人慷慨豪邁，跌蕩自如，變化多端，文如其人，且復多奇氣，惜英年早逝。余與古兄當年交好，且喜讀其書，今既不見其人，又無新作可讀，深自嗟惜。

金庸

一九九六．十．十一．香港

蕭十一郎

(上)

附《劍·花·煙雨江南》

古龍精品集46

蕭十一郎(上)

目錄

【導讀推薦】

求新求變話古龍

——論《蕭十一郎》兼及《火併蕭十一郎》之得失

著名武俠評論家
葉洪生

許多談武論俠的朋友都知道，某平生嗜讀古今名著，卻不甚喜歡古龍小說。這或許是因個人的審美經驗及習性使然，總覺得他創作手法太新潮，故事變化太突兀，人物描寫太現代！而他對於若干事物的看法及其處理方式，又多半流於絕對化、簡單化——如人性衝突論、社會價值觀、快刀斬亂麻之武打招式等等，皆過猶不及；進而乃形成推理、敍事上的某種固定模式。特別是古龍喜用敍事詩體或散文詩體分行、分段，其文情跌宕，固美不勝收；但割裂文句，卻多不合文法之則。因而毀譽參半，頗遭時人詬病。

儘管如此，但我們不能不承認：他這位改革傳統武俠小說的急先鋒、「新派」掌門人卓爾不群，獨樹一幟，確有非凡的藝術成就；是當代武俠王國中唯一能跟金庸分庭抗禮的巨擘，是一條破壁飛天、求新求變的神龍！這樣論定，乍看似與上述說法互相矛盾，實則不然。因爲每一位小說家都有屬於他自己的特殊風格，即使你「不喜歡」，亦無礙其生龍活虎、風靡世人的存在事實。況且分段問題亦不難解決，只要出版商肯做，找一能文之士略加調整段落，將其不當割裂的複合句或條件子句予以整合即可。而更重要的論據是：古龍傾力創作的《楚留香》系列等武俠名著，大放異彩，已奠定了他在中國武俠小說發展史上的不朽地位，絕不讓金庸專美於前！

試看他那流暢的文筆、生活化的小說語言；他那飛躍似的思想、高遠的人生意境；他那奇詭的故事情節、變化無方的人物關係；他那講求速度與力道的武打藝術，一心擺脫「過招」窠臼；以及彰顯江湖兒女的友情與愛情，生死不悔，一往無前等，終構成其作品的四大特色，卒能獨步一時。

就個人淺見，古龍小說中《多情劍客無情劍》與《蕭十一郎》統稱雙璧，相互輝映，秋色平分！而後者由劇本「還原」成小說，更是一部糅合新舊思想、反諷社會現實、謳歌至情至性、鼓舞生命意志的超卓傑作，具有永恒的文學價值。因此樂於爲文評介，作一導讀，供傳閱者玩索參考。

在劇本與小說之間

誠如西諺所云：「羅馬不是一天造成的」。而《蕭十一郎》這部武俠奇書亦非僅僅由劇本「還原」成小說這麼簡單。它也有一個披荆斬棘的發展過程。

據古龍在一九七三年春秋版原刊本《蕭十一郎》扉頁所作「寫在《蕭十一郎》之前」一文的說法：寫劇本和寫小說，在基本上的原則是相同的，但在技巧上卻不一樣。小說可以用文字來表達思想，劇本的表達卻只能限於言語、動作和畫面，一定會受到很多限制。通常都是先有小說，然後再改編爲劇本；但《蕭十一郎》卻是一個特例——是先有劇本，在電影開拍後才有小說。

古龍指出：「寫武俠小說最大的通病就是：廢話太多，枝節太多，人物太多，情節太多。……就因爲先有了劇本，所以在寫《蕭十一郎》這部小說的時候，多多少少總難免要受些影響；所以這部小說我相信不會有太多的枝節、太多的廢話。」

其實從一九六四年古龍寫《浣花洗劍錄》的後半部起，他就已開始嘗試以簡潔的語句創作小說。我們只要隨意流覽一下其全盛期走紅的名著如《鐵血傳奇》（一九六七年）、《多情劍客無情劍》（一九六九年）、《流星．蝴蝶．劍》（一九七三年）等寫在《蕭十一郎》之前或同時期的作品，便可發現：這些小說幾乎很少有超過三行的段落；這些小說亦很少廢話；這些小說強調「肢體語言」（動作）和場景，更具有劇本明快的特性，至於其後諸作受此書「敍事詩體」的分段影響，更毋論矣。

關於古龍有志革新武俠小說的看法，最早見之於一九七一年春秋版《歡樂英雄》卷首的「說說武俠小說」一文。重溫他在廿多年前寫的這番「求變」論，對我們理解其同一時期作品《蕭十一郎》的優劣得失，頗多可予印證之處。他說：

> 在很多人心目中，武俠小說非但不是文學，甚至也不能算是小說；正如蚯蚓雖然也會動，卻很少有人將它當作動物。造成這種看法的固然是因為某些人的偏見，但我們自己也不能完全推卸責任。武俠小說有時的確寫得太荒唐無稽、太鮮血淋漓；卻忘了只有「人性」才是每本小

說中都不能缺少的。人性並不僅是憤怒、仇恨、悲哀、恐懼，其中也包括了愛與友情，慷慨與俠義，幽默與同情的。我們為什麼要特別看重其中醜惡的一面呢？……

所以，武俠小說若想提高自己的地位，就得變；若想提高讀者的興趣，也得變！不但應該變，而且是非變不可！怎麼變呢？有人說，應該從「武」變到「俠」，若將這句話說得更明白些，也就是武俠小說中應該多寫些光明，少寫些黑暗；多寫些人性，少寫些血！也有人說，這樣一變，武俠小說就根本變了質，就不是正宗的武俠小說了。有的讀者根本就不願接受、不能接受。這兩種說法也許都不錯，所以我們只有嘗試，不斷的嘗試。我們不敢奢望別人將我們的武俠小說看成文學，至少，總希望別人能將它看成「小說」；也和別的小說有同等的地位，同樣能振奮人心，同樣能激起人心的共鳴。

對照《蕭十一郎》來看，此書寫蕭十一郎與沈璧君的愛情衝突，寫蕭十一郎與風四娘的真摯友情，在在煥發出人性光輝。全篇故事固極盡曲折離奇之能事，但前後照應，環環相扣，皆在「情理之中，意料之外」！絕不「荒唐無稽」，也不「鮮血淋漓」。書中雖有小公子、連城璧這些「反面教員」存在，但黑暗永不能戰勝光明！

最妙的是，一個原係「邪不勝正」的主題卻偏偏是由一個「聲名狼藉」而被眾口鑠金成「大盜」的蕭十一郎來執行，這不是奇絕武林？

《蕭十一郎》的故事人物雙絕

《蕭十一郎》主要是敍述江湖浪子蕭十一郎因特立獨行不苟合於當世，乃爲一大陰謀家逍遙侯設計成爲武林公敵，人人得而誅之。唯有奇女子風四娘與他交厚，亦友亦姊，還雜有一絲男女之情。不意蕭十一郎寂寞半生，卻因仗義救助有夫之婦沈璧君，而與沈女產生了奇妙的愛情。其間幾經周折，沈女始認清其夫連城璧「僞君子」的真面目，而蕭十一郎才是一條鐵錚錚的好漢，值得傾心相愛。然蕭十一郎卻已爲了替沈女報仇並剷除武林公害，決計與萬惡的逍遙侯決一死戰而走上茫茫不歸路……故事沒有結局，餘意不盡，予人以無窮想像的空間。但因其後傳《火併》（原著書名，今本改為《火併蕭十一郎》）在相隔三年才出版，吾人方知蕭十一郎不但沒死，而連城璧更已取代了逍遙侯的地位，成爲「天宗」接班人；然後是一連串的鬥智、鬥力。終場沒見血，卻將「俠義無雙」四字反諷無遺。

初步比較《蕭十一郎》的本傳與後傳可知，本傳是有奇有正，曲盡名實之辨，合情合理；而後傳則奇中逞奇，險中見險，難以自圓其說。故本文只重談《蕭十一郎》本傳的故事與人物。

作者先以風四娘「美人出浴」弄引（出手便奇），輾轉將「聲名狼藉」、「無惡不作」（皆江湖傳言）的「大盜」蕭十一郎引出來，目的是聯手劫奪天下第一利器「割鹿刀」。於焉展開一連串曲折離奇卻又肌理綿密的故事情節。全書文情跌宕起伏，張馳不定。特別是寫小公子（逍遙侯弟子兼姬妾）的連環毒計，層出不窮；寫蕭十一郎重傷後，分別用聲東擊西計、苦肉計、空城計與美人計將來犯高手一一殲滅或驚退；以及寫逍遙侯「玩偶山莊」的玄妙佈置，奇幻人間！均匪夷所思，但卻入情入理，令人叫絕！

本傳人物依出場序來看，計有風四娘、蕭十一郎、獨臂鷹王司空曙、楊開泰、小公子、沈璧君、連城璧等人，個個表現精彩，栩栩如生，值得擇要細論。

先看風四娘。書中說此女江湖人稱「女妖怪」，其實卻是個爽朗明快、敢愛敢恨、如行雲流水般的女中豪傑。她善飲，好說大話，口頭禪是：「放你的屁！」平生眼高於頂，唯一看上的男人就是蕭十一郎。但因芳華蹉跎，已成爲卅三歲的「女光棍」，是故自傷老大，不願向蕭十一郎剖心示愛，也最怕別人說她「老」。表面上，她「從來沒有將自己當作女人」，浪蕩江湖，潑辣任性，似乎快意恩仇，無掛無礙；實則芳心寂寞，強顏歡笑，只有把蕭十一郎當「弟弟」或知交好友看待，慰情聊勝於無！

這位小說裡的「主中之賓」，最精彩的表現不是「美人出浴」時光著屁股發暗器打窺浴者，而是在答應下嫁「鐵君子」楊開泰的迎親途中，忽然從花轎裡「飛」出來和蕭十一郎「打招呼」！其對白聲口之佳，不作第二人想。

小公子也是天下一絕，無名無姓，卻是蓋世魔頭逍遙侯的愛妾；武功既高，心計手段更毒。

一出場她就割下獨臂鷹王的腦袋，以「證明」人確實死了；同時嫁禍到蕭十一郎頭上，並「指鹿爲馬」，誘導左右賣身投靠的武林高手皆欽服其妙計之高。作者曲曲寫來，令人膽戰心寒，目瞪口呆！及其扮闊少爺攔截沈璧君，詭謀層出不窮；對蕭十一郎則「口蜜腹劍」，翻臉如翻書！更是精彩絕倫，歎爲觀止。

這位小說裡的「主中之賓」，堪稱是連城璧的「知己」。她會對左右說：「像連城璧這種人若是爲聲名地位，連自己性命都可以不要，妻子更早就被放到一邊了。」（見第八章）果然看得不差！後來連城璧爲了維護虛名面子，竟在「醉」中閃電出手，將狡毒無比的小公子刺於「袖中劍」下（見第廿五章）。作者此一神來之筆，實有旋乾轉坤之妙。若非如此，沈璧君與風四娘只有眼睜睜任人宰割了。

連城璧在書中是江南第一世家「無垢山莊」主人，才貌雙全，已娶得武林第一美人沈璧君爲妻，理應滿足。但因名心作祟，忙於開展「人脈」，以致冷落嬌妻——不！他對沈璧君毫無真情，娶的只是「武林第一美人」六個字！作者從頭到尾都沒有正面說過連城璧一句壞話，但論其心機之深，用意之惡，則較金庸《笑傲江湖》之寫「君子劍」岳不群實有過之而無不及。

這位小說裡的「主中之賓」，爲了保持名門正派形象，曾多次「借刀殺人」；只有兩回例外：一是殺『穩如泰山』司徒中平，二是殺小公子。皆因其「僞君子」的真面目被人揭穿，非親自下手泄憤不可。當他殺死老狐狸司徒中平的時候，還留下一句耐人咀嚼的話：「沒有人真能『穩如泰山』的，也許只有死人！」（見第十八章）作者此書窮「名實之辨」，對連城璧全用「背面敷粉法」，極爲高明！

至於本書另外幾位「賓中之主」，如寫獨臂鷹王司空曙之出場氣派奇大，其造型、癖性彷彿是還珠《蜀山》中的綠袍老祖；又如寫「鐵君子」楊開泰之老實巴交，情有獨鍾，卻反遭風四娘戲弄；再如寫「見色不亂真君子」厲剛之無人則「亂」，寫「關東大俠」屠嘯天之甘爲虎倀等等，均有可觀。

「患難見真情」的生死愛侶

《蕭十一郎》的「主中之主」，自然是蕭十一郎本人與沈璧君了。作者寫這兩名男女主角，全從「患難見真情」著眼，層層轉進，頗費匠心。而運用虛、實、伏、映對比之妙，亦爲古龍其他作品所罕見，寫情堪稱第一！

書中說，蕭十一郎浪蕩江湖，瀟灑自如，原是「什麼都不在乎」的鐵漢，「永遠是個局外人」（第七章）。他初見沈璧君時，並未愛其美色，完全是急人之難，義所當爲！然而三番兩次的援手，不禁使蕭十一郎對這朵溫室裡的嬌花心生憐惜，遂日久生情。但蕭知沈已是有夫之婦，只能暗戀在心，不能表白。無如沈女涉世未深，一次又一次地對他表示「不信任」；蕭十一郎痛苦之餘，只好借酒澆愁，「覺得自己好像已變了一個人……變得有些婆婆媽媽，彆彆扭扭，變得很可笑」（第十三章）。

嗣後，逍遙侯派小公子等毀滅沈家莊，又栽到蕭十一郎頭上；沈璧君誤信奸人之言，竟不由分說，一刀刺向蕭十一郎。他一動不動，任刀刺入——「這一刀就像是刺進了他的心」（第十四章）！直到沈女發覺事有蹊蹺，在群匪圍殺中替他擋了一刀，他才由「絕望」中恢復生機。

當蕭十一郎爲救沈璧君二進「玩偶山莊」，小公子以沈的下落要脅他磕個頭，他二話不說，立刻就下跪磕頭；當面對武功絕世的逍遙侯時，他明知不敵，也要爲保護沈女而與逍遙侯決一死戰。

——蕭十一郎就是這樣一個爲其所愛而寧捨生命、尊嚴的至性中人。

相對來看沈璧君，作者描寫她那種柔弱無力而掙扎在一虛（連城璧）、一實（蕭十一郎）兩個男人感情之間的心理狀態，更是刻畫入微，曲盡其致。沈初見蕭時，只覺得他「全身都充滿了野獸般的活力」。蕭要給她治腳傷，她卻又羞又怒，因爲「她的腳就連她的丈夫都沒有真正看到過」（第十一章），實已暗透其中消息。

由於蕭十一郎起先並未說明來歷，又一再引起她的誤會，於是在返家途中「她夢見那眼睛大大的年輕人正在對著她哭，又對著她笑；笑得那麼可恨，她恨透了！恨不得一刀刺入他的胸膛。等她一刀刺進去之後，這人竟忽然變成了連城璧！」（第十三章）待誤會冰釋，真相大白，沈璧君想到蕭十一郎對她的種種好處——「只恨不得半空中忽然打下個霹靂，將她打成粉碎」（第十五章）……像這樣細入毫芒般描寫沈璧君潛意識活動的動人筆墨，散見全篇，不一而足。

持平而論，作者一層一層地打開沈璧君的感情之門，讓蕭十一郎一寸一寸地蹭進，又讓連城璧這個「太虛假人」十丈百丈地退出。雖然蕭、沈的生死之態宛如「神龍見首不見尾」，在本傳中沒有結局，但其寫情之深，足可與王度廬媲美而無愧。

值得特別留意的是，在本傳第十五章有一段人、狼對比的奇文，是透過「正、反、合」的辯證法說明「善良的人永遠比惡人多」，爲古龍小說絕無僅有之作。正是：

暮春三月，羊歡草長；天寒地凍，問誰飼狼？

人心憐羊，狼心獨愴；天心難測，世情如霜！

蕭十一郎的身世如謎，莫非是劫後孑遺的狼孩子？

此外，必須指出，本書第十八章寫雷雨之夜眾人在酒店中摸黑打鬥；電光六閃，就產生六種人、時、地的互動變化，堪稱「新派武俠」分段樣板，妙不可言！因爲作者唯有如此處理，方能營造出特殊效果，方能充分表現出文字的力道。故值得高度評價，大書特書！

（按：電光六閃奇文起自「霹靂一聲，暴雨傾盆」，止於「電光再閃，正好映在厲剛臉上」。因受篇幅所限，引文從略。）

【自序】

寫在蕭十一郎之前

古龍

寫劇本和寫小說，在基本上的原則是相同的，但在技巧上卻不一樣，小說可以用文字來表達思想，劇本的表達卻只能限於言語、動作和畫面，一定要受到很多限制。

一個具有相當水準的劇本，也應具有相當的「可讀性」，所以蕭伯納、易卜生、莎士比亞這些名家的劇本，不但是「名劇」也是「名著」。

但在通常的情況下，都是先有「小說」，然後再有「劇本」，由小說而改編的電影很多，由「飄」而有「亂世佳人」，是個最成功的例子，除此之外，還有「簡愛」、「咆哮山莊」、「基度山恩仇記」、「傲慢與偏見」、「愚人船」以及「雲泥」、「鐵手無情」、「窗外」等。

「蕭十一郎」卻是一個很特殊的例子，「蕭十一郎」是先有劇本，在電影開拍之後，才有小說的，但「蕭十一郎」卻又明明是由「小說」而改編成的劇本，因為這故事在我心裡已醞釀了很久，我要寫的本來是「小說」，不是「劇本」。小說和劇本並不完全相同，但意念卻是相同的。

寫武俠小說最大的通病就是：廢話太多，枝節太多，人物太多，情節也太多。在這種情況下，將武俠小說改編成電影劇本，就變成是一種很吃力不討好的事，誰都無法將「絕代雙驕」改編成「一部」電影，誰也無法將「獨臂刀王」寫成「一部」很成功的小說。

就因為先有了劇本，所以在寫「蕭十一郎」這部小說的時候，多多少少總難免要受些影響，所以這本小說我相信不會有太多的枝節，太多的廢話，但因此是否會減少了「武俠小說」的趣味呢？我不敢否定，也不敢預測。

我只願作一個嘗試。

我不敢盼望這嘗試能成功，但無論如何，「成功」總是因「嘗試」而產生的。

一 情人的手

初秋，艷陽天。

陽光透過那層薄薄的窗紙照進來，照在她光滑得如同緞子般的皮膚上，水的溫度恰好比陽光暖一點，她懶洋洋地躺在水裡，將一雙纖秀的腳高高地蹺在盆上，讓腳心去接受陽光的輕撫——輕得就像是情人的手。

她心裡覺得愉快極了。

經過了半個多月的奔馳之後，世上還有什麼比洗個熱水澡更令人愉快的事呢？她整個人都似已溶化在水裡，只是半睜著眼睛，欣賞著自己的一雙腳。

這雙腳爬過山、涉過水，在灼熱得有如熱鍋般的沙漠上走過三天三夜，也曾在嚴冬中橫渡過千里冰封的遼河。

這雙腳踢死過三隻餓狼、一隻山貓、踩死過無數條毒蛇，還曾經將盤據祁連山多年的大盜「滿天雲」一腳踢下萬丈絕崖。

但現在這雙腳看來仍是那麼纖巧、那麼秀氣，連一個疤都找不出來，就算是足跡從未出過閨房的千金小姐，也未必會有這麼完美的一雙腳。

她心裡覺得滿意極了。

爐子上還在燒著水，她又加了些熱水在盆裡；水雖然已夠熱了，但她還要再熱些，她喜歡這種「熱」的刺激。

她喜歡各式各樣的刺激。

她喜歡騎最快的馬，爬最高的山，吃最辣的菜，喝最烈的酒，玩最利的刀，殺最狠的人！

別人常說：「刺激最容易令人衰老。」但這句話在她身上並沒有見效，她的胸還是挺得很，腰還是細得很，小腹還是很平坦，一雙修長的腿還是很堅實，全身上下的皮膚都沒有絲毫皺紋。

她的眼睛還是很明亮，笑起來還是很令人心動，見到她的人，誰也不相信她已是三十三歲的女人。

這三十三年來，風四娘的確從沒有虧待過自己，她懂得在什麼樣的場合中穿什麼樣的衣服，懂得對什麼樣的人說什麼樣的話，懂得吃什麼樣的菜時喝什麼樣的酒，也懂得用什麼樣的招式殺什麼樣的人！

她懂得生活，也懂得享受。

像她這樣的人，世上並不多，有人羨慕她，有人妒忌她，她自己對自己也幾乎完全滿意了——只除了一樣事。

那就是寂寞。

無論什麼樣的刺激也填不滿這份寂寞。

現在，連最後一絲疲勞也消失在水裡了，她這才用一塊雪白的絲巾，洗擦自己的身子。

柔滑的絲巾摩擦到皮膚時，總會令人感覺到一種說不出的愉快，但她卻不知多麼希望這是一隻男人的手。

她所喜歡的男人的手！

無論多麼柔軟的絲巾，也比不上一隻情人的手，世上永遠沒有任何一樣事能代替情人的手！

她癡癡的望著自己光滑、晶瑩、幾乎毫無瑕疵的胴體，心裡忽然升起了一陣說不出的憂鬱……

突然，窗子、門、木板牆壁，同時被撞破了七八個洞，每個洞裡都有個腦袋伸了進來，每張臉上都有雙貪婪的眼睛。

有人在格格的怪笑著，有人已看得眼睛發直，連笑都笑不出了；大多數男人在看到赤裸裸的美女時，都會變得像條狗——餓狗！

窗子上的那個洞位置最好，距離最近，看得最清楚，這人滿臉橫肉，頭上還長著個大肉瘤，看來就像是有兩個頭疊在一起似的，那模樣實在令人作嘔。

其餘的人也並不比這人好看多少，就算是個男人在洗澡時，驟然見到這許多人闖進來，只怕也要被嚇得半死。

但風四娘卻連臉色都沒有變，還是舒舒服服的半躺半坐在盆裡，用那塊絲巾輕輕的洗著自己的手。

她甚至連眼皮都沒有抬起來，只是凝注著自己春蔥般的手指，慢慢的將這隻手洗乾淨了，才淡淡的笑了笑，道：「各位難道從來沒有看過女人洗澡嗎？」

七八個人同時大笑了起來，一個滿臉青春痘的小伙子眼睛瞪得最大，笑得最起勁，搶著大聲笑道：「我不但看過女人洗澡，替女人洗澡更是我的拿手本事，你要不要我替你擦擦背？包你滿意。」

風四娘也笑了，媚笑著道：「我背上正癢得很呢！你既然願意，就快進來吧！」

小伙子的眼睛已瞇成了一條線，大笑著「砰」的闖開了窗子，就想跳進來，但身子剛跳起，已被那長著肉瘤的大漢一把拉住；小伙子臉上的笑容立刻僵住了，鐵青著臉，瞪著那大漢道：「解老二，你已經有好幾個老婆了，何必再跟我搶這趟生意？」

解老二沒等他話說完，反手一巴掌，將他整個人都摑著飛了出去。

風四娘嫣然道：「你擦背若也像打人這麼重，我可受不了。」

解老二瞪著她，目光忽然變得又陰又毒，就像是一條蛇，他的聲音卻比響尾蛇還難聽，一字字道：「你知道這是什麼地方？」

風四娘道：「我若不知道，怎麼會來的？」

她又笑了笑，才接著道：「這裡是亂石山，又叫做強盜山，因爲住在山上的人都是強盜，就連這小客棧的老闆看來雖很老實，其實也是強盜。」

解老二厲聲道：「你既然知道這是什麼地方，居然還敢來？」

風四娘道：「我又不是來惹你們的，只不過想來洗個澡而已，有什麼關係呢？」

解老二獰笑道：「你什麼地方不好洗，偏偏要到這裡來洗？」

風四娘眼波流動，柔聲道：「也許我就喜歡強盜看我洗澡呢，這豈非很刺激？」

解老二突然又反手一掌，拍在窗台上，成塊的木頭竟被他一掌拍得粉碎，顯見鐵砂掌的功夫已練得很不差了。

風四娘卻似乎根本沒瞧見，只是輕輕嘆了口氣，喃喃道：「幸好我沒叫這人來替我擦背，粗手粗腳的……」

解老二怒喝道：「光棍眼裡不揉沙子，你究竟是爲什麼來的？還不老實說出來？」

風四娘又笑了，道：「你倒真沒有猜錯，我千里迢迢趕到這裡來，自然不會只爲了要洗個澡。」

解老二目光閃動，道：「是不是有人派你來刺探這裡的消息？」

風四娘道：「那倒沒有，我只不過想來看個老朋友而已。」

解老二道：「但這裡並沒有你的朋友！」

風四娘笑道：「你怎麼知道沒有，難道我就不能跟強盜交朋友？說不定我也是強盜呢？」

解老二臉色變了變，道：「你的朋友是誰？」

風四娘悠然道：「我也有很久沒見過他了，聽說他這幾年混得很不錯，已當了關中群盜的老大哥，不知你認不認得他？」

解老二臉色又變了變，道：「關中黑道上的朋友有十三幫，每幫都有個老大哥，不知你說的是誰？」

風四娘淡淡道：「他好像已當了你們十三幫強盜的總瓢把子。」

解老二怔住了，怔了半天，突然又大笑起來，指著風四娘笑道：「就憑你這女人，也配跟我們的總瓢把子交朋友？」

風四娘嫣然道：「我爲什麼不能跟他交朋友？你可知道我是誰麼？」

解老二的笑聲停住了，眼睛在風四娘身上打了幾個轉，冷冷地道：「你是誰？你難道還會是風四娘那個女妖怪不成？」

風四娘沒有回答這句話，卻反問道：「你是不是『兩頭蛇』解不得？」

解老二臉上露出得意之色，獰笑道：「不錯，無論誰見到我這兩頭蛇都得死，誰也解不得！」

風四娘道：「你既然是兩頭蛇，我就只好是風四娘了。」

兩頭蛇的頭像是突然裂開了，裂成了四五個。

坐在洗澡盆裡的，這赤條條的女人就是名滿天下的風四娘？就是人人見著都頭疼的女妖怪？

他簡直不能相信，卻又不敢不信。

他的腳已開始往後退，別人自然退得更快。

突聽到風四娘一聲輕叱，道：「站住！」

等別人真的全都站住了，她臉上才又露出一絲微笑，笑得仍然是那麼溫柔，那麼迷人。

她柔聲地笑道：「你們偷看了女人洗澡，難道就想這樣隨隨便便的走了嗎？」

兩頭蛇道：「你……你想怎樣？」

他聲音雖已有些發抖，但眼睛還是瞪得很大，看到風四娘赤裸裸的胸膛時，他的膽子突又壯了，冷笑道：「你難道還想讓我們看得更清楚些不成？」

風四娘笑道：「哦——原來你是欺負我沒有穿衣服，不敢跳起來追你們？」

兩頭蛇怪笑道：「不錯，除非你洗澡時也帶著傢伙，坐在洗澡盆裡也能殺人。」

風四娘嘆了口氣，抬起了手道：「你們看，我這隻手像是殺人的手嗎？」

這雙手十指纖纖，柔若無骨，就像是蘭花。

兩頭蛇道：「不像。」

風四娘道：「我看也不像，奇怪的是，有時它偏偏會殺人！」

她兩隻手輕輕一拂，指縫間突然飛出了十餘道銀光。

接著，就是一連串的慘呼，每個人的眼睛都插上了一根銀針，誰也沒看到這些銀針是從哪裡飛出來的，誰也沒有躲開。

風四娘又嘆了口氣，喃喃道：「偷看女人洗澡，會長『針眼』的。這句話你們難道沒聽見過？」

七八個人都用手蒙著眼睛，疼得滿地打滾。

七八個人的慘呼聲加在一起，居然還沒有讓風四娘掩上耳朵，因爲她還是在看著自己的這雙手。

看了很久，她才閉上眼睛，嘆息著道：「好好的一雙手，不用來繡花，卻用來殺人，真是可惜得很……」

突然間，慘呼一齊停止了，簡直就像是在同一刹那間停止的。

風四娘皺了皺眉，輕喚道：「花平？」

外面沒有聲音，只有風吹著木葉，簌簌的響。

過了很久，才聽得「擦」的一聲，是刀入鞘的聲音。

風四娘嘴角慢慢的泛起一絲微笑，道：「我就知道是你來了！除了你之外，還有誰能在一瞬間就殺死七個人！還有誰能使這麼快的刀！」

外面還是沒有人回答。

風四娘道：「我知道你殺他們，是爲了要讓他們少受痛苦，卻不知你的心幾時也變得如此軟了。」

過了半晌，外面才有一人緩緩道：「是風四娘？」

風四娘笑道：「難得你還聽得出我的聲音，還沒有忘了我。」

花平道：「除了風四娘外，世上還有誰在洗澡時也帶著暗青子！」

風四娘吃吃笑道：「原來你也在偷看我洗澡，否則你怎會知道我在洗澡的？」

花平像是沒有聽到她的話。

風四娘道：「你要看，爲什麼不大大方方的進來看呢？」

花平似乎長長嘆了口氣，道：「你出關六七年，大家都覺得很太平，你爲什麼又回來了呢？」

風四娘笑道：「因爲我想你。」

花平的嘴又閉上了。

風四娘道：「你不相信我想你？我若不想你，爲什麼來找你？」

花平又在嘆氣。

風四娘道：「你爲什麼要嘆氣？你以爲我來找你一定沒有好事？一個人發達了，連老朋友的面都不想見了麼？」

花平道：「你穿上衣裳，我等會見你。」

風四娘道：「我已經穿上衣服了，你進來吧。」

花平的人終於在門口出現了，他的臉本來就很白，看到風四娘還是赤裸著坐在澡盆裡，他的臉就像是突然又白了一倍。

風四娘格格笑道：「有人存心想來偷看我洗澡，我就要殺了他，你存心不想看，我倒反而偏要讓你瞧瞧。」

花平其實很矮，但任何人都不會認爲他是矮子，因爲他看來全身都充滿了一股勁，一股懾人之力！

他穿著件很長的黑披風，卻露出了刀柄上的紅刀衣。

花平能爲關中群盜之首，就因爲這把刀！

風四娘道：「聽說你前幾年殺了『太原一劍』高飛，是嗎？」

花平道：「嗯。」

風四娘道：「聽說『太行雙刀』丁家兄弟也是敗在你刀下的，是嗎？」

花平道：「嗯。」

他非但不敢看風四娘，甚至不願多說一個字。

風四娘笑道：「高飛和丁家兄弟都是武林中一等一的高手，你居然能將他們殺了，可見你的刀法已愈來愈快了。」

花平這次連一個字都不說了。

風四娘道：「我這次入關，就爲的是要看看你的快刀！」

花平的面色驟然變了，嗄聲道：「你真的要看？」

風四娘嫣然道：「你也用不著緊張，我不是來找你比劃的，因爲我既不願死在你的刀下，也捨不得殺你。」

花平的臉色過了很久才復原，冷冷的道：「那你就不必看了。」

風四娘道：「爲什麼？」

花平道：「因爲我的刀只是用來殺人的，不是給人看的！」

風四娘眼波流動，帶著笑道：「我若偏偏要看呢？」

花平沉默了很久，突然道：「好，你就看吧！」

花平話雖說得很慢，但一共才不過說了五個字，無論誰說五個字，都用不了很久，可是等他這五個字說完，他的刀已出鞘，又入鞘，刀光一閃間，擺在門口的一張木板凳已被劈成兩半了。

花平的快刀果然驚人。

風四娘卻又吃吃的笑了起來，搖著頭笑道：「我想看的是你殺人的刀法，不是劈柴的刀法，在老朋友面前，你又何苦還要藏私呢？」

花平道：「藏私？」

風四娘道：「你的刀法雖然是左右開弓，出手雙飛，但江湖中誰不知道你用的是左手刀？你的左手至少比右手快一倍。」

花平臉色又變了變，沉默了很久才沉聲道：「你一定要看我的左手刀？」

風四娘道：「看定了。」

花平苦苦嘆了口氣，道：「好，你看吧！」

突然用力扯下了身上的披風！

風四娘正在笑，笑音突然僵住，再也笑不出。

以「左手神刀」名動江湖，號稱中原第一快刀的花平，他一條左臂竟已被人齊肩砍斷了！

過了很久，風四娘長長吐出了口氣，驚駭道：「這……這難道是被人砍斷的？」

花平道：「嗯。」

風四娘道：「對方用的是劍？還是斧？」

花平道：「是刀！」

風四娘動容道：「刀？還有誰的刀比你更快？」

花平閉上眼道：「只有一個人！」

他的神色雖然淒涼，但並沒有悲憤不平之意，顯然對這人的刀法已口服心服，覺得自己傷在這人的刀下並不冤枉似的。

風四娘忍不住問：「這人是誰？」

花平目光遙注著遠方，一字字道：「蕭十一郎！」

蕭十一郎！

這四個字說出來，風四娘面上立刻就起了一種極奇異的變化，也分不出究竟是憤怒？是歡喜？還是悲傷？

花平喃喃道：「蕭十一郎，蕭十一郎……你總該認得他的。」

風四娘慢慢的點了點頭，道：「不錯，我認得他……我當然認得他！」

花平的目光自遠方收回，凝注著她的眼睛，道：「你想不想找他？」

風四娘的眼睛突然瞪了起來，大聲說道：「誰說我要找他？我爲什麼要找他？」

花平嘆了口氣，道：「你遲早總是要找他的。」

風四娘怒道：「放你的屁。」

花平道：「其實用不著騙我，我早知道你這次入關是爲了要做一件事。」

風四娘瞪眼道：「誰說的？」

花平道：「我雖不知道你要做的是什麼事，但卻知道那必定是一件大事，你生怕自己一個人的力量不夠，想找個幫手。」

他很淒涼的笑了，接道：「所以你才會來找我，只可惜你找錯人了。」

風四娘冷笑道：「就算你猜的不錯，我還是可以去找別人，爲什麼一定要找蕭十一郎？武林中的高手難道都死光了嗎？」

花平道：「但除了他之外，還有誰能幫你的忙？」

風四娘赤裸裸的就從盆裡跳了起來，大聲道：「誰說沒有，我現在就去找個人給你瞧瞧。」

花平的眼睛立刻又閉上了，緩緩道：「你想去找誰？莫非是飛大夫？」

風四娘道：「不錯，我正是找他！」

她眼睛發著光，道：「飛大夫有哪點比不上蕭十一郎？他不但輕功高絕，指上的那份功夫，十個蕭十一郎加起來只怕也比不上。」

江湖傳言，據說「飛大夫」公孫鈴只用一根手指的力量，就可以力挽奔馬，那手「燕子三抄水」的獨到輕功，更可說是冠絕天下，再加上醫道高絕，著手回春，武林中有很多人都尊之爲「公孫三絕」！

公孫三絕住的地方也絕得很，他住的屋子是個用石塊砌成的墳墓，睡的床就是口棺材。

他覺得這樣子最方便，死活都不必再換地方。

他家裡也沒有別的，只有個應門的童子，長得也是怪模怪樣的。風四娘問他：「公孫先生在不在？」又問他：「公孫先生哪裡去了？」再問他：「公孫先生今天回不回來？什麼時候回來？」

風四娘問了五六句，這孩子一共才說了一句話。

這句話一共才兩個字：「不在。」

風四娘氣得真恨不得給他兩巴掌。

其實她也知道飛大夫出門只有一件事：替人看病。

飛大夫的脾氣雖然怪，但心腸卻不壞。

她也知道飛大夫晚上絕不會睡在別的地方，一定要睡在棺材裡，那麼就算這一覺睡著就不再醒，也不必費事再搬地方了。

風四娘本可坐著等他回來的，但要一個活生生的人坐在墳墓裡，坐在棺材上，那滋味總不好受。

她寧可坐在路口等。

暮色沉沉，秋風中已有寒意。

風四娘在路旁的山崖上，找了個最舒服的地方躺下來，望著黯淡的穹蒼，等著第一顆星升起。

很少有人看到第一顆星是如何升起來的。

風四娘就是這樣的人，無論在什麼情況下，她都能找到件有趣的事來做，她絕不浪費她的生命。

唉，世上又有幾個人懂得這種生活的情趣？

夜已深了，星已升起。

暮色中終於傳來了一陣沉重的腳步聲，兩個人抬著頂軟兜小轎沿著山路碎步跑過來，上邊坐著個大布青袍的枯瘦老人。

老人的神情很蕭索，很疲倦，正閉著眼在養神。

抬轎子的兩個人更似累極了，牛一般的喘著氣，走到山坡前，前面的轎伕就扭轉頭，道：

「前面好長的一段山路，咱們在這裡歇歇腳再往上爬吧。」

後面的轎伕道：

「這兩天我精神不繼，上山時咱們換個邊吧。」上山時在後面的人自然要吃力得多。

前面的轎伕笑罵道：

「好小子，又想偷懶，莫非昨晚上又去報效了小甜瓜兩次，我看你遲早總有一天死在她肚子上。」

兩個人說說笑笑，腳步已放緩了下來，那老人也不知是真的睡著了，還是假裝沒有聽到，連眼睛都沒有睜開。

到了山坡前，轎伕就停住了腳，慢慢的放下轎子。

突然間，兩人同時自轎槓中各抽出了兩柄又細又長的劍，兩柄劍刺向老人的前心，兩柄劍刺向老人的後背！

二 飛大夫的腳

這老人正是飛大夫。

兩個轎伕竟是深藏不露的武林高手，出手之快，如電光石火，四柄劍一上一下，一前一後，剎那間已將飛大夫所有的退路全都封死，無論怎樣閃避，身上都難免被刺上兩個洞。

風四娘雖然是老江湖了，卻也未料到有此一著，再想趕去阻攔也來不及了，只道這次飛大夫只怕就要變成死郎中。

誰知就在這剎那之間，飛大夫的身子突然一偏，兩柄劍已貼著他身子擦過，另兩柄劍堪堪已刺入他衣服，卻又被他以兩根手指夾住；這兩根手指就像是鐵鑄的，兩個「轎伕」用盡全力也扳不動。

只聽「格」的一聲，兩柄劍竟被他手指生生拗斷。

轎伕大驚之下，凌空一個翻身，倒掠兩丈。

飛大夫連眼都沒有張開，雙手輕輕一揮，手裡的兩截斷劍已化做了兩道青光飛虹。

然後就是兩聲慘呼！

鮮血箭一般射了出來，轎伕人雖已死了，但去勢未遏，身子還在往前衝，鮮血在地上畫出兩行血花。

慘呼之聲一停，天地間立刻變得死一般靜寂。

只聽一陣清脆的掌聲疏疏落落的響了起來。

飛大夫厲聲道：「誰？」

他眼睛一張開，目光如閃電，閃電般向風四娘藏身的山崖上射了過去，就瞧見了風四娘動人的笑臉。

飛大夫皺了皺眉，道：「原來是你！」

風四娘嫣然道：「一別多年，想不到公孫先生風采依然如昔，武功卻更精進了。」

飛大夫眉頭皺得更緊，道：「四娘對老朽如此客氣，莫非是有求而來？」

風四娘嘆了口氣，喃喃道：「我若對人客氣，人家就說我是有求而來的，我若對人不客氣，人家就說我無禮，唉，這年頭做人可真不容易。」

飛大夫靜靜的聽著，臉上一點表情也沒有。

風四娘道：「其實我只不過是經過此地，忽然想到來看看你，無論如何，我們總算是老朋友了，是不是？」

飛大夫還是靜靜的聽著，毫無反應。

風四娘一掠而下，拍了拍衣裳，道：「你看，我既沒有生氣，也沒有受傷，爲何要來求你？」

飛大夫道：「現在你已看過了我麼？」

風四娘道：「看過了。」

飛大夫道：「很好，再見。」

風四娘眨了眨眼，忽然銀鈴般嬌笑起來，道：「果然是條老狐狸，誰也騙不了你。」

飛大夫這才笑了笑，道：「遇著你這女妖怪，我也只好做做老狐狸。」

風四娘眼珠子轉了轉，指著地上的屍體，道：「你可知道這兩人是誰？爲何要殺你？」

飛大夫淡淡道：「老夫一生縱橫天下，殺人無算，別人要來殺我，也是天經地義的事，我又何苦要去追問他們的來歷。」

風四娘也笑了，道：「我早就知道你不怕死，但你若被一些後生小子不明不白的殺了，豈非冤枉得很，你難道不怕一世英名掃地？」

飛大夫目光閃動，盯著風四娘，良久良久，才沉聲道：「你究竟想要我怎樣？」

風四娘背負著手，悠然道：「你若肯幫我一個忙，我就幫你將仇家打聽出來，你總該知道打聽消息是我的拿手本事。」

飛大夫嘆了口氣，苦笑道：「我早就知道你找我絕不會有什麼好事。」

風四娘正色道：「但這次卻是件好事。」

她在飛大夫的轎前蹲了下來，接著道：「不但是好事，而且還是件大事，事成之後，你我都有好處。」

飛大夫沉默了半晌，面上忽然露出一絲慘淡的微笑，緩緩道：「我本來也很願意助你一臂之力，只可惜你來遲了一步。」

風四娘皺眉道：「來遲了一步？爲什麼？」

飛大夫沒有回答，卻將置在他腿上的一條毛氈掀了起來，風四娘就像是突然被冷水淋頭，整個人都僵住。

飛大夫的一雙腿竟已被人齊膝砍斷了！

飛大夫輕功高絕，「燕子三抄水」施展開來，當真可以手擒飛鳥，但現在他的一雙腿卻被人砍斷了。

風四娘簡直比看到花平的斷臂還要吃驚，嗄聲道：「這是怎麼回事？」

飛大夫黯然一笑，道：「自然是被人砍斷的。」

風四娘道：「是誰下的毒手？」

飛大夫一字字的道：「蕭十一郎！」

蕭十一郎！又是蕭十一郎。

風四娘的呼吸都似已停頓，過了很久，突然跳了起來，跺腳道：「我不想找他，你們為何偏偏要我去找他？」

飛大夫道：「你本該去找他的，只要有他相助，何愁大事不成？」

風四娘道：「你呢？你不想找他復仇？」

飛大夫搖了搖頭，道：「他雖然傷了我，我卻並不怨他。」

風四娘道：「為什麼？」

飛大夫闔起眼睛，再也不說話了。

風四娘沉默了很久，才長長嘆息了一聲，道：「好，你既不肯說，我就送你回去吧。」

飛大夫道：「不必。」

風四娘道：「誰說不必，你這樣子怎麼能上得了山？」

飛大夫道：「男女授受不親，不敢勞動大駕，四娘你請便吧。」

風四娘瞪眼道：「什麼男女授受不親，我從來也沒有將自己當做女人，從來也不管這一套。」

她也不管飛大夫答不答應，就將他抱了起來。

飛大夫只有苦笑。

遇著這樣的女人，他也沒法子了。

夜色淒迷，那石墓看來更有些鬼氣森森的，詭秘可怖，墓中雖有燈光透出，看來卻宛如鬼火。

風四娘道：「我真不懂你爲什麼一定要住在這種地方，你真不怕鬼嗎？」

飛大夫道：「與鬼爲鄰，有時比和人結伴還太平些。」

風四娘冷冷道：「不錯，鬼至少不會砍斷你的兩條腿。」

墓室中雖然有燈，但卻沒有人，那陰陽怪氣的應門童子也不知走到哪裡去了，最怪的是，那口棺材也不見了。

這種地方難道也會有小偷來光顧？

風四娘忍不住笑了起來，道：「這小偷倒也妙得很，什麼不好偷，卻來偷棺材，就算他家裡死了人，也不必到這裡來……」

她沒有說完這句話，因爲她突然發現飛大夫的身子在發抖，再看他的臉，竟已沁出了冷汗。

風四娘立刻覺得事情有些不對了，皺眉問道：「你那口棺材裡莫非有什麼秘密？」

飛大夫點了點頭。

風四娘道：「你絕不會是守財奴，自然不會把錢藏在棺材裡，那麼……」

她眼睛突然亮了，道：「我知道了，你認爲世上絕不會有人來偷你的棺材，所以就將你的醫術和武功心法全都刻在棺材上，將來好陪你的葬。」

飛大夫又點了點頭，他似乎什麼話都說不出了。

風四娘嘆了口氣，道：「我真不明白，你們這些人爲什麼要這樣自私，爲什麼不肯把自己學來的東西傳授給別人……」

話未說完，突然一陣喘息聲響了起來，那陰陽怪氣的應門童子已回來了，正站在門口。

可是他全身上下都已被鮮血染紅，右臂也已被砍斷，兩眼發直，瞪著飛大夫，以嘶啞的聲音說出了四個字。

他一字字道：「蕭十一郎！」

說完了這句話，他人已倒下，左手裡還緊緊抓住一隻靴子，他抓得那麼緊，竟連死也不肯放鬆。

蕭十一郎，又是蕭十一郎。

風四娘跺了跺腳，恨恨道：「想不到他……他竟變成了這麼樣一個人，我從來也想不到他會做出這樣的事來。」

飛大夫道：「這絕不是他做的事。」

風四娘目光落在那隻靴子上。

靴子是用硝過的小牛皮製成的，手工很精細，還鑲著珠花，非但規矩人絕不會穿這種靴子，江湖豪傑穿這種靴子的也不多。

風四娘長長吐出口氣，道：「他本來的確不穿這種靴子的，但鬼知道他現在已變成什麼樣子了。」

飛大夫道：「蕭十一郎永遠不會變的。」

風四娘雖然板著臉，目中卻忍不住有了笑意，道：「這倒真是怪事，他砍斷了你的兩條腿，你反而幫他說好話。」

飛大夫道：「他堂堂正正的來找我，堂堂正正的傷了我，我知道他是個堂堂正正的人，絕不做鬼鬼崇崇的事。」

風四娘輕輕嘆了口氣，道：「這麼樣說來，你好像比我還了解他了。可是，這孩子臨死前爲什麼要說出他的名字來呢？」

飛大夫目光閃動，道：「這孩子不認得蕭十一郎，但你卻認得他的，你若追著那兇手，就可查出他是誰了。」

風四娘失笑道：「說來說去，原來你是想要我去替你追賊。」

飛大夫黯然垂下頭，望著自己的腿。

風四娘眼中露出同情之色，道：「好，我就替你去追，但追不追得上，我就不敢說了，你總該知道我的輕功並不太高明。」

飛大夫道：「那人揹著口棺材，必定走不快的，否則這孩子就不至於死了。」

這孩子想必已追上了那人，而且還抱住了他的腿。

風四娘咬著嘴唇，喃喃道：「他爲何要冒十一郎的名？爲何要殺這孩子？否則就算偷了八百口棺材，我也絕不會去追他的。」

冷月，荒山，風很急。

風四娘是一向不願迎著急風施展輕功，因爲她怕風吹在臉上，會吹皺了她臉上的皮膚。現在她卻在迎風飛掠，這倒不是因爲她想快些追上兇手，而是想藉這撲面的冷風吹散她心上的人影。

她第一次見到蕭十一郎的時候，他還是個大孩子，正精光赤著上身，想迎著勢如雷霆的急流，衝上龍湫瀑布。

他試了一次又一次，有一次他幾乎已成功，卻又被瀑布打了下來，撞在石頭上，撞得頭破血流。

他連傷口都沒有包紮，咬著牙又往上衝，這一次他終於爬上了巔峰，站在峰頭拍手大笑。

從那一次起，風四娘的心頭就有了蕭十一郎的影子。

無論多麼急的風，也吹不散這影子。

風四娘咬著嘴唇，咬得很疼；她從不願想他，但人類的悲哀就是每個人都會常常想到自己最不願想到的事。

地上有個人的影子，正在隨風搖蕩。

風四娘滿腹心事，根本什麼也沒瞧見，她垂首急行，忽然間看到了一張臉，這張臉頭朝下，顎朝上，一雙滿佈血絲的眼睛幾乎已凸了出來，正瞬也不瞬的瞪著風四娘，那模樣真是說不出的可怕。

無論膽子多麼大的人，驟然見到這張臉，也難免要嚇一跳；風四娘大駭之下，退後三步，抬起頭。

只見這人被倒吊在樹上，也不知是死是活。

風四娘剛想用手探探他的鼻息，這人的眼珠子已轉動起來，喉嚨裡「格格」的直響，像是想說話。

風四娘道：「你是不是中了別人的暗算？」

那人想點頭也沒法子，只有眨了眨眼睛，嗄聲道：「是強盜……強盜……」

風四娘道：「你遇著了強盜？」

那人又眨眨眼睛。

他年紀並不大，臉上長滿了青滲滲的鬍碴子，身上穿的衣服雖很華麗，但看起來還是滿臉兇像。

風四娘笑道：「我看你自己倒有些像強盜，我若救了你，說不定反被你搶上一票。」

那人目中露出了兇光，卻還是陪著笑道：「只要姑娘肯出手相救，我必有重謝。」

風四娘道：「你既已被強盜搶了，還能用什麼來謝我？」

那人說不出話了，頭上直冒冷汗。

風四娘笑了笑，道：「我怎麼看你這人都不像好東西，但我卻也不能見死不救。」

那人大喜道：「謝謝……謝謝……」

風四娘笑道：「我也不要你謝我，只要我救了你之後，你莫要在我身上打歪主意就好了。」

那人還是不停的謝謝，但一雙眼睛已盯在風四娘高聳的胸膛上。風四娘倒也並不太生氣，因為她知道男人大多數都是這種輕骨頭。

她掠上樹，正想解開繩索，忽然發現這人被繩索套住的一隻腳只穿著布襪，沒有穿鞋子，上面還染著斑斑血漬。

再看他另一隻腳，卻穿著隻皮靴。

小牛皮的靴子上，鑲著很精緻的珠花！

風四娘呆住了。

只聽那人道：「姑娘既已答應相救，為什麼還不動手？」

風四娘眼珠一轉，道：「我想來想去，還是覺得有些不妥。」

那人道：「有什麼不妥？」

風四娘道：「我一個婦道人家，做事不能不分外仔細，現在半夜三更的，四下又沒有人，我救了你之後，你萬一要是……要是起了惡心，我怎麼辦？」

那人勉強笑道：「姑娘請放心，我絕不是個壞人，何況，瞧姑娘所施展上樹的身法，也絕不是好欺負的。」

風四娘道：「但我還是小心些好，總得先問你幾件事。」

那人顯然已有些不耐，嗄聲道：「你要問什麼？」

風四娘道：「不知道你貴姓呀，是從哪裡來的？」

那人遲疑著道：「我姓蕭，從口北來的。」

風四娘道：「害你的那強盜，是個怎麼樣的人？」

那人嘆了口氣，道：「不瞞姑娘說，我連他的人影都沒有看見，就已被他吊了起來。」

風四娘皺了皺眉，道：「你偷來的那口棺材呢？也被他黑吃黑了麼？」

那人面色驟然大變，卻勉強笑道：「什麼棺材？姑娘說的話，我完全不懂。」

風四娘忽然跳下去，「噼噼啪啪」給了他七八個耳刮子，打得他臉也腫了，牙齒也掉了，順著嘴角直流血，大怒道：「你究竟是什麼人？爲何要打我？」

風四娘淡淡一笑，道：「我正要問你，你究竟是什麼人？爲何要偷飛大夫的棺材？是誰主使你來的？假冒十一郎的名是何用心？」

那人就好像被砍了兩刀，一張臉全都扭曲了起來，目中露出了兇光，瞪著風四娘，牙齒咬得「格格」直響。

風四娘悠然道：「你不肯說，是不是？好，那麼我告訴你，我就是風四娘，落在我手上的人，沒有一個能不說實話的。」

那人這才露出驚怖之色，失聲道：「風四娘，原來你就是那風四娘！」

風四娘道：「你既然聽過我的名字，總該知道我說的話不假。」

那人長長嘆了口氣，喃喃道：「想不到今日竟遇上了你這女妖怪，好，好，好，好……」

說到這第四個「好」字，突然一咬牙。

風四娘目光一閃，立刻想去挾他的下顎，但已來不及了，只見這人眼睛一翻，臉已發黑，嘴角露出詭秘的微笑，眼睛凸了出來，瞪著風四娘，嘶聲道：「你現在還有法子讓我說話麼？」

這人竟寧可吞藥自盡，也不肯說出自己的來歷。顯然是怕活著回去後，受的罪比死還難受。

風四娘跺了跺腳，冷笑道：「你死了也好，反正你說不說都和我全無關係。」

她心裡只有一件事。

將這兇手吊起來的人是誰呢？那口棺材到哪裡去了？

棺材赫然已回到飛大夫的墓室中了。

這口棺材難道自己會走回來？

風四娘幾乎不相信自己的眼睛，一步竄了過去，大聲道：「這棺材怎會回來的？」

飛大夫笑了笑道：「自然是有人送回來的。」

風四娘道：「是誰？」

飛大夫笑得似乎很神秘，緩緩道：「蕭十一郎！」

風四娘跺了跺腳，恨恨道：「蕭十一郎？又是他！原來那人就是被他吊起來的！奇怪他爲何不追問那人的來歷呢？」

飛大夫淡淡道：「他知道，有些人的來歷是問也問不出的！」

風四娘怒道：「那麼，他爲何還要將那人留在那裡？難道是故意留給我的嗎？」

飛大夫笑而不語。

風四娘目光四掃，道：「他的人呢？」

飛大夫道：「走了。」

風四娘瞪眼道：「他既然知道我在這裡，爲何不等我？」

飛大夫道：「我說你不願見他，他只好走了。」

風四娘咬著嘴唇，冷笑道：「不錯，我一見這人就有氣……他到哪裡去了呢？」

飛大夫微笑道：「你既不願見他，又何必問他到哪裡去了？」

風四娘怔了半晌，突然飛起一腳，將桌子踢翻，大聲道：「你這老狐狸，我希望他再來砍斷你的兩隻手！」

話未說完，人已飛一般奔了出去。

飛大夫長長嘆了口氣，喃喃道：「三十多歲的女人還像個孩子，這倒也真是怪事……」

三　夜半歌聲

竹葉青盛在綠瓷杯裡，看來就像是一大塊透明的翡翠。

明月冰盤般高掛在天上，月已圓，人呢？

風四娘臉紅紅的，似已有了酒意，月光自窗外照進來，她抬起頭，望見了明月，心裡驟然一驚。

「今天莫非已是十五了？」

七月十五，是她的生日，過了今天，她可就要加一歲。

「三十四！」這是個多麼可怕的數字。

她十五六歲的時候，曾經想：一個女人若是活到三十多，再活著也沒什麼意思，三十多歲的女人正如十一月裡的殘菊，只有等著凋零。

可是她自己現在也不知不覺到了三十四了，她不敢相信，卻又不能不信，歲月為何如此無情？

牆角有面銅鏡，她癡癡的望著鏡中的人影。

鏡中的人看來還是那麼年輕，甚至笑起來眼角都沒有皺紋，誰也不信這已是三十四歲的女人。

可是，她縱能騙過別人的眼睛，卻騙不過自己。

她扭轉身，滿滿的倒了一杯酒，月光將她的影子長長的拖在地上，她心裡忽然想起了兩句詩：

「舉杯邀明月，對影成三人。」

她以前從來也未感覺到這句詩意境的淒涼。

門外隱隱傳來孩子的哭聲。

以前她最討厭孩子的哭聲，可是現在，她多麼想要一個孩子！她多麼希望聽到自己孩子的哭聲。

月光照著她的臉，她臉上哪裡來的淚光？

最近這幾年來，她曾經有好幾次想隨隨便便找個男人嫁了，可是她不能，她看到大多數男人都會覺得很噁心。

青春就這樣消逝，再過幾年，以前她覺得噁心的男人只怕也不會要她了。唉，三十四歲的女人！

門外又傳來一陣男人的大笑聲。

笑聲很粗豪，還帶著醉意。

「這會是個怎麼樣的男人？」

這男人一定很粗魯、很醜、滿身都是酒臭。

但現在，這男人若是闖進來求她嫁給他，她說不定都會答應——一個女人到了三十四，對男人的選擇是不是就不會像二十歲時那麼苛刻了——風四娘在心裡問著自己，嘴角不禁露出淒涼的微笑。

夜已漸深，門外各種聲音都已消寂。

遠處傳來零落的更鼓聲，聽來是那麼單調，但人的生命卻已在這種單調的更鼓聲中一分分消逝。

「該睡了。」

風四娘站了起來，剛想去掩起窗子，晚風中突然飄來一陣歌聲，這淒涼而又悲壯的歌聲聽來竟是那麼熟悉。

蕭十一郎！

她記得每次見到蕭十一郎時，他嘴裡都在低低哼著這相同的曲調，那時，他神情就會變得說不出的蕭索。

風四娘心裡只覺一陣熱意上湧，再也顧不得別的，手一按，人已箭一般竄出窗外，向歌聲傳來的方向飛掠了過去。

長街靜寂。

家家戶戶門前，都有一灘灘已燒成灰的錫箔紙錢，一陣風吹過，灰燼隨風四散，黑暗中也不知有多少看不見的鬼魂正在等著攫取。

七月十五，正是群鬼出關的時候。現在鬼門關已開了，天地間難道真的已充滿各式各樣的鬼魂？

風四娘咬著牙，喃喃道：「蕭十一郎，你也是個鬼，你出來呀！」

但四下卻連個鬼影都沒有，連歌聲都消失了。

風四娘恨恨道：「這人真是個鬼，既不願見我，爲何又要讓我聽到他的歌聲？」

她心情突然變得說不出的落寞，全身再也提不起勁來，只想回去再喝幾杯，一覺睡到明天。明天也許什麼事都改變了。

一個人之所以能活下去，也許就因爲永遠有個「明天」。

看到她屋子窗內的燈光，她心裡竟莫名其妙地泛起一種溫暖之意，就好像已回到自己的家一樣。

一個人回到家裡，關起門，就好像可以將所有的痛苦隔絕在門外——這就是「家」最大的意義。

「但這真是我的家麼？這不過是家客棧的屋子而已。」

風四娘長嘆了口氣，她永遠不知道什麼時候才有個家，永遠不知道自己的家在哪裡。她剛走到門口，就聽到屋子裡有個人在曼聲長吟：「一出陽關三千里，從此蕭郎是路人……風四娘呀風四娘，我想你只怕早已忘了我吧？」

風四娘全身都驟然熱了起來，一翻身跳進屋子，大叫道：「你這鬼……你終於還是露面了！」

桌上的酒樽已空了。

一個人懶洋洋的躺在床上，用枕頭蓋著臉。

他穿著套藍布衣裳，卻已洗得發白，腰間隨隨便便的繫著根藍布帶，腰帶上隨隨便便的插著把刀。

這把刀要比普通的刀短了很多，刀鞘是用黑色的皮革所製，已經非常陳舊，但卻還是比他那雙靴子新些。

他的腳蹺得很高，鞋底上有兩個大洞。

風四娘飛起一腳，踢在他鞋子上，板著臉道：「懶鬼，又懶又髒，誰叫你睡在我床上的？」

床上的人嘆了口氣，喃喃道：「我上個月才洗澡，這女人居然說我髒……」

風四娘忍不住「噗哧」笑出聲來，但立刻又板起了臉，一把將他頭上的枕頭甩得遠遠的，道：「快起來，讓我看看你這幾年究竟變得多醜了？」

枕頭雖已被甩開，床上的人卻已用手蓋住了臉。

風四娘道：「你難道真的已不敢見人了麼？」

床上的人分開兩根手指，指縫間就露出了一雙發亮的眼睛，眼睛裡充滿了笑意，帶著笑道：「好兇的女人，難怪嫁不出去，看來除了我之外，再也沒人敢娶你……」

話未說完，風四娘已一巴掌打了下來。

床上的人身子一縮，整個人突然貼到牆上去了，就像是個紙人似的貼在牆上，偏偏不會掉下來。

他發亮的眼睛裡仍充滿了笑意，他的眉很濃，鼻子很直，還留著很濃的鬍子，彷彿可以扎破人的臉。

這人長得的確不算英俊瀟灑，但是這雙眼睛，這份笑意，卻使他看來充滿了一種說不出的、野性的吸引力！

風四娘輕輕嘆息了一聲，搖著頭道：「蕭十一郎，你還是沒有變，簡直連一點也沒有變……你還是不折不扣，活脫脫的一個大混蛋。」

蕭十一郎笑道：「我一直還以爲你很想嫁給我這個混蛋哩，看來我只怕表錯了情。」

風四娘漲紅了臉，大聲道：「嫁給你？我會嫁給你……天下的男人全都死光了，我也不會嫁給你……」

蕭十一郎長長吐出口氣，道：「那麼我就放心了！」

他身子從牆上滑下，「噗通」！坐到床上，笑著道：「老實說，聽到你找我，我本來真有點害怕，我才二十七，就算要成親，也得找個十五六歲的小姑娘，像你這種老太婆呀……」

風四娘跳了起來，大怒道：「我是老太婆？我有多老？你說……」

「嗆」的，她已自衣袖中拔出了柄短劍。

一霎眼間她已向蕭十一郎刺出了七八劍。

蕭十一郎早已又滑到牆上，再一溜，已上了屋頂，就像個大壁虎似的貼在屋頂上，搖著手道：「千萬莫要動，我只不過是說著玩的，其實你一點也不老，看起來最多也不過只有四十多歲。」

風四娘拚命想板著臉，卻還是忍不住又「噗哧」笑了，搖著頭道：「幸好我不常見著你，否則不被你活活氣死才怪。」

蕭十一郎笑道：「拍你馬屁的人太多了，能有個人氣氣你，豈非也很新鮮有趣。」

他人已飄落下來，眼睛一直盯著風四娘手裡的劍。

那是柄一尺多長小短劍，劍鋒奇薄，發著青中帶藍的光，這種劍最適女子使用，唐代最負盛名的女劍客公孫大娘，用的就是這種劍，連大詩人杜甫都曾有一首長歌讚美她的劍法：「昔有佳人公孫氏，一舞劍器動四方，觀者如山色沮喪，天地爲之久低昂，耀如羿射九日落，矯如群旁驂龍翔，來如雷霆收震怒，罷如江海凝清光……」

公孫大娘雖然身在教坊，其劍術之高妙，看了這幾句詩也可見一斑了，但她身子卻很單薄，用的若非這種短劍，也難如此輕捷。

蕭十一郎在凝視著這柄劍，風四娘卻在凝視著蕭十一郎的眼睛，突然反手一劍，向桌上的酒杯削了過去。

只聽「嗆」的一聲，那隻綠瓷杯竟被削成兩半。

蕭十一郎脫口讚道：「好劍！」

風四娘似笑非笑，淡淡道：「這柄劍雖然不能真的削鐵如泥，卻也差不多了，逍遙侯一向將之珍如拱璧，連看都捨不得給別人看一眼。」

蕭十一郎眨了眨眼睛，笑問道：「但他卻將這柄劍送給了你，是麼？」

風四娘昂起了頭，道：「一點也不錯。」

蕭十一郎道：「如此說來，他是看上了你了？」

風四娘冷冷的笑道：「難道他就不能看上了我？我難道就真的那麼老？」

蕭十一郎望了風四娘一眼，嘆了口氣，道：「能被逍遙侯那樣的男人看上，可真不容易，卻不知他要收你做他的第幾房小老婆？」

風四娘怒道：「放你的屁……」

她的劍又揚起，蕭十一郎又縮起了腦袋。

風四娘的劍卻又緩緩落了下來，用眼角瞅著他，道：「你既然這麼能幹，總該知道這柄劍的來歷吧？」

蕭十一郎道：「看來這好像是公孫大娘首徒申若蘭所用的『藍玉』。」

風四娘點了點頭，道：「總算你還有些眼力。」

蕭十一郎道：「但這『藍玉』卻是柄雌劍，你既有了『藍玉』，便該有『赤霞』才是，除非……」

風四娘道：「除非怎樣？」

蕭十一郎笑了笑，悠然道：「除非逍遙侯捨不得將兩柄劍都送給你。」

風四娘瞪眼道：「莫說這兩柄劍，我就算要他的頭腦，他也會雙手捧上來的。」

蕭十一郎笑道：「如此說來，那柄『赤霞』現在哪裡呢？」

風四娘道：「就讓你開開眼也無妨。」

蕭十一郎道：「其實我也並非真的想看，但我若不看，只怕你又要生氣了。」

他笑嘻嘻接著道：「你可記得那年十月，天氣還熱得很，你卻穿了件貂裘來見我，雖然熱得直冒汗，還要硬說自己著了涼，要穿暖些……」

風四娘笑罵道：「放你的屁，你以爲我要在你面前獻寶？」

蕭十一郎笑道：「有寶可獻，總是好的，像我這樣無寶可獻，就只好獻獻現世寶了。」

風四娘笑啐道：「你真是個活寶。」

她已取出了另一柄劍，劍鞘上鑲著淡紅的寶玉。

蕭十一郎接了過來，搖頭笑道：「女人用的東西果然都脫不了脂粉氣。」

他嘴裡說著話，手已在拔劍。

這柄「赤霞」竟是柄斷劍！

風四娘卻是神色不變，靜靜的看著他，道：「你奇怪嗎？」

蕭十一郎道：「如此利器，怎麼會斷的？」

風四娘道：「是被一把刀削斷的！」

蕭十一郎動容道：「是什麼刀？怎會如此鋒利？」

風四娘淡淡道：「我知道你一聽見有好刀，心就癢了，但是這次我就偏偏不告訴你，也免得你說我獻寶。」

蕭十一郎眼珠子一轉，突然站起來，道：「看到你我肚子就餓了，走，我請你吃宵夜去。」

長街的盡頭，有個小小的麵攤子。

據說這麵攤子十幾年前就已擺在這裡，而且不論颳風下雨，不論過年過節，這麵攤從未休息過一天。

所以城裡的夜遊神都放心得很，因爲就算回家老婆不開門，至少還可在老張的麵攤子上吃碗熱氣騰騰的牛肉麵。

老張的確已很老了，鬚髮都已斑白，此刻正坐在那裡，低著頭喝麵湯，掛在攤頭的紙燈籠已被油煙薰得又黑又黃，就像是他的臉。

到這裡來的老主顧都知道他臉上永遠全無表情，除了要帳外，也很少有人聽到他說一句別的話。

蕭十一郎笑道：「就在這裡吃怎樣？」

風四娘皺了皺眉道：「好吧！」

蕭十一郎道：「你不必皺眉，這裡的牛肉麵，包你從來沒有吃到過。」

他就在麵攤旁那張搖搖欲倒的破桌子上坐了下來，大聲道：「老張，今天我有貴客，來些好吃的。」

老張頭也沒有抬，只朝他翻了個白眼，好像在說：「你急什麼，先等我喝完了這碗湯再說。」

蕭十一郎搖了搖頭，悄聲道：「這老頭子是個怪物，咱們別惹他。」

名震天下的蕭十一郎，竟不敢惹一個賣麵的老頭子，這話說出來有誰相信？風四娘只覺得又好氣，又好笑。

過了很久，老張才端了兩盤菜，一壺酒過來，「砰」的擺在桌子上，就頭也不回的走了。

風四娘忍不住笑道：「你欠他酒帳麼？」

蕭十一郎挺了挺胸，笑道：「我本來欠他一吊錢，但前天已還清了。」

風四娘望著他，良久良久，才輕輕的嘆了口氣，道：「江湖中人都說蕭十一郎是五百年來出手最乾淨俐落，眼光最準的大盜，又有誰知道蕭十一郎只請得起別人吃牛肉麵，而且說不定還要賒帳。」

蕭十一郎大笑道：「有我知道，又有你知道，這還不夠嗎？……來，喝一杯。」

蕭十一郎就是這麼樣一個人，有人罵他，有人恨他，也有人愛他，但卻很少有人了解他。

他也並不希望別人了解，從未替自己打算過。

你若是風四娘，你愛不愛他？

風四娘有樣最妙的長處，別人喝多了，就會醉眼乜斜，兩眼變得模模糊糊，朦朦朧朧的。

但她喝得愈多，眼睛反而愈亮，誰也看不出她是否醉了，她酒量其實並不好，但卻很少有人敢跟她拚酒。

四 割鹿刀

現在她眼睛亮得就像是燈，一直瞪著蕭十一郎，忽然道：「那把刀的故事，你不想聽了麼？」

蕭十一郎道：「我不想聽了。」

風四娘忍耐了很久，終於還是忍不住問道：「為什麼不想聽？」

蕭十一郎板著臉道：「因為我若想聽，你就不會說出來，我若不想聽，你也許反而會忍不住要自動告訴我。」

他話未說完，風四娘已忍不住大笑起來，笑罵道：「你呀，你真是個鬼……別人常常說我是個女妖怪，但我這女妖怪遇見你這個鬼，也沒法子了。」

蕭十一郎只管自己喝酒，也不答腔，他知道現在絕不能答腔，一答腔風四娘也許又不肯說了。

風四娘只有自己接著說下去，道：「其實不管你想不想聽，我都要告訴你的，那柄刀，叫『割鹿刀』！」

蕭十一郎道：「割鹿刀？」

風四娘道：「不錯，割鹿刀！」

蕭十一郎道：「這名字倒新奇得很，我以前怎麼從未聽說過？」

風四娘道：「因爲這柄刀出爐還不到半年。」

蕭十一郎皺眉道：「一柄新鑄成的刀，居然能砍斷古代的利器？鑄刀的這個人，功力難道能比得上春秋戰國時那些名匠大師麼？」

風四娘先不回答，卻反問道：「繼干將、莫邪、歐冶子等大師之後，還有位不出世的鑄劍冶鐵名家，你可知道是誰麼？」

蕭十一郎道：「莫非是徐夫人？」

風四娘笑道：「不錯，看不出你倒真有點學問。」

徐夫人並不是女人，他只不過姓「徐」，名「夫人」，荊軻刺秦王所用的劍，就是出自徐夫人之手的。

蕭十一郎目光閃動，忽然道：「那柄割鹿刀莫非是徐魯子徐大師鑄成的？」

風四娘訝然道：「你也知道？」

蕭十一郎笑了笑，道：「徐魯子乃徐夫人之嫡裔，你此刻忽然說起徐夫人，自然是和那柄『割鹿刀』有關係的了。」

風四娘目中不禁露出贊賞之意，道：「不錯，那柄『割鹿刀』確是徐大師所鑄，爲了這柄刀，他幾乎已將畢生心血耗盡，這『割鹿』兩字，取意乃是：『秦失其鹿，天下共逐，唯勝者得鹿而割之。』他的意思也就是唯有天下第一的英雄，才能得到這柄割鹿刀！他對這把刀的自豪，也就可想而知了。」

蕭十一郎眼睛發亮，急著問道：「你自然是見過那柄刀的了。」

風四娘閉上眼睛，長長的嘆了口氣，道：「那的確是柄寶刀！『赤霞』遇見它，簡直就好像變成了廢鐵。」

蕭十一郎仰首將杯中的酒一乾而盡，拍案道：「如此寶刀，不知我是否有緣一見！」

風四娘目光閃動，道：「你當然有機會能見到。」

蕭十一郎嘆道：「我與徐大師素昧平生，他怎肯將如此寶刀輕易示人？」

風四娘道：「這柄刀現在已不在徐魯子手裡了。」

蕭十一郎動容道：「在哪裡？」

風四娘悠然道：「我也不知道。」

蕭十一郎這次真的怔住了，端起酒杯，又放下去，起來兜了個圈子，又坐下來，挾起塊牛肉，卻忘了放入嘴裡。

風四娘噗哧一笑，道：「想不到我也有讓你著急的時候，倒底還是年輕人沉不住氣。」

蕭十一郎眨著眼道：「你說我是年輕人？我記得你還比我小兩歲嘛。」

風四娘笑罵道：「小鬼，少來拍老娘的馬屁，我整整比你大五年四個月另三天，你本該乖乖的喊我一聲大姐才是。」

蕭十一郎苦笑道：「大姐，你記得當真清楚得很。」

風四娘道：「小老弟，還不快替大姐倒杯酒。」

蕭十一郎道：「是是是，倒酒！倒酒！」

風四娘看著他倒完了酒，才笑著道：「哎——這才是我的乖小弟。」

她雖然在笑，但目中卻忍不住露出淒涼傷感之色，連眼淚都彷彿要流出來了，仰首將杯中酒飲盡，才緩緩道：「那柄割鹿刀已在入關的道上了。」

蕭十一郎緊張得幾乎將酒都灑到桌上，追問道：「有沒有人沿途護刀？」

風四娘道：「如此寶刀，豈可無人護送？」

蕭十一郎道：「護刀入關的是誰？」

風四娘道：「趙無極……」

她剛說出這名字，蕭十一郎已聳然動容，截口道：「這趙無極可是那先天無極門的掌門人麼？」

風四娘道：「不是他是誰？」

蕭十一郎默然半晌，慢慢的點了點頭，似已胸有成竹。

風四娘一直盯著他，留意著他面上神情的變化，接著又道：「除了趙無極外，還有『關東大俠』屠嘯天，海南劍派碩果僅存的唯一高手『海靈子』……」

蕭十一郎苦笑道：「夠了，就這三個人已夠了。」

風四娘嘆道：「但他們卻認爲還不夠，所以又請了昔年獨臂掃天山，單掌誅八寇的『獨臂鷹王』司空曙。」

蕭十一郎不說話了。

風四娘還是盯著他，道：「有這四人護刀入關，當今天下，只怕再也沒有人敢去奪刀的了。」

蕭十一郎突然大笑起來，道：「說來說去，原來你是想激我去替你奪刀。」

風四娘眼波流動，道：「你不敢？」

蕭十一郎笑道：「我替你奪刀，刀是你的，我還是一場空。」

風四娘咬著嘴唇，道：「他們護刀入關，你可知道是爲了什麼？」

蕭十一郎搖著頭笑道：「不知道，我也不想知道，反正他們也不會是爲了要將刀送給我。」

風四娘道：「就算你不敢去奪刀，難道也不想去見識見識麼？」

蕭十一郎道：「不想。」

風四娘道：「爲什麼？」

蕭十一郎笑道：「我若是看到了那柄刀，就難免要心動，心動了就難免想去奪刀，奪不到就難免要送命。」

風四娘道：「若是能奪到呢？」

蕭十一郎嘆了口氣，道：「若是奪到了，你就難免會問我要，我雖然捨不得，卻又不好意思不給你，所以倒不如索性不去看的好。」

風四娘跺著腳站了起來，恨恨道：「原來你這樣沒出息，我真看錯了你。好！你不去，我一個人去，沒有你看我死不死得了。」

蕭十一郎苦笑道：「你這看見好東西就想要的脾氣，真不知要到什麼時候才能改得了。」

這市鎮並不大，卻很繁榮，因爲它是自關外入中原的必經之路，由長白關東那邊來的參商、皮貨商、馬販子，由大漠塞北那邊來的淘金客，胡賈！……經過這地方時，差不多都會歇上一兩個晚上。

由於這些人的豪侈，才造成了這地方畸形的繁榮。

這地方有兩樣最著名的事。

第一樣是「吃」——世上很少有男人不好吃的，這裡就有各式各樣的吃，來滿足各種男人的口味。

這裡的涮羊肉甚至比北京城的還好、還嫩；街尾「五福樓」做出來的一味紅燒獅子頭，也絕不會比杭州「奎元雨」小麻皮做出來的差，就算是最挑剔的饕餮客，在這裡也應該可以一快朵頤了。

第二樣自然是女人——世上更少有男人不喜歡女人的，這裡有各式各樣不同的女人，可以適應各種男人的要求。

一個地方只有兩樣「名勝」雖不算是多，但就這兩件事，已足夠拖住大多數男人的腳。

「恩德元」是清真館，老闆馬回回不但可以將一條牛做出一百零八種不同的菜，而且是關外數一數二的摔跤高手。

恩德元的門面並不大，裝潢也不考究，但腰上繫著寬皮帶、禿著腦袋，挺著胸站在門口的馬回回，就是塊活招牌，經過這裡的江湖豪傑若沒有到恩德元來跟馬回回喝兩杯，就好像覺得有點不大夠意思。

平常的日子，馬回回雖然也都是滿面紅光，精神抖擻，但今天馬回回看來卻特別的高興。還不到黃昏，馬回回就不時走出門外來，瞪著眼睛向來路觀望，像是在等待著什麼貴客光臨似的。

戌時前後，路盡頭果然出現了一輛黑漆馬車，四馬並馳，來勢極快，到了這條行人極多的路上，也並未緩下來，幸好趕車的身手十分了得，四匹馬也都是久經訓練的良駒，是以車馬雖然奔馳甚急，卻沒有出亂子。

這條路上來來往往的車馬雖多，但像是這種氣派的巨型馬車還是少見得很，大夥兒一面往路旁躲閃，一面又不禁要去多瞧幾眼。只聽健馬一聲長嘶，趕車的絲韁一提，車馬剛停在「恩德元」的門口，馬回回已搶步迎了出來，陪著笑開了車門。

旁觀的人又不禁覺得奇怪，馬回回雖然是生意人，卻一向不肯自輕身價，今天爲何對這馬車上的人如此恭敬？

從馬車上第一個走下來的是個白面微鬚的中年人，圓圓的臉上常帶著笑容，已漸發福的身上穿著件剪裁極合身的青緞圓花長袍，態度溫文和氣，看來就像是個微服出遊的王孫公子。

馬回回雙手抱拳，含笑道：「趙大俠遠來辛苦了，請裡面坐。」

那中年人也含笑抱拳道：「馬掌櫃的太客氣了，請，請。」

站在路旁觀望的老江湖們聽了馬回回的稱呼，心裡已隱隱約約猜出了這中年人是誰，眼睛不禁瞪得更圓了！

這人莫非就是「先天無極」的掌門人，以一手先天無極真氣，八十一路無極劍名震天下的趙無極？

那麼第二個下車來的人會是誰呢？

第二個下車的是個白髮老人，穿得很樸素，只不過是件灰布棉襖，高腰白襪繫在灰布棉褲外，手裡還拿著根旱煙袋，看來就像是個土頭土腦的鄉下老頭子，但雙目神光閃動，顧盼之間，威稜逼人。

馬回回彎腰陪笑道：「屠老爺子，幾年不見，你老人家身子越發的健朗了。」

老頭子打了個哈哈，笑道：「這還不都是託朋友的福。」

這老頭子姓屠，莫非是坐鎮關東垂四十年，手裡的旱煙袋專打人身三十六大穴、七十二小穴，人稱天下第一打穴名家的「關東大俠」屠嘯天？馬車上有了這兩人，第三人還會是弱者嗎？

路旁竊竊私議，興趣更濃了。

第三個走下車的是個枯瘦頎長、鷹鼻高顴的道人。

他雖是個出家人，衣著卻十分華麗，醬紫色的道袍上都縷著金線，背後揹著柄綠鯊魚皮鞘，黃金吞口上還鑲著顆貓兒眼的奇形長劍。一雙三角眼微微上翻，像是從未將任何人放在眼裡。

馬回回的笑容更恭敬，躬身道：「晚輩久慕海道長聲名，今日得見，實在是三生有幸。」

那老頭連瞧都沒有瞧他一眼，只點了點頭，道：「好說，好說。」

海道長！難道是海靈子？

海南派的劍法以迅急詭秘見長、海南派的劍客們也都有些怪里怪氣，素來不肯和別的門派打交道。

七年前「銅椰島之戰」震動武林，銅椰島主以及門下的十三弟子固然都死在海南派劍下，海南派的九大高手，也死得只剩下海靈子一個了，自從這一戰之後，海靈子的名頭更響，眼睛也長得更高了。

今日他怎會和趙無極、屠嘯天走到一起的？

最奇怪的是，這三個人下車之後，並沒有走入店門，反都站在車門旁，等著第四個人走下來。

過了很久，車子裡才慢吞吞走下一個人。

這人一走出車門，大家都不禁吃了一驚。

這人的長像實在太古怪。

他身長不滿五尺，一顆腦袋卻大如巴斗，一頭亂蓬蓬的頭髮，兩條濃眉幾乎連成了一線，左眼精光閃閃，亮如明星；右眼卻是死灰色的，就像是死魚的眼睛，亂草般的鬍子裡露出一張嘴來，卻是鮮紅如血。

他右臂已齊肩斷去，剩下來的一條左臂長得更可怕，垂下來幾乎可以摸著自己的腳趾。

他手裡還提著個長方形的黃布包袱。

這次馬回回連頭都不敢抬，陪著笑道：「聽說老前輩要來，弟子特地選了條公牛……」

獨臂人懶洋洋的點了點頭，道：「公牛比母牛好，卻不知是死的，還是活的？」

馬回回陪笑道：「當然是活的，正留著給老前輩嚐鮮哩。」

獨臂人大笑道：「很好，很好，你這孫子總算還懂得孝敬我。」

他居然將馬回回當孫子，馬回回居然還像是有點受寵若驚，不知道這獨臂人來歷的，心裡多多少少都有點爲馬回回不平。

但有些人已猜出了這獨臂人的來歷，心裡反而替馬回回高興——能被「獨臂鷹王」當孫子的人，已經很不容易了。

「恩德元」後面，有個小院子，是專門留著招待貴賓的，院子裡有座假山，假山旁有幾棵大樹。

樹上繫著條公牛。

這條牛實在大得出奇，牛角又尖又銳，彷彿是兩把刀。

獨臂鷹王手裡的黃布包袱已不知藏到哪裡去了，他此刻正圍著這條牛在打轉，嘴裡嘖嘖有聲，不停的說道：「很好，很好……」

屠嘯天微笑道：「司空兄既已覺得滿意了，爲何還不動手？」

獨臂鷹王嘖嘖笑道：「你這糟老頭子，又想看我老人家的把戲，是不是？」

他獨臂突然在公牛的眼前一揮，公牛驟然受驚，頭一低，兩隻尖刀般的角就向獨臂鷹王的肚子上撞了過來。

獨臂鷹王大喝道：「來得好！」

喝聲中，他身子一閃，不知怎地竟已鑽入了牛肚下，一隻手向上一探，竟活生生的插入了牛的肚子。

公牛負痛，彈丸般向上一跳，掙斷了繩子，向前衝出，鮮紅的牛血一路濺下來，「砰」的，撞上了牆壁。

牆壁被撞開一個洞，公牛半個身子嵌了進去，瘋狂般掙扎了半晌，血已流盡，終於動也不動了。

再看一顆活生生的牛心，已到了獨臂鷹王手裡，他大笑著張開嘴，竟一口就將一顆碗口般大的牛心吞了下去，咀嚼有聲。

那聲音實在令人聽得寒毛直豎。

海靈子皺了皺眉，轉過頭去不願再看。

獨臂鷹王嘖嘖怪笑道：「你用不著皺眉頭，就憑你，若想這麼樣吃顆活牛心，只怕還不太容易，你至少還得再苦練個十年八年的鷹爪力。」

海靈子青滲滲的臉上現出怒容，冷冷道：「我用不著練什麼鷹爪力。」

獨臂鷹王眼睛一瞪，道：「你用不著練，難道你瞧不起我老爺子的鷹爪力？」

他一隻鮮血淋漓的手已向海靈子抓了過去。

海靈子一個翻身，後退八尺，臉都嚇白了。

獨臂鷹王仰面大笑道：「小雜毛，你用不著害怕，我老爺子只不過嚇著你好玩的，我跟你那老雜毛師父是朋友，怎麼能欺負你這小孩子。」

海靈子活到五十多了，想不到還有人叫他「小孩子」，他兩隻手氣得發抖，卻偏偏沒有拔劍的勇氣。

獨臂鷹王那手力穿牛腹，巧取牛心的鷹爪力，那份狠、那份準、那份快，的確令人提不起勇氣。

已經上到第七道菜了。

馬回回的手藝的確不錯，能將牛肉烹調得像嫩雞、像肥鴨、像野味、有時甚至嫩得像豆腐。

他能將牛肉燒得像各種東西，就是不像牛肉。

到第八道菜時，馬回回親自捧上來，笑道：「菜雖不好，酒還不錯，各位前輩請多喝兩杯。」

獨臂鷹王突然一拍桌子，大聲道：「酒也不好。」

馬回回怔住了。

幸好趙無極已接著笑道：「酒雖是好酒，但若無紅袖添酒，酒味也淡了。」

獨臂鷹王展顏大笑道：「不錯不錯，倒底還是你唸過幾天書，知道這『酒』字，和那『色』字是萬萬不能分開的。」

馬回回也笑了，道：「晚輩其實也已想到這一點，只怕此間的庸俗脂粉，入不了各位前輩的眼。」

獨臂鷹王皺眉道：「聽說這裡的女人很有名，難道連一個出色的都沒有？」

馬回回沉吟著道：「出色的倒是有一個，但只有一個……」

獨臂鷹王又一拍桌子，道：「一個就已夠了，這老雜毛是出家人，趙無極出名的怕老婆，屠老頭已是心有餘而力不足，你用不著替他們擔心。」

屠嘯天笑道：「不錯，你只要替司空前輩找到一個就成了，我這糟老頭子只想在旁邊瞧瞧。年紀大的人，只要瞧瞧就已經很過癮了。」

趙無極笑道：「怕老婆的人，還是連瞧都不要瞧的好。但若不瞧一眼，我還真不捨得走，馬掌櫃的，就煩你去走一趟吧。」

馬回回道：「晚輩這就去找，只不過……」

獨臂鷹王瞪眼道：「只不過怎樣？」

馬回回陪笑道：「那位姑娘出名的架子大，未必一找就能找來。」

獨臂鷹王大笑道：「那倒無妨，我就喜歡架子大的女人，架子大的女人必定有些與眾不同，否則她的架子怎麼大得起來？」

馬回回笑道：「既是如此，就請前輩稍候……」

獨臂鷹王道：「多等等也沒關係，別的事我老爺子雖等不得，等女人的耐心我倒有。」

五　出色的女人

已經等了快一個時辰了，那位出色的女人還沒有來。

屠嘯天喝了杯酒，搖著頭道：「這女人的架子倒還真不小。」

獨臂鷹王也搖著頭笑道：「你這糟老頭子真不懂得女人，難怪要做一輩子的老光棍了——你以爲那女人真的是架子大麼？」

屠嘯天道：「難道不是？」

獨臂鷹王道：「她這麼樣做，並不是真的架子大，只不過是在吊男人的胃口。」

屠嘯天道：「吊胃口？」

獨臂鷹王道：「不錯，她知道男人都是賤骨頭，等得愈久，心裡愈好奇，愈覺得這女人珍貴，那種一請就到的女人，男人反會覺得沒有意思。」

屠嘯天撫掌笑道：「高見，高見……想不到司空兄非但武功絕世，對女人也研究有素。」

獨臂鷹王大笑道：「要想將女人研究透徹，可真比練武困難得多。」

他突然頓住笑聲，豎起耳朵來聽了聽，悄悄笑道：「來了。」

這句話剛說完，門外就響起了一陣細微的腳步聲。

就連海靈子也忍不住扭過頭去瞧，他也實在想瞧瞧，這究竟是怎麼樣一個出色的女人。

門是開著的，卻掛著簾子。

簾下露出一雙腳。

這雙腳上穿的雖只不過是雙很普通的青布軟鞋，但樣子卻做得很秀氣，使得這雙腳看來也秀氣得很。

雖然只看到一雙腳，獨臂鷹王已覺得很滿意了。

他那特大的腦袋已開始在搖，一隻發光的眼睛瞬也不瞬的盯著這雙鞋，眼珠子都似乎快凸了出來。

只聽簾外一人道：「我可以進來嗎？」

聲音是冷冰冰的，但卻清脆如出谷黃鶯。

獨臂鷹王大笑道：「你當然可以進來，快……快請進來。」

腳並沒有移動，簾外又伸入了一隻手。

手很白，手指長而纖秀，指甲修剪得很乾淨，很整齊，但卻並不像一般愛打扮的女人那樣，在指甲上塗著鳳仙花汁。

這隻手不但美，而且很有性格。

只看這隻手，已可令人覺得這女人果然與眾不同。

獨臂鷹王不停的點著頭笑道：「好！很好……好極了……」

只見這隻手緩緩掀起了簾子。

這與眾不同的女人終於走了進來。

在屠嘯天想像中，架子這麼大的女人，一定是衣著華麗，濃妝艷抹，甚至滿身珠光寶氣。

但他錯了。

這女人穿的只是一身很淺淡、很合身的青布衣服，臉上看不出有脂粉的痕跡，只不過在耳朵上戴著一粒小小的珍珠。

屠嘯天覺得很吃驚，他想不到一個風塵女人打扮得竟是如此樸素，甚至可以說連一點打扮都沒有。

他吃驚，因爲他年紀雖不小，對女人懂得的卻不多，而這女人對男人的心理懂得的卻太多了。

她知道自己愈不打扮，才愈顯得出色脫俗。

男人的心理的確很奇怪，他們總希望風塵女子不像風塵女子，而像是個小家碧玉，或者是大家閨秀。

但他們遇著個正正當當，清清白白的女人，他們又偏偏要希望這女人像是個風塵女子了。

所以，風塵女子若是像好人家的女子就一定會紅得發紫，好人家的姑娘若像風塵女子，也一定會有很多男人追求。

趙無極雖然怕老婆，但怕老婆的男人也會「偷嘴」的，世上沒有不偷嘴的男人，正如世上沒有不偷嘴的貓。

他玩過很多次，在他印象中，每個風塵女子一走進來時，臉上都帶著甜甜的笑容——當然是職業性的笑容。

但這女子卻不同。

她非但不笑，而且連話也不說，一走進來，就坐在椅子上，冷冰冰的坐著，簡直像是個木頭人。

只不過這木頭人的確美得很。

她年齡似乎已不小了，卻也絕不會太大，她的眼睛很亮，眼角有一點往上吊，更顯得嫵媚。

獨臂鷹王的眼睛已瞇了起來，笑著道：「好！很好……請坐請坐。」

這女人連眼角都沒有瞟他一眼，冷冷道：「我已經坐下了。」

獨臂鷹王笑道：「很對！很對！你已經坐下了，你坐的很好看。」

這女人道：「那麼你就看吧，我本來就是讓人看的。」

獨臂鷹王拍著桌子，大笑道：「糟老頭，你看……你看這女人多有趣。就連說出來的話都和別人不同，居然敢給我釘子碰。」

若是別人給他釘子碰，他不打扁那人的腦袋才怪，但這女人給他釘子碰，他卻覺得很有趣。

唉！女人真是了不起。

屠嘯天也笑了，道：「卻不知這位姑娘能不能將芳名告訴我們？」

這女人道：「我叫思娘。」

獨臂鷹王大笑道：「思娘？……難怪你這麼不開心，原來你是在思念你的娘，你的娘也和你一樣漂亮嗎？」

思娘也不說話，站起來就往外走。

獨臂鷹王大叫道：「等等，等等，你要到哪裡去？」

思娘道：「我要走。」

獨臂鷹王怪叫道：「走？你要走？剛來了就要走？」

思娘冷冷道：「我雖是個賣笑的女人，但我的娘卻不是，我到這裡來也不是爲了要聽你們拿我的娘來開玩笑的。」

她倒是真懂得男人，她知道地位愈高、愈有辦法的男人，就愈喜歡不聽話的女人，因爲他們平時見到的聽話的人太多了。

只有那種很少見到女人的男人，才喜歡聽女人灌迷湯。

獨臂鷹王果然一點也沒生氣，反而笑得更開心，道：「對對對，以後誰敢開你娘的玩笑，我先扭斷他的脖子。」

思娘這才一百個不情願的又坐了下來。

趙無極忍不住道：「姑娘既然不喜歡開玩笑，卻不知喜歡什麼呢？」

思娘道：「我什麼都喜歡，什麼都不喜歡。」

獨臂鷹王大笑道：「說得妙，說得妙！簡直比別人唱的還好聽。」

趙無極笑道：「姑娘說的既已如此好聽，唱的想必更好聽了，不知姑娘是否能高歌一曲，也好讓我們大家一飽耳福。」

思娘道：「我不會唱歌。」

趙無極道：「那麼……姑娘想必會撫琴？」

思娘道：「也不會。」

趙無極道：「琵琶？」

思娘道：「更不會。」

趙無極忍不住笑了，道：「那麼……姑娘你究竟會什麼呢？」

思娘道：「我是陪酒來的，自然會喝酒。」

獨臂鷹王大笑道：「妙極妙極，會喝酒就已夠了，我就喜歡會喝酒的女人。」

這位「思娘」倒的確可以說是「會喝酒」，趙無極本來有心要她醉一醉，出出她的醜態。但思娘酒喝得愈多，眼睛就愈亮，簡直連一點酒意都看不出，趙無極反而不敢找她喝酒了。

獨臂鷹王也沒有灌她酒——他是個很懂得「欣賞」的男人，他只希望他的女人有幾分酒意，卻不願他的女人真喝醉。

他也很懂得把握時候。

到了差不多的時候，他自己先裝醉了。

趙無極也很知趣，到了差不多的時候，就笑著說道：「司空兄連日勞頓，此刻只怕已有些不勝酒力了吧？」

獨臂鷹王立刻就站了起來，道：「是，是，是，我醉欲眠……我醉欲眠……」

趙無極忙道：「馬掌櫃的早已在後院爲司空兄備下了一間清靜的屋子，就煩這位姑娘將司空兄送過去吧。」

思娘狠狠瞪了他一眼，居然沒有拒絕。扶著獨臂鷹王就往外走，好像對這種事已經習慣得很。

屠嘯天失笑道：「我還當她真的有什麼不同哩，原來到最後還是和別的女人一樣。」

趙無極也笑道：「到了最後，世上所有的女人都是一樣的，尤其這種女人，她們根本就是爲了要『賣』才出來混，不賣也是白不賣。」

屠嘯天笑道：「只不過這女人『賣』的方法實在和別人有些不同而已。」

馬回回爲獨臂鷹王準備的屋子果然很清靜。

一進了門，思娘就將獨臂鷹王用力推開，冷冷道：「你的酒現在總該醒了吧？」

獨臂鷹王笑道：「酒醒得哪有這麼快！」

思娘冷笑道：「你根本就沒有醉，你以爲我不知道？」

獨臂鷹王的酒果然「醒」了幾分，笑道：「醒就是醉，醉就是醒，人生本是戲，何必分得那麼清？」

他自己找著茶壺，對著嘴灌了幾口，喃喃道：「酒濃於水，水的確沒有酒好喝。」

思娘冷冷的瞧著他，道：「現在我已送你回來了，你還想要我幹什麼？」

獨臂鷹王用一隻手拉起她的一隻手，瞇著眼笑道：「男人在這種時候想要做什麼，你難道不懂。」

思娘甩開他的手，大聲道：「你憑什麼以爲我是那種女人，憑什麼以爲我會跟你做那種事？」

獨臂鷹王笑道：「我就憑這個。」

他大笑著取出一大錠黃澄澄的金子，拋在桌上，眼角瞟著思娘，道：「這個你要不要？」

思娘道：「我們出來做，爲的就是要賺錢，若非爲了要賺錢，誰願意被別人當做酒罐子？」

獨臂鷹王大笑道：「原來你還是要錢的，這就好辦多了。」

他又拉起思娘的手，思娘又甩開了，冷冷道：「我雖然要錢，可是我也得選選人。」

獨臂鷹王的臉色變了，道：「你要選怎麼樣的人？小白臉？」

思娘冷笑道：「小白臉我看的多了，我要的是真正的男人。」

獨臂鷹王展顏笑道：「這就對了，你選我絕不會錯，我就是真正的男子漢。」

思娘上上下下瞟了他一眼，道：「我要的是了不起的男人，你是嗎？」

獨臂鷹王道：「我當然是。」

思娘道：「你若是真有什麼了不起的地方，讓我瞧瞧，能令我心動，就算一分銀子都沒有，我也會心甘情願的跟你……」

獨臂鷹王大笑道：「你不認得我，自然不知道我有什麼了不起，但江湖中人一聽到我的名字，我要他往東，他就不敢往西。」

思娘道：「吹牛人人都會吹的。」

獨臂鷹王道：「你不信？好，我讓你瞧瞧！」

他的手輕輕一切，桌子就被切下了一隻角，就好像刀切豆腐似的。

思娘淡淡道：「好，果然有本事，但是在我看來還不夠……」

獨臂鷹王笑道：「不管你夠不夠，我已等不及了，來吧。」

他輕輕一拉，思娘就跌入他懷裡。思娘閉著眼，動也不動，道：「你力氣大，要強姦我，我也沒法子反抗，但一個真正的男人，就該要女人自己心甘情願的跟他。」

獨臂鷹王的嘴不動了，因爲他的手已在動，他雖然只有一隻手，卻比兩隻手的男人動得還要厲害。

思娘咬著牙，冷笑道：「虧你還敢說自己是男子漢，原來只會欺負女人，欺負女人的男人非但最不要臉，也最沒出息。我倒想不到你會是這種人。」

獨臂鷹王喘著氣，笑道：「你以爲我是那種人？」

思娘道：「我看你長得雖醜，倒還有幾分男子氣概，所以才會跟你到這裡來，若換了那三個人，就算醉倒在地上，我也不會扶一把。」

她輕輕嘆了口氣，道：「誰知我竟看錯了你，但這也只好怨我自己，怨不得別人……好，你要就快來吧，反正這種事也用不了多少時候的。」

獨臂鷹王的手不動了，人也似已怔住。

怔了半晌，他才跳了起來，大叫道：「你究竟要我怎樣？」

思娘坐起來，掩上衣襟，道：「我知道你有本事，會殺人，別人都怕你，但這都沒什麼了不起。」

獨臂鷹王道：「要怎樣才算了不起？」

思娘道：「我聽人說，愈有本事的人，愈深藏不露，昔年韓信受胯下之辱，後人才覺得他了不起，他當時若將那流氓殺了，還有誰佩服他？」

獨臂鷹王大笑道：「難道你要我鑽你的褲襠不成？」

思娘居然也忍不住笑了。

她不笑時還只不過是個「木美人」，這一笑起來，當真是活色生香，風情萬種，若有男人見了不心動，必定是個死人。

獨臂鷹王自然不是死人，直著眼笑道：「我司空曙縱橫一世，但你若真要我鑽你褲襠，我也認了。」

思娘嫣笑道：「我不是這意思，只不過……」

她眼波流動，接著道：「譬如說，我雖打不過你，但你被我打了一下，卻肯不還手，那才真正顯得你是個男人，才真正有男子漢的氣概。」

獨臂鷹王大笑道：「這容易，我就被你打一巴掌又有何妨？」

思娘道：「真的？」

獨臂鷹王道：「自然是真的，你就打吧，打重些也沒關係。」

思娘笑道：「那麼我可真的要打了。」

她捲起衣袖，露出一截白玉般的手腕。

獨臂鷹王居然真的不動，心甘情願的挨打。

這就是男人。可憐的男人，爲了要在女人面前表示自己「了不起」，表示自己「有勇氣」，男人真是什麼事都做得出的。

思娘嬌笑著，一掌輕輕的打了下去。

她出手很輕，很慢，但快到獨臂鷹王臉上時，五根手指突然接連彈出，閃電般點了他四處大穴。

獨臂鷹王顯然做夢也想不到有此一著，等他想到時，已來不及了——他自己變成了個木頭人。

思娘已銀鈴般嬌笑起來，吃吃笑道：「好，獨臂鷹王果然有大丈夫的氣概，我佩服你！」

獨臂鷹王瞪著她，眼睛裡已將冒出火來，但嘴裡卻連一個字也說不出，他整張臉已完全麻木。

思娘道：「其實你也用不著生氣，更不必難受，無論多少聰明的男人，見了漂亮女人時也會變成呆子的。」

她嬌笑著接道：「所以有些十七八歲的小姑娘，也能將一些老奸巨猾的老色鬼騙得團團亂轉，世上這種事多得很……」

她一面說話，一面已在獨臂鷹王身上搜索。

獨臂鷹王穿著件很寬大的袍子。

他方才提在手上的黃布包，就藏在袍子裡。

思娘找出這包袱，眼睛更亮了。

解開黃布袱，裡面是個刀匣。

匣中刀光如雪！

思娘凝注著匣中的刀，喃喃道：「蕭十一郎，蕭十一郎，你以爲我一個人就奪不到這把刀？你不但小看了我，也太小看女人了，女人的本事究竟有多大，男人只怕永遠也想不到……」

唉，了不起的女人！

風四娘可真是個了不起的女人！

但風四娘畢竟還是個女人。

女人看到自己喜歡的東西時，就看不到危險了。

——世上大多數色狼，都知道女人這弱點，所以使用些眩目的禮物，來掩護自己危險的攻擊。

風四娘全副精神都已放在這把刀上，竟未看到獨臂鷹王面上露出的獰笑。

等她要走的時候，已來不及了！

獨臂鷹王猿猴般的長臂，突然閃電般伸出，擒住了她的腕子，她半邊身子立刻發了麻，手裡的刀「噹」的掉到地上！

這一著出手之快，竟令她毫無閃避的餘地。

獨臂鷹王格格笑道：「你若認爲我真是呆子，就不但小看了我，也太小看男人了，男人的本事究竟有多大，女人只怕永遠也想不到！」

風四娘的一顆心已沉到了底，但面上卻仍然帶著微笑，因爲她知道自己此刻剩下的唯一武器，就是微笑。

她用眼角瞟著獨臂鷹王，甜笑著道：「你何必發脾氣？男人偶然被女人騙一次，豈非也滿有趣的，若是太認真，就無趣了。」

獨臂鷹王獰笑道：「女人偶然被男人強姦一次，豈非也滿有趣的？」

他的手突然一緊，風四娘全身都發了麻，連半分力氣都沒有了，再被他反手一掌摑下來，她的人就被摑倒在床上。

只見獨臂鷹王已獰笑著向她走過來，她咬了咬牙，用盡全身力氣，飛起一腳向他踢了過去。

但這一腳還未踢出，就被他鷹爪般的手捉住。他的手輕輕一擰，她腳踝就像是要斷了，眼淚都快疼了出來。

那雙薄薄的青布鞋，也變成了破布，露出了她那雙纖巧、晶瑩、完美得幾乎毫無瑕疵的腳。

獨臂鷹王看到這雙腳，竟似看得癡了，喃喃道：「好漂亮的腳，好漂亮……」

他居然低下頭，用鼻子去親她的腳心。

世上沒有一個女人的腳心不怕癢的，尤其是風四娘，獨臂鷹王那亂草般的鬍子刺著她腳心，嘴裡一陣陣熱氣似已自她的腳心直透入她心底，她雖然又驚、又怕、又憤怒、又嘔心……

但這種刺激她實在受不了。

她的心雖已快爆炸，但她的人卻忍不住吃吃的笑了起來，笑出了眼淚，她一面笑，一面罵：「畜牲，畜牲，你這老不死的畜牲，快放開我……」

她將世上所有最惡毒的話都罵了出來，卻還是忍不住要笑。

獨臂鷹王瞪著她，眼睛裡已冒出了火，突又一伸手，風四娘前胸的衣襟已被撕裂，露出了白玉般的胸膛。

她幾乎暈了過去，只覺得獨臂鷹王的人已騎到她身上，她只有用力絞緊兩條腿，死也不肯鬆開。

只聽獨臂鷹王喘息著道：「你這臭女人，這是你自己找的，怨不得我！」

他的手已捏住了她的喉嚨。

風四娘連氣都透不過來了，哪裡還有力氣掙扎反抗，她的眼前漸漸發黑，身子漸漸發軟，兩條腿也漸漸的放鬆……

突然間，「砰」的一聲，窗子被撞開了。

一個青衣人箭一般竄了進來，去掠取落在地上的刀！

獨臂鷹王果然不愧是久經大敵的頂尖高手，在這種情況下，居然還沒暈了頭，凌空一個倒翻，長臂直抓那人的頭頂！

那人來不及拾刀，身子一縮，縮開了半尺。

只聽「格」的一響，獨臂鷹王的手臂竟又暴長了半尺，明明抓不到的地方，現在也可抓到了。

這就是獨臂鷹王能縱橫武林的絕技，若是換了別人，無論如何，也難再避得開這一抓。

誰知這青衣人的身法也快得不可思議，突然一個旋身，掌緣直切獨臂鷹王的腕脈，腳尖輕輕一挑，將地上的刀向風四娘挑了過去。

風四娘左手掩衣襟，右手接刀，嬌笑著道：「謝謝你們……」

笑聲中，她的人已飛起，竄出窗子。

青衣人嘆了口氣，反手一揮，就有一條雪亮的刀光匹練般劃出，削向獨臂鷹王的肩胛。

這一刀出手，當真快得不可思議。

獨臂鷹王縱橫數十年，實未看過這麼快的刀法，甚至也未看清他的刀是如何出手的，大驚之下，翻身後掠，厲聲喝道：「你是什麼人？」

青衣人也不答話，著著搶攻，只見刀光繚繞，風雨不透，獨臂鷹王目光閃動，避開幾刀，突然縱聲狂笑道：「蕭十一郎，原來是你……」

青衣人也大笑道：「鷹王果真好眼力！」

笑聲中，他的人與刀突似化而為一。

刀光一閃，穿窗而出。

獨臂鷹王大喝一聲，追了出去。

窗外夜色沉沉，秋星滿天，哪裡還有蕭十一郎的人影！

風四娘一面在換衣裳，一面在嘴裡低低的罵，也不知咒罵的是誰，也不知在罵些什麼。只不過她面上並沒有怒容，反有喜色，尤其當她看到床上那刀匣時，她臉上就忍不住要露出春花般的微笑。

這把日思夜想的割鹿刀，終於還是到手了。

爲了這把刀，風四娘可真費了不少心思，很多天以前，她就到這鎮上來了，因爲她算準這是趙無極他們的必經之路。

在鎮外，她租下了這幽靜的小屋，再找到馬回回；馬回回是個很夠義氣的人，以前又欠過她的情，當然沒法子不幫她這個忙。

但獨臂鷹王可實在是個扎手的人物，到最後她險些功虧一簣，偷雞不成反要蝕把米，若不是蕭十一郎……

想起蕭十一郎，她就恨得牙癢癢的。

她剛扣起最後一粒扣子，突聽窗外有人長長嘆了口氣，悠悠道：「奉勸各位千萬莫要和女人交朋友，更莫要幫女人的忙，你在幫她的忙，她自己反而溜了，將你一個人吊在那裡。」

聽到這聲音，風四娘的臉就漲紅了，不知不覺將剛扣好的那粒扣子也擰斷了，看樣子似乎恨不得一腳將窗戶踢破。

但眼珠子一轉，她又忍住，反而吃吃的笑了起來，道：「一點也不錯，我就恨不得把你吊死在那裡，讓獨臂鷹王把你的心掏出來，看看究竟有多黑。」

窗子被推開一線，蕭十一郎露出半邊臉，笑嘻嘻道：「是我的心黑？還是你的心黑？」

風四娘道：「你居然還敢說我？問我？我誠心誠意要你來幫我的忙，你推三推四的不肯。我來了，你又偷偷的跟在後面，等我眼見就要得手，你才突然露面，想白白的撿個便宜，你說你是不是東西？」

她愈說愈火，終於還是忍不住跳了過去，「砰」的將窗子打破了一個大洞，恨不得這窗子就是蕭十一郎的臉。

蕭十一郎卻早已走得遠遠的，笑道：「我當然不是東西，我明明是人，怎會是東西？」

他嘆了口氣，喃喃道：「也許我的確不該來的，就讓那大頭鬼去嗅你的臭腳也好，臭死他更好，也免得我再……」

風四娘叫了起來，大罵道：「放你的屁，你怎麼知道我腳臭，你嗅過嗎？」

蕭十一郎笑道：「我可沒有那麼好的雅興。」

風四娘也發覺自己這麼說，簡直是在找自己的麻煩，漲紅了臉道：「就算你幫了我一個忙，我也不領你的情，因爲你根本不是來救我的，只不過是爲了這把刀。」

蕭十一郎道：「哦！」

風四娘道：「你若真來救我，爲何不管我的人，先去搶那把刀？」

蕭十一郎搖搖頭，苦笑道：「這女人居然連聲東擊西之計都不懂……我問你，我若不去搶那把刀，他怎會那麼容易就放開你？」

風四娘聽了蕭十一郎的分析，不由怔住了。她想想也不錯，蕭十一郎當時若不搶刀，而先擊人，他自己也免不了要被獨臂鷹王所傷。

蕭十一郎道：「若有個老鼠爬到你的水晶杯上去了，你會不會用石頭去打牠？你難道不怕打碎你自己的水晶杯嗎？」

風四娘板起臉，道：「算你會說話……」

蕭十一郎失笑道：「我知道你心裡也明白自己錯了，但嘴裡卻是死也不肯認錯的！」

風四娘道：「你怎麼知道我的心思，難道你是我肚子裡的蛔蟲？」

蕭十一郎道：「就因爲你心裡已認了錯，已經很感激我，所以才會對我這麼兇，只要你心裡感激我，嘴裡不說也沒關係。」

風四娘雖然還想板著臉，卻已忍不住笑了。

女人的心也很奇怪，對她不喜歡的男人，她心腸會比鐵還硬，但遇著她喜歡的男人時，她的心就再也硬不起來。

蕭十一郎一直在看著她，似已看得癡了。

風四娘白了他一眼，抿著嘴笑道：「你看什麼？有什麼好看的？」

蕭十一郎道：「這你就不懂了，一個女人最好看的時候，就是她雖然想板著臉，卻又忍不住要笑的時候，這機會我怎能錯過？」

風四娘笑啐道：「你少來吃我的老豆腐，其實你心裡在打什麼主意，我都知道。」

蕭十一郎道：「哦！你幾時也變成我肚子裡的蛔蟲了？」

風四娘道：「這次你落了一場空，心裡自然不服氣，總想到我這兒撈點本回去，是不是？」

蕭十一郎道：「那倒也不是，只不過……」

他笑了笑，接著道：「你既然已有了割鹿刀，還要那柄藍玉劍幹什麼？」

風四娘失笑道：「我早知道你這小賊在打我那柄劍的主意……好吧，看在你對我還算孝順，我就將這柄劍賞給你吧。」

她取出劍，拋出了窗外。

蕭十一郎雙手接住，笑道：「謝賞。」

他拔出了劍，輕輕撫摸著，喃喃道：「果然是柄好劍，只可惜是女人用的。」

風四娘忽然道：「對了，你要這把女人用的劍幹什麼？」

蕭十一郎笑道：「自然是想去送給一個女人。」

風四娘瞪眼道：「送給誰？」

蕭十一郎道：「送給誰我現在還不知道，只不過我總會找個合適的女人去送給她的，你請放心好了。」

風四娘咬著嘴唇，悠悠道：「好，可是你找到的時候，總該告訴我一聲。」

蕭十一郎道：「好，我這就去找。」

他剛轉過身，風四娘突又喝道：「慢著。」

蕭十一郎慢慢的轉回身子，道：「還有何吩咐？」

風四娘眼波流動，取起了床上的割鹿刀，道：「你難道不想見識見識這把刀？」

蕭十一郎道：「不想。」

他回答得居然如此乾脆，風四娘不禁怔了怔，道：「爲什麼？」

蕭十一郎笑了笑，道：「因爲……我若猜的不錯，這把刀八成是假的。」

風四娘聳然道：「假的？你憑什麼認爲這把刀會是假的？」

蕭十一郎道：「我問你，趙無極、屠嘯天、海靈子，這三個人哪個是省油的燈？」

風四娘冷笑道：「三個人都不是好東西。」

蕭十一郎道：「那麼，他們爲何要巴巴的將獨臂鷹王這老怪物找來，心甘情願地受他的氣，而且還將刀交給他，事成之後，也是他一個人露臉，像趙無極這樣的厲害角色，爲什麼會做這種傻事？」

風四娘道：「你說爲什麼？」

蕭十一郎道：「就因爲他們要這獨臂鷹王做替死鬼！做箭垛子。」

風四娘皺眉道：「箭垛子？」

蕭十一郎道：「他們明知這一路上必定有很多人會來奪刀，敢來奪刀的自然都有兩下子，所以他們就將一柄假刀交給司空曙，讓大家都來奪這柄假刀，他們才好太太平平的將真刀護到地頭。」

他嘆了口氣，接道：「你想想，他們若非明知這是柄假刀，我們在那裡打得天翻地覆時，他們三人為何不過來幫手？」

風四娘道：「這……這也許是因為他們生怕打擾了司空曙……而且他們本就是住在別處的，馬回回只為司空曙一個準備了宿處。」

蕭十一郎搖著頭笑道：「司空曙帶著的若是真刀，他們三個人能放心將他一個人留在那邊麼？」

風四娘說不出話來了。

她怔了半晌，突然拔出刀，大聲道：「無論你怎麼說，我也不相信這柄刀是假的！」

刀，的確是光華奪目。

但仔細一看，就可發覺這燦爛的刀光帶著些邪氣，就好像那些小姑娘頭上戴的鍍銀假首飾似的。

蕭十一郎拔出了那柄「藍玉」，道：「你若不信，何妨來試試？」

風四娘咬了咬牙，穿窗而出，一刀向劍上撩了過去。

只聽「嗆」的一響！

雪亮的刀已斷成兩半！

風四娘整個人都僵住了，手裡的半截刀也掉落在地上；假如有人說風四娘絕不會老，那麼她在這一刹那間的確像是老了幾歲。

蕭十一郎搖著頭，喃喃道：「人人都說女人比男人聰明，可是女人爲什麼總常常會上男人的當呢？」

風四娘突又跳了起來，怒道：「你明知刀是假的，還要騙我的劍，你簡直是個賊，是個強盜。」

蕭十一郎嘆道：「我的確不該騙你，可是我認得一位姑娘，她又聰明、又漂亮、又爽直，我已有很久沒見她的面了，所以想找件禮物送給她，也好讓她開心開心。」

風四娘瞪大了眼睛，道：「那……那女人是誰？」

蕭十一郎凝注著她，帶著溫暖的微笑，緩緩道：「她叫做風四娘，不知你認不認得？」

風四娘突然覺得一陣熱意自心底湧起，所有的怒氣都已消失無蹤，全身都軟，軟軟的倚著窗戶，咬著嘴唇道：「你呀，你這個人……我認識了你，至少也得短命三十年。」

蕭十一郎將那柄藍玉劍雙手捧過來，笑道：「你雖然沒有得到割鹿刀，卻有人送你柄藍玉劍，你豈非也應該很開心了麼？」

六　美人心

茶館。

濟南雖是個五方雜處，臥虎藏龍的名城，但要找個比茶館人更雜、話更多的地方，只怕也很少。

風四娘坐茶館的機會雖不多，但每次坐在茶館裡，她都覺得很開心，她喜歡男人們盯著她看。

一個女人能令男人們的眼睛發直，總是件開心的事。

這茶館裡大多數男人的眼睛的確都在盯著她，坐茶館的女人本不多，這麼美的女人更少見。

風四娘用一隻小蓋碗慢慢的啜著茶，茶葉並不好，這種茶她平日根本就不會入口，但現在卻似捨不得放下。

她根本不是在欣賞茶的滋味，只不過她自己覺得自己喝茶的姿勢很美，還可以讓別人欣賞欣賞她這雙手。

蕭十一郎也在瞧著她，覺得很有趣。

他認識風四娘已有很多年了，他很了解風四娘的脾氣。

這位被江湖中人稱爲「女妖怪」的女中豪傑，雖然很難惹、很潑辣，但有時也會天真得像個孩子。

蕭十一郎一直很喜歡她，每次和她相處的時候都會覺得很愉快，但和她分手的時候，卻並不難受。

這究竟是種什麼樣的感情，他自己也分不清。

他們趕到濟南來，因爲割鹿刀也到了濟南。

還有很多名人也都到了濟南……

突然間，本來盯著風四娘的那些眼睛，一下子全都轉到外面去了。有人伸長脖子瞧，有人甚至已站起來，跑到門口。

風四娘也有些驚奇，她心裡想：「外面難道來了個比我更漂亮的女人？」

風四娘有些生氣，又有些好奇，也忍不住想到門口去瞧瞧，她心裡想到要做一件事，就絕不會遲疑。

她到了門口，才發現大家爭著瞧的，只不過是輛馬車。

這輛馬車雖然比普通的華貴些，可也沒有什麼特別出奇的地方，車窗車門都關得緊緊的，也看不到裡面是什麼人。

馬車走得也不快，趕車的小心翼翼，連馬鞭都不敢揚起，像是怕鞭梢在無意間傷及路人。

拉車的馬雖不錯，也並非什麼千里駒。

奇怪的是，大家卻偏偏都在盯著這輛馬車瞧，有些人還在竊竊私議，就像是這馬車頂上忽然長出朵大喇叭花來了似的。

「這些人寧可看這輛破馬車，卻不看我？」風四娘真有點弄不懂了，這地方的男人難道都有點毛病？

她忍不住冷笑道：「這裡的人難道都沒有見過馬車嗎？一輛馬車有什麼好看的？」

旁邊的人扭過頭瞧了她一眼，目光卻又立刻回到那輛馬車上去了，只有個駝背的老頭子搭訕著笑道：「姑娘你這就不知道了，馬車雖沒有什麼，但車裡的人卻是我們這地方的頭一號人物。」

風四娘道：「哦？是誰？」

老頭子笑道：「說起此人來，可真是大大的有名，她就是城裡『金針沈家』的大小姐沈璧君沈姑娘，也是武林中第一位大美人。」

他滿臉堆著笑，彷彿也已分沾到一分光采，接著又道：「我說錯了！沈姑娘其實已不該叫做沈姑娘，應該叫做連夫人才是，看姑娘你也是見多識廣的人，想必知道姑蘇有個『無垢山莊』，是江南第一世家，沈姑娘的夫婿就是無垢山莊的主人連城璧連公子。」

風四娘淡淡道：「連城璧……這名字我好像聽說過。」

其實她不但聽說過，而且還聽得多了。

「連城璧」這名字近年在江湖中名頭之響，簡直如日中天，就算他的對頭仇人，也不能不對他挑一挑大拇指。

那老頭子愈說興趣愈濃，又道：「沈姑娘出嫁已有兩三年，上個月才歸寧，城裡的父母兄弟都一心想看看她這兩年來是否出落得更美了，只可惜這位姑娘從小知書識禮，深居簡出，我老頭子等了二十年，也只不過見過她一兩次而已。」

風四娘冷笑道：「如此說來，這位沈姑娘倒真是你們濟南人心中的寶貝了？」

老頭子根本聽不出她話中的譏誚之意，點著頭笑道：「一點也不錯，一點也不錯……」

風四娘道：「她坐在車子裡，你們也能瞧得見她嗎？」

老頭子眯著眼笑道：「看不到她的人，看看她坐的車子也是好的。」

風四娘幾乎氣破了肚子，幸好這時馬車已走到路盡頭，轉過去瞧不見了，大家這才紛紛落座。

有人還在議論紛紛：「你看人家，回來兩個多月，才上過一趟街，唉，誰能娶到沈姑娘這樣的媳婦，真不知是幾輩子修來的福氣。」

「但人家連公子也不錯，不但學問好、家世好、人品好、像貌好，而且聽說武功也是天下數一數二的高手，這樣的女婿哪兒找去？」

「這才叫郎才女貌，珠連璧合。」

「聽說連公子前兩天也來了，不知是否……」

大家談談說說，說的都是連城璧和沈璧君夫妻，簡直將這兩人說成天上少有，地下無雙。

風四娘也懶得聽了，正想叫蕭十一郎趕快算帳走路，但她身子還沒有完全轉過來，眼角突然瞥見了一個人！

茶館的斜對面，有家「源記」錢莊票號。

當時的行商客旅，若覺得路上攜帶銀兩不便，就可以到這種錢莊去換「銀票」，信用好的錢莊發出的銀票，走遍天下都可通用，信用不好的錢莊就根本無法立足，當時「銀票」盛行，就因爲所有錢莊的信用都很好。

做這行生意的，大都是山西人，因爲山西人的手緊，而且長於理財，這家「源記」票號，就是其中最大的一家。

風四娘看到的這個人，此刻剛從源記票號裡走出來。

這人年紀約莫三十左右，四四方方的臉，四四方方的嘴，穿著件規規矩矩的淺藍緞袍，外面卻罩著件青布衫，腳上穿著經久耐穿的白布襪、青布鞋，全身上下乾乾淨淨，就像是塊剛出爐的硬麵餅。

無論誰都可看出這是個規規矩矩、正正派派的人，無論將什麼事交託給他都可以很放心。

但風四娘見到這人，卻立刻用手擋住了臉，低下頭就往後面走，就像是窮光蛋遇著了債主似的。

不巧的是，這人眼睛也很尖，走出來就瞧見風四娘了，一瞧見風四娘，他眼睛裡就發出了光，大叫道：「四娘，四娘……風四娘……」

他嗓子可真不小，三條街外的人只怕都聽得見。

風四娘只有停下腳，恨恨道：「倒楣，怎麼遇上了這個倒楣鬼。」

那位規矩人已撩起了長衫，大步跑過來。

他眼睛裡有了風四娘，就似乎什麼也瞧不見了，街那邊剛好轉過來一輛馬車，收勢不及，眼見就要將他撞倒。

茶館裡的人都不禁發出了驚呼，誰知這人一退步，伸手一挽車軛，竟硬生生將這輛馬車拉住了！

只見他兩條腿釘子般釘在地上，一條手臂怕不有千斤之力，滿街上的人又都不禁發出了喝采聲。

這人卻似全沒聽到，向那已嚇呆了的車夫抱了抱拳，道：「抱歉。」

這句話剛說完，他的人已奔入了茶館，四四方方的臉上這才露出一絲寬慰的微笑，笑道：「四娘，我總算找著你了。」

風四娘用眼白橫了他一眼，冷冷道：「你鬼叫什麼？別人還當我欠了你的債，你才會在這兒一個勁兒的窮吼。」

這人的笑容看來雖已有些發苦，卻還是陪著笑道：「我……我沒有呀。」

風四娘從鼻子裡「哼」了一聲，道：「你找我幹什麼？」

這人道：「沒……沒事。」

風四娘瞪眼道：「沒事？沒事爲何要找我？」

這人急得直擦汗，道：「我……我只不過覺……覺得好久沒……沒見了，所以……所以……才……」

原來他一著急就變成了結巴，愈結愈說不出。本來相貌堂堂的一個人，此刻就像是變成了個呆頭鵝。

風四娘也忍不住笑了，道：「就算好久沒見，你也不應該站在街上窮吼，知道嗎？」

看到風四娘有了笑容，這位規矩人才鬆了口氣，陪著笑道：「你……你一個人？」

風四娘向那邊坐著的蕭十一郎指了指，道：「兩個。」

這人臉色立刻變了，眼睛瞪著蕭十一郎，就像是恨不得將他一口吞下去，漲紅著臉道：「他……他……他是什麼人？」

風四娘瞪眼道：「他是什麼人，跟你有什麼關係？你憑什麼問他？」

這人急得脖子都粗了，幸好這時蕭十一郎已走了過來，笑道：「我是她堂弟，不知尊駕是……」

聽到「堂弟」兩個字，這位規矩人又鬆了口氣，說話也立刻變得清楚了起來，抱著拳笑道：「原來尊駕是風四娘的堂弟，很好很好，太好了……在下姓楊，草字開泰，以後還請多多指教。」

蕭十一郎似乎覺得有些意外，動容道：「莫非尊駕就是『源記』票號的少東主，江湖人稱『鐵君子』的楊大俠麼？」

楊開泰笑道：「不敢，不敢……」

蕭十一郎也笑道：「幸會，幸會……」

他吃驚的倒並非因爲這人竟是富可敵國的源記少東，而因爲他是少林監寺「鐵山大師」唯一俗家弟子，一手「少林神拳」據說已有了九成火候，江湖中已公認他爲少林俗家弟子中的第一高手！

這麼樣土頭土腦，見了風四娘連話都說不出的一個人，居然是名震關中的武林高手，蕭十一郎自然難免覺得很意外。

楊開泰的眼睛已又轉到風四娘那邊去了，陪著笑道：「兩位爲何不坐下來說話？」

風四娘道：「我們正要走了。」

楊開泰道：「走？到……到哪裡去？」

風四娘眼珠子一轉，道：「我們正想找人請客吃飯。」

楊開泰道：「何必找人，我……我……」

風四娘用眼角瞟著他，道：「你想請客？」

楊開泰道：「當然，當然……聽說隔壁的排骨麵不錯，饅頭也蒸得很白……」

風四娘冷笑道：「排骨麵我自己還吃得起，用不著你請，你走吧。」

楊開泰擦了擦汗，陪笑道：「你……你想吃什麼，我都請。」

風四娘道：「你若真想請客，就請我們上『悅賓樓』去，我想吃那裡的水泡肚。」

楊開泰咬了咬牙，道：「好……好，咱……咱們就上悅賓樓。」

每個城裡都有一兩家特別貴的飯館，但生意卻往往特別好，因爲花錢的大爺們愛的就是這調調兒。

坐在價錢特別貴的飯館裡吃飯，一個人彷彿就會變得神氣許多，覺得自己多多少少還是個人物。

其實悅賓樓賣五錢銀子一份的水泡肚，也未必比別家賣一錢七的滋味好些，但硬是有些人偏偏要覺得大不相同。

楊開泰從走上樓到坐下來，至少已擦了七八次汗。

風四娘已開始點菜了，點了四五樣，楊開泰的臉色看來已有些發白，突然站起來，道：「我……我出去走一趟，就……就回來。」

風四娘理也不理他，還是自己點自己的菜，等楊開泰走下樓，她已一口氣點了十六七樣菜，這才停下來，道：「你猜不猜得出他幹什麼去了？」

蕭十一郎笑了笑，道：「去拿錢？」

風四娘笑道：「一點也不錯，這種人出來身上帶的錢絕不會超過一兩銀子。」

蕭十一郎道：「無論如何，他總是個君子，你也不該窮吃他。」

風四娘冷笑道：「什麼鐵君子，我看他簡直是個鐵公雞，就和他老子一樣，一毛不拔，這種人不吃吃誰？」

蕭十一郎道：「他總算對你不錯。」

風四娘道：「我這麼樣吃他，就是要將他吃怕。」

她撇了撇嘴，道：「你也不知道這人有多討厭，自從在王老夫人的壽宴上見過我一面後，就整天像條狗似的盯著我。」

蕭十一郎道：「我倒覺得他很好，人既老實，又正派，家世更沒話說，武功也是一等一的高手，我看你不如就嫁給他……」

話未說完，風四娘已叫了起來，道：「放你的屁，天下的男人死光了，我也不會嫁給這種鐵公雞。」

蕭十一郎嘆了口氣，苦笑道：「女人真奇怪，未出嫁前，總希望自己的老公又豪爽，又慷慨，等到嫁給他以後，就希望他愈小氣愈好了，最好一次客都不請，把錢都交給她。」

上第二道菜的時候，楊開泰才趕回來，那邊角落上剛坐下一個面帶微鬚的中年人看到他，就欠了欠身，抱了抱拳。

楊開泰也立刻抱拳還禮，彼此都很客氣。

那中年人是一個人來的，穿的衣服雖然並不十分華貴，但氣派看來卻極大，腰畔懸著的一柄烏鞘劍，看來也絕非凡品。一雙眸子更是炯炯有神，顧盼之間，隱然有威，顯見得是個常常發號施令的人物。

風四娘早就留意到他了，此刻忍不住問道：「那人是誰？」

楊開泰道：「你不認得他？奇怪奇怪！」

風四娘道：「我爲什麼就一定要認得他？」

楊開泰壓低聲音，道：「他就是當年巴山顧道人的衣鉢弟子柳色青，若論劍法之高遠清靈，江湖間只怕已很少有人能比得上他了！」

風四娘也不禁爲之動容，道：「聽說他的『七七四十九手迴風舞柳劍』已盡得顧道人的神髓，而且還有過之而無不及，你看過嗎？」

楊開泰道：「這人生性恬淡，從來不喜歡和別人打交道，所以江湖中認得他的人很少，但卻和嵩山的鏡湖師兄是方外至交，所以我才認得他。」

他說別的話時，不但口齒清楚，而且有條有理，但一說到自己和風四娘的事時，就立刻變成個結結巴巴的呆子了。

風四娘瞟了蕭十一郎一眼，道：「看來這地方來的名人倒不少。」

楊開泰笑道：「的確不少，除了我和柳色青外，大概還有厲剛、徐青藤、朱白水和連城璧連公子。」

風四娘冷冷道：「如此說來，你也是個名人了？」

楊開泰怔了怔，道：「我……我……我……」

他又說不出話來了。

連城璧、柳色青、楊開泰、朱白水、徐青藤、厲剛，這六人的名字說來的確非同小可，近十年來的江湖成名人物中，若論名頭之響，武功之高，實在很難找得出幾個人比這六人更強的。

這六人的年紀都不大，最大的厲剛也不過只有四十多歲，但他們不但個個都是世家子弟，名門之後，而且爲人都很正派，做的事也很漂亮，連江湖中最難惹的老怪物「木尊者」，都說他們六人都不愧是「少年君子」。

木尊者這句話說出來，「六君子」之名立刻傳遍了江湖。

風四娘又瞟了蕭十一郎一眼，蕭十一郎仍低著頭在喝酒，始終都沒有說話，風四娘這才轉向楊開泰，道：「今天是什麼風將你們六位大名人都吹到濟南來了呀？」

楊開泰擦了擦汗，道：「有……有人請……請我們來的。」

風四娘道：「能夠請得動你們六位的人，面子倒真不小；是誰呀？」

楊開泰道：「是……是司空曙、趙無極、海靈子、屠嘯天和徐魯子徐大師聯合發的請柬，要我們到大明湖畔的沈家莊來看一把刀。」

風四娘眼睛亮了，道：「看什麼刀？」

楊開泰道：「割鹿刀！」

風四娘淡淡道：「為了看一把刀，就將你們六位都請來，也未免太小題大做了吧？」

楊開泰道：「據說那不是一把普通的刀，徐大師費了一生心血才鑄成的，他準備將這把刀送給我們六人中的一人，卻不知送給誰好。」

風四娘道：「所以他就將你們六人都請來，看看誰的本事大，就將刀送給誰，是嗎？」

楊開泰道：「只怕是的。」

風四娘冷笑道：「為了一把刀，你們居然就不惜遠遠的跑到這裡來拚命，你們這六位少年君子也未免太不值錢了吧！」

楊開泰漲紅了臉，道：「其實我……我並不想要這把刀，只不過……只不過……」

蕭十一郎忽然笑道：「我了解楊兄的意思，徐大師既有此請，楊兄不來，豈非顯得示弱於人了麼，我知道楊兄要爭的是這份榮譽，絕不是那把刀！」

楊開泰展顏笑道：「對對對，對極了……」

他接著又道：「何況徐大師這把刀也並不是白送給我們的，無論誰得到這把刀，都要答應他兩件事。」

風四娘道：「拿了人家以一生心血鑄成的寶刀，就算要替人家做二十件事，也是應該的。」

楊開泰嘆了口氣，道：「這兩件事做來只怕比別的兩百件事還要困難得多。」

風四娘道：「哦？」

楊開泰道：「第一件事他要我們答應他，終生佩帶此刀，絕不讓它落入第二人的手中。這件事說來容易，做來卻簡直難如登天。」

他苦笑著接道：「現在江湖中已不知有多少人知道這把刀的消息了，無論誰將這把刀奪到手，立刻就能成名露臉，震動江湖，帶著這把刀在江湖走動，簡直就好像帶著包火藥似的，隨時都可能引火上身。」

風四娘笑了笑道：「這話倒不假，就連我說不定也想來湊湊熱鬧的。」

楊開泰道：「但若比起第二件事來，這件事倒還算容易的。」

風四娘道：「哦？他要你幹什麼，到天上摘個月亮下來麼？」

楊開泰苦笑道：「他要我們答應他，誰得到這把刀之後，就以此刀爲他除去當今天下聲名最狼藉的大盜……」

他話未說完，風四娘已忍不住搶著問道：「他說的是誰？」

楊開泰一字字緩緩道：「蕭十一郎！」

已經上到第十樣菜了。

楊開泰忽然看到滿桌子的菜，臉色就立刻發白，喃喃道：「菜太多了，太豐富了，怎麼吃得下。」

風四娘板著臉道：「這話本該由做客人的來說的，做主人的應該說：菜不好，菜太少……你連這點規矩都不懂嗎？」

楊開泰擦了擦汗，道：「抱……抱歉，我……我一向很少做主人。」

風四娘也忍不住爲之失笑，道：「你這人雖然小氣，總算還坦白得很。」

蕭十一郎忽然道：「不知楊兄可認得那蕭十一郎麼？」

楊開泰道：「不認得。」

蕭十一郎目光閃動，道：「楊兄既然與他素不相識，得刀之後，怎忍下手殺他？」

楊開泰道：「我雖不認得他，卻知道他是個無惡不作的江洋大盜，這種人正是『人人得而誅之』，我爲何要不忍？」

蕭十一郎道：「楊兄可曾親眼見到他做過什麼不仁不義的事？」

楊開泰道：「那倒也沒有，我……只不過時常聽說而已。」

蕭十一郎笑了笑，道：「親眼所見之事，尙且未必能算準，何況僅是耳聞呢？」

楊開泰默然半晌，忽也笑了笑，道：「其實就算我想殺他，也未必能殺得了他，江湖中想殺他的人也不知有多少，但他豈非還是活得好好的？」

風四娘冷笑道：「一點也不錯，你若肯聽我良言相勸，還是莫要得到那柄刀好些，否則你非但殺不了蕭十一郎，弄不好也許還要死在他手上。」

楊開泰嘆道：「老實說，我能得到那柄刀的希望本就不大。」

風四娘道：「以你之見，是誰最有希望呢？」

楊開泰沉吟著，道：「厲剛成名最久，他的『大開碑手』火候也很老到，只不過他爲人太方正，掌法也不免呆板了些，缺少變化。」

風四娘道：「如此說來，他也是沒希望的了。」

楊開泰道：「他未必能勝得過我。」

風四娘道：「徐青藤呢？」

楊開泰道：「徐青藤是武當掌門真人最心愛的弟子，拳劍雙絕，輕功也好，據說他的劍法施展出來，已全無人間煙火氣，只可惜……」

風四娘道：「只可惜怎樣？」

楊開泰道：「他是世襲的杭州將軍，鐘鳴鼎食，席豐履厚，一個人生活過得若是太舒適了，武功就難有精進。」

風四娘道：「所以，你覺得他也沒什麼希望，是嗎？」

楊開泰沒有說話，無異已默認了。

風四娘道：「朱白水呢？我聽說他身兼峨嵋、點蒼兩家之長，又是昔年暗器名家『千手觀音』朱夫人的獨生子。收發暗器的功夫，一時無兩。」

楊開泰道：「這個人的確是驚才絕艷，聰明絕頂，只可惜他太聰明了，據說已看破紅塵，準備剃度出家，所以他這次來不來都很成問題。」

風四娘道：「他若來呢？」

楊開泰道：「他既已看破紅塵，就算來了，也不會全力施為。」

風四娘道：「他也沒希望？」

楊開泰道：「希望不大。」

風四娘瞧了坐在那邊自斟自飲的柳色青一眼，壓低聲音道：「他呢？」

楊開泰道：「此人劍法之高，無話可說，只可惜人太狂傲，與人交手時未免太輕敵，而且百招過後若還不能取勝，就會變得漸漸沉不住氣了。」

蕭十一郎笑道：「楊兄分析的確精闢絕倫……」

風四娘道：「你既然很會分析別人，為何不分析分析自己？」

楊開泰正色道：「我自十歲時投入恩師門下，至今已有二十一年，這二十一年來無論風雨寒暑，我早晚兩課從未間斷，我也不敢妄自菲薄，若論掌力之強，內勁之長，只怕已很少有人能比得上我。」

蕭十一郎嘆道：「楊兄果然不愧為君子，品評人事，既不貶人揚己，也不矯情自謙，而且……」

風四娘搶著笑道：「而且他心裡無論有什麼事都存不住的，臉上立刻就會顯露出來，有人要他請客時，他的臉簡直比馬臉還難看。」

楊開泰的臉又漲紅了，道：「我……我……我只不過……」

風四娘道：「你只不過是太小氣，所以你的內力雖深厚，掌法卻嫌太放不開，總是，不求有功，但求無過，別人雖很難勝你，你想勝過別人也很難。」

她笑了笑，接著道：「你評論別人完了，也得讓我評論評論你，對不對？」

楊開泰紅著臉呆了半晌，才長長嘆了口氣，道：「四娘你真不愧是我的知己。」

風四娘道：「知己兩字，倒不敢當，只不過你的毛病我倒清楚得很。」

楊開泰嘆道：「正因如此，所以我才自覺不如連城璧！」

風四娘道：「你看過他的武功？」

楊開泰道：「沒有。江湖中見過他真功夫的人並不多。」

風四娘道：「那麼你怎知他武功比你強？」

楊開泰道：「就因為他武功從不輕易炫露，才令人更覺他深不可測。」

蕭十一郎道：「據說此人是個君子，六歲時便已有『神童』之譽，十歲時劍法已登堂奧，十一歲時就能與自東瀛渡海而來的『一刀流』掌門人『太玄信機』交手論劍，歷三百招而不敗，自此之後，連扶桑三島都知道中土出了位武林神童。」

他笑了笑，悠然接道：「但我也聽說過蕭十一郎也是位不世出的武林奇才，刀法自成一格，出道後從未遇過敵手，卻不知道這位連公子比不比得上他？」

楊開泰道：「蕭十一郎的刀法如風雷閃電，連城璧的劍法卻如暖月春風，兩人一剛一柔，都已登峰造極，但自古『柔能剋剛』，放眼當今天下，若說還有人能勝過蕭十一郎的，只怕就是這位連城璧了。」

蕭十一郎神色不動，微笑道：「聽你說來，他兩人一個至剛，一個至柔，倒好像是天生的對頭！」

楊開泰道：「但蕭十一郎卻有幾樣萬萬比不上連城璧！」

蕭十一郎道：「哦？願聞其詳。」

楊開泰道：「連城璧武林世家子弟，行事大仁大義，而且處處替人著想，從不爭名奪利，近年來人望之隆，無人能及，已可當得起『大俠』兩字！這種人無論走到哪裡，別人都對他恭敬有加，可說已佔盡了天時、地利、人和。」

風四娘咬著嘴唇道：「蕭十一郎呢？」

楊開泰道：「蕭十一郎卻是聲名狼藉的大盜，既沒有親人，更沒有朋友，無論走到哪裡，都絕不會有人幫他的忙。」

蕭十一郎雖然還在笑，但笑容看來已帶著種說不出的蕭索寂寞之意，舉起酒杯，一飲而盡，大笑道：「說得對，說得好，想那蕭十一郎只不過是個馬車伕的兒子而已，又怎能和連城璧那種世家子弟相比。」

楊開泰道：「除此之外，連城璧還有件事，也是別人比不上的。」

風四娘道：「什麼事？」

楊開泰道：「他還有個好幫手，賢內助。」

風四娘道：「你說的可是沈璧君？」

楊開泰道：「不錯，這位連夫人就是『金針』沈太君的孫女兒，不但身懷絕技，而且溫柔賢慧，是位典型的賢妻良母。」

風四娘冷冷道：「只可惜她已嫁人了，否則你倒可以去追求追求。」

楊開泰的臉立刻又紅了，吃吃道：「我……我……我只不過……」

風四娘慢慢的啜著杯中酒，喃喃道：「不知道沈家的『金針』比起我的『銀針』來怎樣？……」

她忽然抬起頭，笑道：「你們什麼時候到沈家莊去？」

楊開泰道：「明天下午——護刀入關的司空曙，最遲明天早上就可到了。」

風四娘眼珠子直轉，道：「不知道他們還請了些什麼人？」

楊開泰道：「客人並不多……」

他像是忽然想到了什麼，瞧著風四娘道：「你是不是也想去？」

風四娘冷笑了一聲，淡淡道：「人家又沒有請我，我臉皮還沒有這麼厚。」

楊開泰道：「但我可以帶你去，你就算是我的……我的……」

風四娘瞪眼道：「算是你的什麼人？」

楊開泰紅著臉，吃吃道：「朋……朋……朋友……」

七　沈太君的氣派

沈家莊在大明湖畔，依山面水，你只要看到他們門口那兩尊古老石獅子，就可想見這家家族歷史的輝煌與悠久。

沈家莊的奴僕並不多，但每個人都是彬彬有禮，訓練有素，絕不會令任何人覺得自己受了冷落。

自從莊主沈勁風夫婦出征流寇，雙雙戰死在嘉峪關口之後，沈家莊近年來實是人丁凋零，只有沈太君一個人在支持著門戶。

但沈家莊在江湖人心目中的地位卻非但始終不墜，而且反而愈來愈高了，這並不完全是因爲大家同情沈勁風夫婦的慘死，崇敬他們的英節，也因爲這位沈太君的確有許多令人心服之處。

連城璧一早就出城去迎接護刀入關的人了，此刻在大廳中接待賓客的，是沈太君娘家的侄子「襄陽劍客」萬重山。

客到的並不多，最早來的是「三原」楊開泰。

他還帶來了兩位「朋友」，一位是個很英俊秀氣的白面書生，叫「馮士良」，另一位是馮士良的堂弟，叫「馮五」。

萬重山閱人多矣，總覺得這兩位「馮先生」都是英氣逼人，武功也顯然有很深的火候，絕不會是江湖中的無名之輩。

但他卻偏偏從未聽說過這兩人的名字。

萬重山心裡雖奇怪，表面卻不動聲色，絕口不提，他信得過楊開泰，他相信楊開泰帶來的朋友絕不會是爲非作歹之徒。

但厲剛就不同了。

厲剛來得也很早，萬重山爲他們引見過之後，厲剛那一雙尖刀般的眼睛，就一直在盯著這兩位「馮先生」。

這位以三十六路「大開碑手」名揚天下的武林豪傑，不但一雙眼神像尖刀，他整個人都像是一把刀，出了鞘的刀！

他整個人身上都散發著一種凌厲之氣，咄咄逼人。

風四娘被他盯得又幾乎有些受不住了，但蕭十一郎卻還是面帶微笑，安然自若，完全不在乎。

蕭十一郎和別人不同的地方，就是他什麼都不在乎。

然後柳色青也來了。

再到的是徐青藤，這位世襲的杭州將軍，果然是人物風流，衣衫華麗，帽上綴著的一粒珍珠，大如鴿卵，一看就知道是價值連城之物，但他對人卻很客氣，並未以富貴凌人，也沒有什麼架子。

這其間還到了幾位客人，自然也全都是德高望重的武林前輩，但厲剛的眼睛卻還是一直在盯著蕭十一郎。

楊開泰也覺得有些不對了，搭訕著道：「厲兄近來可曾到少林去過？」

厲剛板著臉點了點頭，忽然道：「這位馮兄是閣下的朋友？」

楊開泰道：「不錯。」

厲剛道：「他真的姓馮？」

風四娘一肚子火，實在忍不住了，冷笑道：「閣下若認為我們不姓馮，那麼我們應該姓什麼呢？」

厲剛沉著臉，道：「兩位無論姓什麼，都與厲某無關，只不過厲某生平最見不得藏頭露尾，改名換姓之輩，若是見到，就絕不肯放過。」

風四娘臉色已變了，但萬重山已搶著笑道：「厲兄為人之剛正，是大家都知道的。」

徐青藤立刻也笑著打岔，問道：「白水兄呢？為何還沒有來？」

萬重山輕輕嘆息了一聲，道：「白水兄已在峨嵋金頂剃度，這次只怕是不會來的了。」

徐青藤扼腕道：「他怎會如此想不開？其中莫非還有什麼隱情麼？」

厲剛忽然一拍桌子，厲聲道：「無論他是為了什麼，都大大的不該，朱家世代單傳，只有他這一個獨子，他卻出家做了和尚；常言道：不孝有三，無後為大。虧他還唸過幾天書，竟連這句話都忘了，我若見了他……哼。」

萬重山和徐青藤面面相覷，誰也不說話了。

風四娘一肚子氣還未消，忍不住冷笑道：「你看這人多奇怪，什麼人的閒事他都要來管管。」

厲剛霍然長身而起，怒道：「我就是喜歡管閒事，你不服？」

楊開泰也站了起來，大聲道：「厲兄莫要忘了，他是我的朋友。」

厲剛道：「是你的朋友又怎樣？厲某今日就要教訓教訓你這朋友。」

楊開泰臉都漲紅了，道：「好好好，你……你……你不妨先來教訓教訓我吧。」

兩人一挽袖子，像是立刻就要出手，滿屋子的人竟沒有一個站出來勸架的，因爲大家都知道厲剛的脾氣，誰也不願再自討無趣。

突聽一人道：「你們到這裡來，是想來打架的麼？」

這句話說得本不大高明，非但全無氣派，也不文雅，甚至有些像販夫走卒在找人麻煩。但現在這句話由這人嘴裡說出來，份量就好像變得忽然不同了，誰也不會覺得這句話說得有絲毫不文雅，不高明之處——因爲這句話是沈太夫人說出來的。

沈太君無論年齡、身分、地位，都已到了可以隨便說話的程度，能夠挨她罵的人，心裡非但不會覺得難受，反而會覺得很光榮，她若對一個人客客氣氣的，那人反而會覺得全身不舒服。

這道理沈太君一向很明白。

無論對什麼事，她都很明白，她聽得多，看得夠多，經歷過的事也夠多了，現在她的耳朵雖已有點聾，但只要是她想聽的話，別人聲音無論說得多麼小，她還是能將每個字都聽得清清楚楚。

若是她不想聽的話，她就一個字也聽不到了。

現在她的眼睛雖也不如以前那麼明亮敏銳，也許已看不清別人的臉，但每個人的心她卻都能看得清清楚楚。

丫頭們將她扶出來的時候，她正在吃著一粒蜜棗，吃得津津有味，像是已將全副精神都放在這粒棗子上。

方才那句話就好像根本不是她說的。

但厲剛、楊開泰都已紅著臉，垂下了頭，偏過半個身子，悄悄將剛捲起的衣袖又放了下來。

滿屋子的人都在恭恭敬敬的行禮。

沈太君笑瞇瞇的點了點頭，道：「徐青藤，你帽子上這粒珍珠可真不錯呀，但你將它釘在帽子上，豈非太可惜了嗎？你為什麼不將它掛在鼻子上呢？也好讓別人看得更清楚些。」

徐青藤的臉紅了，什麼話也不敢說。

沈太君笑瞇瞇的瞧著柳色青，又道：「幾年不見，你劍法想必又精進了吧？天下大概已沒有人能比得上你了吧！其實你外號應該叫做『天下第一劍』才對，至少你身上掛的這把劍比別人的都漂亮得多。」

柳色青的臉也紅了，他的手本來一直握著劍柄，像是生怕別人看不到，現在卻趕快偷偷的將劍藏到背後。

他們的臉雖紅，卻並沒有覺得絲毫難爲情，因爲能挨沈太君的罵，並不是件丟人的事。那至少表示沈太君並沒有將他們當外人。

沒有挨罵的人，看來反倒有些悵悵然若有所失。

楊開泰垂著頭，吶吶道：「小侄方才一時無禮，還求太夫人恕罪。」

沈太君用手扶著耳朵，道：「什麼，你說什麼？我聽不見呀。」

楊開泰臉又紅了，道：「小……小侄方才無……無禮……」

沈太君笑了，道：「哦——原來你是說沒有帶禮物來呀，那有什麼關係，反正我知道你是個小氣鬼，連自己都捨不得吃，捨不得穿，怎麼會送禮給別人？」

楊開泰一句話也說不出了。

厲剛忍不住道：「晚輩方才也並未想和楊兄打架，只不過這兩人……」

沈太君道：「什麼？你說這兩人想打架？」

笑瞇瞇地瞧了瞧風四娘和蕭十一郎，搖著頭道：「不會的，這兩人看來都是好孩子，怎麼會在我這裡打架，只有那種沒規矩的野孩子才會在這裡吹鬍子、瞪眼睛，你說是嗎？」

厲剛怔了半晌，終於還是垂首道：「太夫人說的是。」

風四娘愈看愈有趣，覺得這位老太婆實在有趣極了，她只希望自己到七八十歲的時候，也能像這老太婆一樣有趣。

沈太君笑道：「這地方本來客人還不少，可是自從璧君出了嫁之後，就已有很久沒這麼熱鬧過了，我這才明白，原來那些人並不是來看我這老太婆的，但今天你們若也想來看看我們那位大美人兒，只怕就難免要失望。」

她眼睛笑得瞇成了一條線，道：「我們那位大丫頭今天可不能見客，她有病。」

楊開泰脫口道：「有病？什麼病？」

沈太君笑道：「傻孩子，你著急什麼？她若真的有病，我還會這麼開心？」

她擠了擠眼睛，故意壓低聲音，道：「告訴你，她不是有病，是有喜。但你可千萬不能說是我說的，免得那丫頭又怪我老婆子多嘴。」

滿屋子的人立刻又站了起來，只聽「恭喜」之聲不絕於耳，楊開泰更是笑得闔不攏嘴來。

風四娘瞪了他一眼，悄悄道：「你開心什麼？孩子又不是你的。」

楊開泰的嘴立刻闔了起來，連笑都不敢笑了，像他這麼聽話的男人，倒也的確少見得很。

蕭十一郎不禁在暗中嘆了口氣，因爲他很明白一個男人是絕不能太聽女人話的，男人若是太聽一個女人的話，那女人反會覺得他沒出息。

蕭十一郎無論和多少人在一起，都好像是孤孤單單的，因爲他永遠是個「局外人」，永遠不能分享別人的歡樂。

他永遠最冷靜，所以他第一個看到了連城璧。

他並不認得連城璧，也從未見過連城璧，可是他知道，現在從外面走進來的這個人定是連城璧。

因為他從未見過任何人的態度如此文雅，在文雅中卻又帶著種令人覺得高不可攀的清華之氣。

世上有很多英俊的少年，有很多文質彬彬的書生，有很多氣質不凡的世家子弟，也有很多少年揚名的武林俠少，但卻絕沒有任何人能和現在走進來的人相比。雖然誰也說不出他的與眾不同之處究竟在哪裡，但無論任何人只要瞧一眼，就會覺得他的確是與眾不同的。

趙無極本也是個很出色的人，他的風神也曾令許多人傾倒，若是和別人走在一起，他的風采總是特別令人注意。

但現在他和這人走進來，蕭十一郎甚至沒有看見他。

他穿的永遠是質料最高貴，剪裁最合身的衣服，身上佩帶的每樣東西都經過仔細的挑選，每樣都很配合他的身分，使人既不會覺得他寒傖，也不會覺得他做作，更不會覺得他是個暴發戶。

武林中像趙無極這麼考究的人並不多，但現在他和這人一齊走進來，簡直就像是這人的跟班。

這人若不是連城璧，世上還有誰可能是連城璧？連城璧若不是這麼樣一個人，他也就不是「連城璧」了！

連城璧也一眼就瞧見了蕭十一郎。

他也不認得蕭十一郎，也從未見過蕭十一郎，更絕不會想到現在站在大廳門口石階上的這少年就是蕭十一郎。

可是他只瞧了一眼，他就覺得這少年有很多和別人不同的地方——究竟有什麼不同，他也說不出。

他很想多瞧這少年幾眼，可是他沒有這麼做，因爲盯著一個人打量是件很不禮貌的事。

連城璧這一生中從未做過對任何人失禮的事。

等大家看到連城璧和趙無極的時候，當然又有一陣騷動。

然後，趙無極才拜見沈太夫人。

沈太君雖然還是笑瞇瞇的，但眼睛裡卻連一絲笑意都沒有，她似已覺出事情有些不對了。

趙無極拜道：「晚輩來遲，有勞太夫人久候，恕罪恕罪。」

沈太君笑道：「沒關係，來遲了總比不來的好，是嗎？」

趙無極道：「是。」

沈太君道：「屠嘯天、海靈子和那老鷹王呢？他們爲什麼不來？難道沒有臉來見我？」

趙無極嘆了口氣，道：「他們的確無顏來見太夫人……」

沈太君的眼睛像是忽然變得年輕了，目光閃動，道：「刀丟了，是嗎？」

趙無極垂下了頭。

沈太君淡淡道：「刀丟了倒沒關係，只怕連人也丟了。」

趙無極頭垂得更低，道：「晚輩實也無顏來見太夫人，只不過……」

沈太君忽然笑了笑，道：「你用不著解釋，我也知道這件事責任絕不在你，有老鷹王和你們在一起，他一定會搶著要帶那把刀，所以刀一定是在他手裡丟了的。」

趙無極嘆道：「縱然如此，晚輩亦難辭疏忽之罪，若不能將刀奪回，晚輩是再也無顏見武林同道的了。」

沈太君道：「能自那老鷹王手裡將刀奪去的人，世上倒也沒幾個，奪刀的人是誰呀？那人的本領不小吧？」

趙無極道：「風四娘。」

沈太君道：「風四娘？……這名字我倒也聽說過，聽說她手上功夫也有兩下子，但就憑她那兩下子，只怕還奪不走老鷹王手裡的刀吧！」

趙無極道：「她自然還有個幫手。」

沈太君道：「是誰？」

趙無極長長嘆息了一聲，一字字道：「蕭十一郎！」

大廳中的人果然都不愧是君子，聽到了這麼驚人的消息，大家居然還都能沉得住氣，沒有一個現出驚訝失望之態來的，甚至連一個說話的人都沒有，因為在這種時候，無論說什麼都會令趙無極覺得很難堪。

君子是絕不願令人覺得難堪的。

臉上露出驚訝之色來的只有兩個人，一個是楊開泰，一個是風四娘。楊開泰盯著風四娘，風四娘卻在盯著蕭十一郎。

她心裡自然覺得奇怪極了，她自然知道丟的那把並不是真刀，那麼，真刀到哪裡去了？

聽到「蕭十一郎」這名字，沈太君才皺了皺眉，喃喃道：「蕭十一郎，蕭十一郎……最近我怎麼總是聽到這人的名字，好像天下的壞事都被他一人做盡了。」

她忽又笑了笑，道：「我老婆子倒真想見見這個人，一個人就能做出這麼多壞事來，倒也不容易。」

厲剛板著臉道：「此人不除，江湖難安！晚輩遲早總有一日提他的首級來見太夫人。」

沈太君也不理他，卻道：「徐青藤，你想不想要蕭十一郎的頭？」

徐青藤沉吟著，道：「厲兄說的不錯，此人不除，江湖難安……」

沈太君不等他說完，又道：「柳色青，你呢？」

柳色青道：「晚輩久已想與此人一較高低。」

沈太君目光移向連城璧，道：「你呢？」

連城璧微笑不語。

沈太君搖著頭，喃喃道：「你這孩子什麼都好，就是太不愛說話了……你們信不信，他到我這裡來了半個月，我還沒有聽他說過十句話。」

楊開泰張開嘴，卻又立刻閉上了。

沈太君道：「你想說什麼？說呀，難道你也想學他？」

楊開泰偷偷瞟了風四娘一眼，道：「晚輩總覺得有時不說話反比說話好。」

沈太君笑了，道：「那麼你呢？你想不想殺蕭十一郎？」

楊開泰道：「此人惡名四溢，無論誰能除去此人，都可名揚天下，晚輩自然也有這意思，只不過……」

沈太君道：「只不過怎樣？」

楊開泰垂下頭，苦笑道：「晚輩只怕還不是他的敵手。」

沈太君大笑道：「好，還是你這孩子說話老實，我老婆子就喜歡這種規規矩矩，本本份份的人，只可惜我沒有第二個孫女兒嫁給你。」

楊開泰的臉馬上又漲紅了，眼睛再也不敢往風四娘那邊去瞧——風四娘臉上是什麼表情，他已可想像得到。

沈太君目光這才回到厲剛身上，淡淡道：「你看，有這麼多人都想要蕭十一郎的頭，你想提他的頭來見我，只怕還不大容易吧！」

風四娘瞧著蕭十一郎：「你感覺如何？」

蕭十一郎道：「我開心極了。」

風四娘道：「開心？你還覺得開心？」

蕭十一郎笑了笑，道：「我還不知道我的頭如此值錢，否則只怕也早就送進當鋪了。」

風四娘也笑了。

夜很靜，她的笑聲就像是銀鈴一樣。

這是沈家莊的後園，每個客人都有間客房，到了沈家莊的人若不肯住一晚上，那豈非太不給沈太君面子了。

風四娘的笑聲很快就停了下來，皺起眉道：「我們奪到的明明是假刀，但他們丟的卻偏偏是真刀，你說這件事奇怪不奇怪？」

蕭十一郎道：「不奇怪。」

風四娘道：「不奇怪？你知道真刀到哪裡去了？」

蕭十一郎道：「真刀……」

他剛說出兩個字，就閉上了嘴。

因爲他已聽到了一個人的腳步聲向這邊走了過來，他知道必定是楊開泰，只有君子人的腳步聲才會這樣重。

君子絕不會偷偷摸摸的走過來偷聽別人說話。

風四娘又皺起了眉，喃喃道：「陰魂不散，又來了……」

她轉過身，瞪著楊開泰，冷冷道：「你是不是要我謝謝你？」

楊開泰漲紅了臉，道：「我……我沒有這意思。」

風四娘道：「我本來是應該謝謝你，你方才若說出我是風四娘，那些人一定不會放過我。」

楊開泰道：「我爲什麼要……要說？」

風四娘道：「他們不是說我就是那偷刀的賊麼？」

楊開泰擦了擦汗，道：「我知道你不是。」

風四娘道：「你怎麼知道？」

楊開泰道：「因爲……因爲……我相信你。」

風四娘道：「你爲什麼相信我？」

楊開泰又擦了擦汗，道：「沒有爲什麼，我就是……就是相信你。」

風四娘望著他，望著他那四四方方的臉，誠誠樸樸的表情，風四娘的眼睛忍不住有些濕了。

她就算是個木頭人，也有被感動的時候，在這一剎那間，她也不禁真情流露，忍不住握住了楊開泰的手，柔聲道：「你真是個好人。」

楊開泰的眼睛也濕了，吃吃道：「我……我並不太好，我……我也不太壞，我……」

風四娘嫣然一笑，道：「你真是個君子，可也真是個呆子……」

她忽然想起蕭十一郎，立刻鬆開了手，回首笑道：「你說他……」

她笑容又凝結，因爲蕭十一郎已不在她身後。

蕭十一郎已不見了。

風四娘怔了半晌，道：「他的人呢，你看見他到哪裡去了嗎？」

楊開泰也怔了怔，道：「什麼人？」

風四娘道：「他……我堂弟，你沒有看見他？」

楊開泰道：「沒……沒有。」

風四娘道：「你難道是瞎子？他那麼大一個人你會看不見？」

楊開泰道：「我……我真的沒看見，我只……只看見你……」
風四娘跺了跺腳，道：「你呀，你真是個呆子。」
屋子裡的燈還是亮著的。
風四娘只希望蕭十一郎已回到屋裡，但卻又不敢確定，因爲她很了解蕭十一郎這個人。
她知道蕭十一郎隨時都會失蹤的。
蕭十一郎果然已失蹤了。
屋子裡一個人都沒有，燈台下壓著一張紙。
紙上的墨跡還未乾，正是蕭十一郎寫的一筆怪字。
「快嫁給他吧，否則你一定會後悔的，我敢擔保；你這一輩子絕對再也找不到一個比他對你更好的人了。」
風四娘咬著牙，連眼圈兒都紅了，恨恨道：「這混帳，這畜牲，簡直不是人生父母養的。」
楊開泰陪著笑，道：「他不是你堂弟嗎？你怎麼能這樣子罵他！」
風四娘跳了起來，大吼道：「誰說他是我堂弟，你活見了鬼嗎？」
楊開泰急得直擦汗，道：「他不是你堂弟是什麼人？」
風四娘忍住了眼淚，道：「他……他……他也是個呆子！」
呆子當然不見得就是君子，但君子卻多多少少必定有些呆氣，做君子本不是件很聰明的事。

蕭十一郎嘴裡在低低哼著一支歌，那曲調就像是關外草原上的牧歌，蒼涼悲壯中卻又帶著幾分寂寞憂鬱。

每當他哼這支歌的時候，他心情總是不太好的，他對自己最不滿意的地方，就是他從不願做呆子。

夜色並不淒涼，因爲天上的星光很燦爛，草叢中不時傳出秋蟲的低鳴，卻襯得天地間分外靜寂。

在如此靜夜中，如此星空下，一個人踽踽獨行時，心情往往會覺得很平靜，往往能將許多苦惱和煩惱忘卻。

但蕭十一郎卻不同，在這種時候，他總是會想起許多不該想的事，他會想起自己的身世，會想起他這一生中的遭遇……

他這一生永遠都是個「局外人」，永遠都是孤獨的，有時他真覺得累得很，但卻從不敢休息。

因爲人生就像是條鞭子，永遠不停的在後面鞭打著他，要他往前面走，要他去找尋，但卻又從不肯告訴他能找到什麼……

他只有不停的往前走，總希望能遇到一些很不平凡的事，否則，這段人生的旅途豈非就太無趣？

八　鷹王的秘密

突然間，他聽到一陣很勁急的衣袂帶風聲，他一聽就已判斷出這夜行人的輕功顯然不弱。

風聲驟然在前面的暗林中停了下來，接著暗林中就傳出了一個人急促的喘息聲，還帶著痛苦的呻吟。

這夜行人顯然受了很重的傷。

蕭十一郎的腳步並沒有停頓，還是向前面走了過去，走入暗林，那喘息聲立刻就停止了。

過了半晌，突聽一人嗄聲道：「朋友留步！」

蕭十一郎這才緩緩轉過身，就看到一個人自樹後探出了半邊身子，巴斗大的頭顱上，生著一頭亂髮。

這人赫然竟是獨臂鷹王！

蕭十一郎面上絲毫不動聲色，緩緩道：「閣下有何見教？」

獨臂鷹王一隻獨眼餓鷹般盯著他，過了很久，才嘆了口氣，道：「我受了傷。」

蕭十一郎道：「我看得出。」

獨臂鷹王道：「你可知道前面有個沈家莊？」

蕭十一郎道：「知道。」

獨臂鷹王道：「快揹我到那裡去，快，片刻也耽誤不得。」

蕭十一郎道：「你不認得我，我也不認得你，我為何要揹你去？」

獨臂鷹王大怒道：「你……你敢對老夫無禮？」

蕭十一郎淡淡道：「是你無禮？還是我無禮？莫忘了現在是你在求我，不是我在求你。」

獨臂鷹王盯著他，目中充滿了兇光，但一張臉卻已漸漸扭曲，顯然正在忍受著極大的痛苦。

過了很久，他才嘆了口氣，嘴角勉強擠出一絲笑容，掙扎著自懷中掏出一錠金子，喘息著道：「這給你，你若肯幫我的忙，我日後必定重重謝你。」

蕭十一郎笑了笑，道：「這倒還像句人話，你為何不早就這麼樣說呢？」

他慢慢走過去，像是真想去拿那錠金子，但他的手剛伸出來，獨臂鷹王的獨臂已閃電般飛出，五指如鉤，急擒蕭十一郎的手腕。

百足之蟲，死而不僵。獨臂鷹王雖已傷重垂危，但最後一擊，仍然是快如閃電，銳不可當。

但蕭十一郎更快，凌空一個翻身，腳尖已乘勢將掉下去的那錠金子挑起，反手接住，人也退後了八尺。身法乾淨、漂亮、俐落，只有親眼見到的人才能了解，別人簡直連想都無法想像。

獨臂鷹王的臉色變得更慘，嗄聲道：「你究竟是什麼人？」

蕭十一郎微笑道：「我早就認出了你，你還不認得我？」

獨臂鷹王失聲道：「你……你莫非是蕭十一郎？」

蕭十一郎笑道：「你總算猜對了。」

獨臂鷹王眼睛盯著他，就好像見到了鬼似的，嘴裡「嘶嘶」的向外面冒著氣，喃喃道：

「好，蕭十一郎，你好！」

蕭十一郎道：「倒也還不壞。」

獨臂鷹王又瞪了他半晌，突然大笑了起來。

他不笑還好，這一笑起來，觸及了傷處，更是疼得滿頭冷汗，但他還是笑個不停，也不知究竟想起了什麼好笑的事。

蕭十一郎相信他這一生中只怕從來也沒有這麼樣笑過，忍不住問道：「你很開心嗎？」

獨臂鷹王喘息著笑道：「我當然開心，只因蕭十一郎也和我一樣，也會上別人的當。」

蕭十一郎道：「哦？」

獨臂鷹王身子已開始抽縮，他咬牙忍耐著，嗄聲道：「你可知道你奪去的那把刀是假的？」

蕭十一郎道：「我當然知道，可是你……你怎麼知道的？」

獨臂鷹王恨恨道：「就憑那三個小畜牲，怎能始終將我瞞在鼓裡。」

蕭十一郎道：「就因爲你發現了他們的秘密，所以他們才要殺你？」

獨臂鷹王道：「不錯。」

蕭十一郎嘆了口氣，道：「以趙無極、海靈子、屠嘯天這三個人的身分地位，怎麼會爲了一把刀就冒這麼大的險，竟不惜將自己的身家性命作孤注一擲？何況，刀只有一把，人卻有三個，卻叫他們如何去分呢？」

獨臂鷹王不停的咳嗽著，道：「他……他們自己並不想要那把刀。」

蕭十一郎道：「是誰想要？難道他們幕後還另有主使的人？」

獨臂鷹王咳嗽已愈來愈劇急，已咳出血來。

蕭十一郎目光閃動，道：「這人竟能令趙無極、屠嘯天、海靈子三個人聽他的話？他是誰？」

獨臂鷹王用手捂著嘴，拚命想將嘴裡血嚥下去，想說出這人的名字，但他只說了一個字，鮮血已箭一般標了出來。

蕭十一郎嘆了口氣，正想先過去扶起他再說，但就在這時，他身子突又躍起，只一閃已沒入樹梢。

也就在這時，已有三個人掠入暗林裡。

世上有很多人都像野獸一樣，有種奇異的本領，似乎總能嗅得出危險的氣息，雖然他們並沒有看到什麼，也沒有聽到什麼，但危險來的時候，他們總能在前一刹那間奇蹟般避過。

這種人若是做官，必定是一代名臣，若是打仗，必定是常勝將軍，若是投身江湖，就必定是縱橫天下、不可一世的英雄。

諸葛亮、管仲，他們就是這樣的人；所以他們能居安思危，治國平天下。

韓信、岳飛、李靖，他們也是這樣的人；所以他們才能決勝千里，戰無不勝，攻無不克。

李尋歡、楚留香、鐵中棠、沈浪，他們也都是這樣的人；所以他們才能叱咤風雲，名留武林，成為江湖中的傳奇人物，經過許多許多年之後，仍然是遊俠少年心目中的偶像。

現在，蕭十一郎也正是這樣的人，這種人縱然不能比別人活得長些，但死得總比別人有價值得多。

從林外掠入的三個人，除了海靈子和屠嘯天之外，還有個看來很文弱的青衫人，身材並不高，死氣沉沉的一張臉上全無表情，但目光閃動間卻很靈活，臉上顯然戴著個製作極精巧的人皮面具。

他身法也未見比屠嘯天和海靈子快，但身法飄逸，舉止從容，就像是在花間漫步一樣，步履安祥，猶有餘力。

他的臉雖然詭秘可怖，但那雙靈活的眼睛卻使他全身都充滿了一種奇異的魅力，令人不由自主會對他多看兩眼。

但最令蕭十一郎注意的，還是他腰帶上插著的一把刀，這把刀連柄才不過兩尺左右，刀鞘和刀柄的線條和形狀都很簡樸，更沒有絲毫眩目的裝飾，刀還未出鞘，更看不出它是否鋒利。

但蕭十一郎只瞧了一眼，就覺得這柄刀帶著種令人心越魂飛的殺氣！

難道這就是割鹿刀？

趙無極、海靈子和屠嘯天，不惜冒著身敗名裂的危險，偷換了這柄割鹿刀，難道就是送給他的？

他是誰？有什麼魔力能令趙無極他們如此聽話？

獨臂鷹王的咳嗽聲已微弱得連聽都聽不見了。

海靈子和屠嘯天對望一眼，長長吐出口氣。

屠嘯天笑道：「這老怪物好長的命，居然還能逃到這裡來。」

海靈子冷冷道：「無論多長命的人，也禁不起咱們一劍兩掌！」

屠嘯天笑道：「其實有小公子一掌就已足夠要他的命了，根本就不必我們多事出手了。」

青衫人似乎笑了笑，柔聲道：「真的嗎？」

他慢慢的走到獨臂鷹王面前，突然手一動，刀已出鞘。

刀光是淡青色的，並不耀眼。

只見刀光一閃，獨臂鷹王的頭顱已滾落在地上。

青衫人連瞧也沒有瞧一眼，只是凝注著掌中的刀。

刀如青虹，不見血跡。

青衫人輕輕嘆了口氣，道：「好刀，果然是好刀。」

人已死了，他還要加一刀，這手段之毒，心腸之狠，的確少見得很，連海靈子面上都不禁變了顏色。

青衫人緩緩插刀入鞘，悠然道：「家師曾經教訓過我們，你若要證明一個人是否真的死了，只有一個法子，那就是先割下他的頭來瞧瞧。」

他目光溫柔地望著屠嘯天和海靈子，柔聲道：「你們說，這句話可有道理麼？」

屠嘯天乾咳了兩聲，勉強笑道：「有道理，有道理……」

青衫人道：「我師父說的話，就算沒道理，也是有道理的，對嗎？」

屠嘯天道：「對對對，對極了。」

青衫人吃吃的笑了起來，道：「有人說我師父的好話，我總是開心得很，你們若要讓我開心，就該在我面前多說說他的好話。」

小公子，好奇怪的名字。

這青衫人居然叫做小公子。

看他的眼睛，聽他說話的聲音，就可知道他年紀並不大，但已經五六十歲的屠嘯天和海靈子卻對他客客氣氣，恭恭敬敬。

看他的樣子好像很溫柔，但連死人的腦袋他都要割下來瞧瞧！

蕭十一郎暗中嘆了口氣，真猜不出他的來歷。

「徒弟已如此，他師父又是什麼樣的角色呢？」

這簡直令人連想都不敢想了。

只聽小公子道：「現在司空曙已死了，但我們還有件事要做，是嗎？」

屠嘯天道：「是。」

小公子道：「是什麼事呢？」

屠嘯天瞧了海靈子一眼，道：「這……」

小公子道：「你沒有想到？」

屠嘯天苦笑道：「沒有。」

小公子嘆了口氣，道：「憑你們活了這麼大年紀，竟連這麼點事都想不到。」

屠嘯天苦笑道：「在下已老糊塗了，還請公子明教。」

小公子嘆道：「說真的，你們倒真該跟著我多學學才是。」

屠嘯天和海靈子年紀至少比他大兩倍，但他卻將他們當小孩子似的，屠嘯天他們居然也真像小孩子般聽話。

小公子又嘆了口氣，才接著道：「我問你，司空曙縱橫江湖多年，現在忽然死了，是不是會有人要覺得懷疑？」

屠嘯天道：「是。」

小公子道：「既然有人懷疑，就必定有人追查，司空曙是怎麼會死的？是誰殺了他？」

屠嘯天道：「不錯。」

小公子眨了眨眼睛，道：「那麼，我再問你，司空曙究竟是誰殺的，你知道嗎？」

屠嘯天陪笑道：「除了小公子之外，誰還有這麼高的手段！」

小公子的眼睛忽然瞪起來了，道：「你說司空曙是我殺的？你看我像是個殺人的兇手嗎？」

屠嘯天怔住了，道：「不……不是……」

小公子道：「不是我殺的，是你嗎？」

屠嘯天擦了擦汗，道：「司空曙與我無冤無仇，我為何要殺他？」

小公子展顏笑道：「這就對了，若說你殺了司空曙，江湖中人還是難免要懷疑，還是難免要追究。」

海靈子忍不住道：「我也沒有殺他。」

小公子道：「你自然也沒有殺他，但我們既然都沒有殺他，司空曙是誰殺的呢？」

屠嘯天、海靈子面面相覷，說不出話了。

小公子嘆息道：「虧你們還有眼睛，怎麼沒有看到蕭十一郎呢？」

這句話說出，蕭十一郎倒真吃了一驚！「難道此人發現了我？」

幸好小公子已接著道：「方才豈非明明是蕭十一郎一刀將司空曙的腦袋砍了下來，他用的豈非正是割鹿刀！」

屠嘯天眼睛立刻亮了，大喜道：「不錯不錯，在下方才也明明看到蕭十一郎一刀殺了司空曙，而且用的正是割鹿刀，只是年老昏瞶，竟險些忘了。」

小公子笑道：「幸虧你還沒有真的忘了，只不過……司空曙雖是蕭十一郎殺的，江湖中人卻還不知道，這怎麼辦呢？」

屠嘯天道：「這……我們的確應該想法子讓江湖中人知道。」

小公子笑道：「一點也不錯，你已想出了用什麼法子嗎？」

屠嘯天皺眉道：「一時倒未想出來。」

小公子搖了搖頭，道：「其實，這法子簡單極了，你看。」

他的刀突又出鞘，刀光一閃，削下了塊樹皮，道：「司空曙的血還沒有冷，你趕快用他的衣服，蘸他的血，在這樹上寫幾個字，我唸一句，你寫一句，知道嗎？」

屠嘯天道：「遵命。」

小公子目光閃動，道：「你先寫：割鹿不如割頭，能以此刀割盡天下人之頭，豈不快哉，豈不快哉……然後再留下蕭十一郎的名字，那麼普天之下，就都知道這件事是誰幹的了，你說這法子簡單不簡單？」

屠嘯天笑道：「妙極妙極，公子當真是天縱奇才，不但奇計無雙，這幾句話也寫得有金石聲，正活脫脫是蕭十一郎那廝的口氣。」

小公子笑道：「我也不必謙虛，這幾句話除了我之外，倒真還沒有幾個人想得出來。」

蕭十一郎幾乎連肚子都氣破了。

這小公子年紀不大，但心計之陰險，就連積年老賊也萬萬比不上，若讓他再多活幾年，江湖中人只怕要被他害死一半。

只聽小公子道：「現在我們的事都已辦完了嗎？」

屠嘯天笑道：「總算告一段落了。」

小公子嘆了口氣，道：「看你們做事這麼疏忽，真難爲你們怎麼活到現在的。」

屠嘯天乾咳兩聲，轉過頭去吐痰。

海靈子面上卻已變了顏色，忍不住道：「難道還要將司空曙的頭再劈成兩半？」

小公子冷笑道：「那倒也用不著了，只不過蕭十一郎若也湊巧經過這裡，看到了司空曙的屍身，又看到樹上的字，你說他該怎麼辦呢？」

海靈子怔住了。

小公子悠然道：「他若不像你們這麼笨，一定會將樹上的字削下來，再將司空曙的屍身移走，那麼我們這一番心血豈非白費了麼？」

屠嘯天的咳嗽早已停了，失聲道：「不錯，我們竟未想到這一著。」

小公子淡淡道：「這就是你們爲什麼要聽我話的原因，因爲你們實在不如我。」

屠嘯天道：「依公子之見，該當如何？」

小公子道：「這法子實在也簡單得見，你們真的想不出？」

屠嘯天只有苦笑。

小公子搖著頭，嘆道：「你怕他將樹上的字跡削掉，你自己難道就不能先削掉麼？」

屠嘯天道：「可是……」

小公子道：「你將這塊樹皮削下來，送到沈家莊去，那裡現在還有很多人，你不妨叫他們一齊來看看司空曙的死狀。」

他笑了笑，接著道：「有這麼多人的眼睛看到，蕭十一郎就算跳到黃河裡也洗不清這冤枉了……你們說，這法子好不好？」

屠嘯天長長嘆了口氣，道：「公子心計之縝密，當真非人能及……」

小公子道：「你也用不著拍我的馬屁，只要以後聽話些也就是了。」

聽到這裡，不但屠嘯天和海靈子都已服服貼貼，就連蕭十一郎也不得不佩服這位小公子實在是有兩下子。

他倒還真未遇到過如此厲害的人物。

蕭十一郎有個最大的毛病，愈困難愈危險的事，他愈想去做，愈厲害的人物他愈想鬥一鬥。

只聽小公子又道：「你們到了沈家莊後，我還有件事想託你們。」

屠嘯天道：「請吩咐。」

小公子道：「我想托你們打聽打聽連城璧的妻子沈璧君什麼時候回婆家？連城璧是否同行？準備走哪條路？」

屠嘯天道：「這倒不難，只不過……」

小公子道：「你想問我爲什麼要打聽她，又不敢問出來，是不是？」

屠嘯天陪笑道：「在下不敢，只不過……」

小公子道：「又是只不過，其實你問問也沒關係，我可以告訴你，這次我出來，爲的就是要帶兩樣東西回去。」

屠嘯天試探著道：「其中一樣自然是割鹿刀。」

小公子道：「還有一樣就是這位武林第一美人，沈璧君。」

屠嘯天的臉驟然變了顏色，似乎一下子就透不過氣來了。

小公子笑道：「這是我的事，你害怕什麼？」

屠嘯天吶吶道：「那連城璧的武功劍法，公子也許還未曾見過，據在下所知，此人深藏不露，而且……」

小公子道：「你用不著說，我也知道連城璧不是好惹的，所以我還要請你們幫個忙。」

屠嘯天擦了擦汗，道：「只……只要在下力所能及，公子但請吩咐。」

小公子笑道：「你也用不著擦汗，這件事並不難……連城璧想必定會護送他妻子回家的，所以你們就得想個法子將他騙到別地方去。」

屠嘯天忍不住又擦了擦汗，苦笑道：「連城璧夫妻情深，只怕……」

小公子道：「你怕他不肯上鉤？」

屠嘯天道：「恐怕不容易。」

小公子道：「若換了是我，自然也不願意離開那如花似玉般的妻子，但無論多麼大的魚，我們總有要他上鉤的法子。」

屠嘯天道：「什麼法子？」

小公子道：「要釣大魚，就得用香餌。」

屠嘯天道：「餌在哪裡？」

小公子道：「連城璧家財萬貫，文武雙全，年紀輕輕就已譽滿天下，又娶了沈璧君那樣賢淑美麗的妻子，你說他現在還想要什麼？」

屠嘯天嘆了口氣，道：「做人做到他這樣，也該知足了。」

小公子笑道：「人心是絕不會滿足的，他現在至少還想要一樣東西。」

屠嘯天道：「莫非是割鹿刀？」

小公子道：「不錯。」

屠嘯天皺眉道：「除了割鹿刀外，在下委實想不出世上還有什麼能令他動心之物。」

小公子悠然道：「只有一件……就是蕭十一郎的頭！」

屠嘯天眼睛亮了，撫掌道：「不錯，他們都以為割鹿刀已落在蕭十一郎手上，他若能殺了蕭十一郎，不但名頭更大，刀也是他的了。」

小公子道：「所以，要釣連城璧這條魚，就得用蕭十一郎做餌。」

屠嘯天沉吟著道：「但這條魚該如何釣法，還是要請公子指教。」

小公子搖頭嘆道：「這法子你們還不明白麼？你們只要告訴連城璧，說你們已知道蕭十一郎的行蹤，連城璧自然就會跟你們去的。」

他目中帶著種譏誚的笑意，接道：「像連城璧這種人，若是為了聲名地位，連自己的命都會不要的，妻子更早就被放到一邊了。」

屠嘯天失笑道：「如此說來，嫁給連城璧這種人，倒並不是福氣。」

小公子笑道：「一點也不錯，我若是女人，情願嫁給蕭十一郎，也不願嫁給連城璧。」

屠嘯天道：「哦？」

小公子道：「像蕭十一郎這種人，若是愛上一個女人，往往會不顧一切，而連城璧的顧忌卻太多了，做這種人的妻子並不容易。」

秋天的太陽，有時還是熱得令人受不了。

樹蔭下有個挑擔賣酒的，酒很涼，既解渴，又過癮，還有開花蠶豆、椒鹽花生和滷蛋下酒，口味雖未見佳，做得卻很乾淨。

賣酒的是個白髮蒼蒼的紅鼻子老頭，看他的酒糟鼻子，就知道他自己必定也很喜歡喝兩杯。

他衣衫穿得雖襤褸，但臉上卻帶著種樂天知命的神氣，別人雖認爲他日子過得並不怎樣，他自己卻覺得很滿意。

蕭十一郎一向很欣賞這種人。

一個人活著，只要活得開心也就是了，又何必計較別人的想法？蕭十一郎很想跟這老頭子聊聊，但這老頭子卻有點心不在焉。

所以蕭十一郎也只有自己喝著悶酒。

喝酒就好像下棋，自己跟自己下棋固然是窮極無聊，一個人喝酒也實在無趣得很，蕭十一郎從不願意喝獨酒的。

但這裡恰巧是個三岔路口，他算準沈璧君的車馬一定會經過這裡，他坐在這裡並不是爲了喝酒的。

被人家當做「魚餌」並不是件好受的事，蕭十一郎那天幾乎忍不住要出面和那小公子鬥一鬥了。

但他已在江湖中混了很多年，早已學會了「等」這個字，他無論做什麼事，都要等到最好的時機。

蕭十一郎喝完了第七碗，正在要第八碗。

紅鼻子老頭斜眼瞟著他，撇著嘴笑道：「還要再喝嗎？再喝只怕連路都走不動了。」

蕭十一郎笑道：「走不動就睡在這裡又何妨？能以蒼天爲被，大地爲床，就算一醉不醒又何妨？」

紅鼻子老頭道：「你不想趕回去？」

蕭十一郎道：「回到哪裡，我自己也不知是從哪裡來的，卻叫我如何回去？」

紅鼻子老頭嘆了口氣，喃喃道：「這人只怕已醉了，滿嘴胡話。」

蕭十一郎笑道：「賣酒的豈非就希望別人喝酒麼？快打酒來。」

紅鼻子老頭「哼」了一聲，正在勺酒，突見道路上塵頭起處，遠遠的奔過來一行人馬。

蕭十一郎的眼睛立刻亮了，簡直連一絲酒意都沒有。

這一行人，有的臂上架著鷹，有的手裡牽著狗，一個個都是疾服勁裝，佩弓帶箭，馬鞍邊還掛著些獵物，顯然是剛打完獵回來的。

秋天正是打獵的好時候。

第一匹馬上坐著的似乎是個孩子，遠遠望去，只見粉裝玉琢般一個人，打扮得花團錦簇，騎的也是匹萬中選一的千里駒，正是：「人有精神馬又歡」。好模樣的一位闊少爺。

紅鼻子老頭也看出是大買賣上門了，精神一振，蕭十一郎卻有點洩氣，因爲那並不是他要等的人。

只聽紅鼻子老頭扯開喉嚨叫道：「好清好甜的竹葉青，一碗下肚有精神，兩碗下肚精神足，三碗下了肚，神仙也不如。」

蕭十一郎笑道：「我已七碗下了肚，怎麼還是一點精神也沒有，反而要睡著了？」

紅鼻子老頭瞪了他一眼，幸好這時人馬已漸漸停了下來，第一匹馬上的闊少爺笑道：「回去還有好一段路，先在這兒喝兩杯吧，看樣子酒倒還不錯。」

只見這位闊少爺圓圓的臉，大大的眼睛，小小的嘴，皮膚又白又嫩，笑起來臉上一邊一個酒窩，真是說不出的可愛。

連蕭十一郎也不禁多看了他兩眼，這世上闊少爺固然很多，但可愛的卻不多，可愛的闊少爺而又沒架子，更是少之又少。

這位闊少爺居然也很注意蕭十一郎，剛在別人爲他鋪好的毯子上坐下來，忽然向蕭十一郎笑了笑，道：「獨樂樂不如眾樂樂，這位朋友何不也請過來喝一杯。」

蕭十一郎笑道：「好極了，在下身上只有八碗酒的錢，正不知第九碗酒在哪裡，若有人請客，正是求之不得。」

闊少爺笑得更開心，道：「想不到朋友竟如此豪爽，快，快打酒來。」

紅鼻子老頭只好倒了碗酒過來，卻又瞪了蕭十一郎一眼，喃喃道：「有不花錢的酒喝，這下子只怕醉得更快了。」

蕭十一郎笑道：「人生難得幾回醉，能快些醉更是妙不可言，請。」

「請」字剛出，一碗酒已不見了。

別人喝酒是「喝」下去的，蕭十一郎喝酒卻是「倒」下去的，只要脖子一仰，一碗酒立刻涓滴無存。

闊少爺拍手大笑道：「你們看到了沒有，這位朋友喝得有多快。」

蕭十一郎道：「若是他們沒有看見，在下倒還可以多表演幾次。」

闊少爺笑道：「這位朋友不但豪爽，而且有趣，卻不知高姓大名？」

蕭十一郎道：「你我萍水相逢，你請我喝酒，喝完了我就走，我若知道你的名字，心裡難免感激，日後少不得要還請你一頓，那麼現在這酒喝得就無趣了，所以這姓名麼……我不必告訴你，你也是不說的好。」

闊少爺笑道：「對對對，你我今日能在這裡盡半日之歡，已是有緣，來來來……這滷蛋看來還不錯，以蛋下酒，醉得就慢些，酒也可喝多些了。」

蕭十一郎笑道：「對對對，若是醉得太快，也無趣了。」

他拈起個滷蛋，忽然一抬手，高高的拋了上去，再仰起頭，張大嘴，將滷蛋接住，三口兩口一個蛋就下了肚。

闊少爺笑道：「朋友不但喝酒快，吃蛋也快……」

蕭十一郎笑道：「只因我自知死得也比別人快些，所以無論做什麼事都從不敢浪費時間。」

這位闊少爺看來最多也只不過十四五歲，但酒量卻大得驚人，蕭十一郎喝一碗，他居然也能陪一碗，而且喝得也不慢。

跟著他來的，都是行動矯健，精神飽滿的彪形大漢，但酒量卻沒有一個人能比得上他。

蕭十一郎的眼睛已瞇了起來，舌頭也漸漸大了，看來竟已有了七八分醉態，有了七八分醉意的人，喝得就更多，更快。

已有了七八分醉意的人，想不喝醉也困難得很。

蕭十一郎畢竟還是醉了。

闊少爺嘆了口氣，搖著頭道：「原來他酒量也不怎麼樣，倒叫我失望得很。」

紅鼻子老頭帶著笑道：「他自己說過，醉了就睡在這裡，醉死也無妨。」

闊少爺瞪眼睛道：「他總算是我的客人，怎麼能讓他睡在這裡？」

他揮了揮手，吩咐屬下，道：「看著這位朋友，等我們走的時候，帶他回去。」

這時太陽還未下山，路上卻不見行人。

闊少爺似乎覺得有些掃興，背負著雙手，眺望大路，忽然道：「老頭子，準備著吧，看來你又有生意上門了。」

遠處果然又來了一行車馬。

黑漆的馬車雖已很陳舊，看來卻仍然很有氣派，車門自然是開著的，車窗上也掛著簾子，坐在車裡的人顯然不願被人瞧見。

趕車的是個很沉著的中年人，眼神很足，馬車前後還有三騎扈從，也都是很精悍的騎士。

這一行車馬本來走得很快，但這位闊少爺的車馬已將路擋去了一半，車馬到了這裡，也只得放緩了下來。

紅鼻子老頭立刻乘機拉生意了，高聲叫道：「好清好甜的竹葉青，客官們下馬來喝兩碗吧，錯過了這裡，附近幾百里地裡再也喝不到這樣的好酒了。」

馬上的騎士們舐了舐嘴唇，顯然也想喝兩杯，但卻沒有一個下馬來的，只是在等著闊少爺的屬下將道路讓出來。

突聽車廂中一人道：「你們趕了半天的路，也累了，就歇下來喝碗酒吧！」

聲音清悅而溫柔，而且帶著種同情的體貼與關懷，令人心甘情願的服從她。

馬上的騎士立刻下了馬，躬身道：「多謝夫人。」

車廂中人又道：「老趙，你也下車去喝一碗吧，我們反正也不急著趕路。」

趕車的老趙遲疑了半晌，終於也將馬車趕到路旁，這時紅鼻子老頭已爲騎士們勺了三碗酒，正在勺第四碗，拿到酒的已準備開始喝了。

老趙突然道：「慢著，先看看酒裡有沒有毒！」

紅鼻子老頭的臉立刻氣紅了，憤憤道：「毒？我這酒裡會有毒，好，先毒死我吧。」

他自己真的將手裡的一碗酒喝了下去。

老趙根本不理他，自懷中取出了個銀勺子，在罈子裡勺了一勺酒，看到銀勺子沒有變色，才輕輕啜了一口，然後才點頭道：「可以喝了。」

拿著酒碗發怔的騎士這才鬆了口氣，仰首一飲而盡，笑道：「這酒倒還真不錯，不知蛋滷得怎樣？」

他選了個最大的滷蛋，正想放進嘴。

老趙忽然又喝道：「等一等！」

那位闊少爺本來也沒有理會他們，此刻也忍不住笑了，喃喃道：「滷蛋裡難道還會有毒麼？這位朋友也未免太小心了。」

老趙瞧了他一眼，沉著臉道：「出門在外，能小心些，還是小心些好。」

他又自懷中取出柄小銀刀，正想將滷蛋切開。

闊少爺已走了過來，笑道：「想不到朋友你身上還帶著這麼多有趣的玩意兒，我們也想照樣做一套，不知朋友你能借給我瞧瞧嗎？」

老趙又上上下下打量了他一眼，終於還是將手裡的小銀刀遞了過去，像這位闊少爺這樣的人，他說出來的要求，實在很少人能拒絕的。

銀刀打造得古雅而精緻。

闊少爺用指尖輕撫著刀鋒，臉上的表情更溫柔，微笑道：「好精緻的一把刀，卻不知能不能殺人。」

老趙道：「這把刀本不是用來殺人的。」

闊少爺笑道：「你錯了，只要是刀，就可以殺人……」

說到「殺」字，他掌中的刀已脫手飛出，化做了一道銀光，說到「人」字，這柄刀已插入了老趙的咽喉！

老趙怒吼一聲，已反手拔出了刀，向那闊少爺撲了過去。但鮮血已箭一般標出，他的力氣也隨著血一齊流出。

他還未衝出三步，就倒了下去，倒在那闊少爺的腳下，眼珠子都已凸了出來，他至死也不信會發生這種事。

闊少爺俯首望著他，目光還是那麼溫柔而可愛，柔聲道：「我說天下的刀都可以殺人的，現在你總該相信了吧！」

那三個騎士似已嚇呆了，他們作夢也想不到如此秀氣、如此可愛的一位富家公子，竟是個殺人不眨眼的惡魔。

直到老趙倒下去，他們腰刀才出鞘，怒喝著揮刀撲過來。

闊少爺嘆了口氣，柔聲道：「你們都不是我的對手，又何必來送死呢？」

方才喝第一碗酒的大漢眼睛都紅了，不等他這句話說完，「刀劈華山」，一柄鬼頭刀已劈向闊少爺頭頂。

闊少爺搖頭笑道：「真差勁……」

他身子動也未動，手輕輕一抬，只用兩根手指，就夾住了刀鋒，這一刀竟似砍入石頭裡。

那大漢手腕一反，想以刀鋒去割他手指。

突聽「篤」的一響，一枝箭已射入了大漢的背脊，箭桿自後背射入，自前心穿出，鮮血一滴滴自箭簇上滴落下來。

這些事說來雖很長，但前後也不過只有兩句話的功夫而已，另兩條大漢此刻剛衝到闊少爺面前，第一刀還未砍出。

就在這時，只聽車廂中一人緩緩道：「你們的確都不是他的敵手，還是退下去吧！」

九　傾國絕色

車廂的門開了，一個人走了出來。

在這一剎那間，所有的人不但都停止了動作，幾乎連呼吸都已停頓，他們這一生中從來也未曾見過如此美麗的女人！

她穿的並不是什麼特別華麗的衣服，但無論什麼樣的衣服，只要穿在她身上，都會變得分外出色。

她並沒有戴任何首飾，臉上更沒有擦脂粉，因爲在她來說，珠寶和脂粉已都是多餘的。

無論多珍貴的珠寶都不能分去她本身的光采，無論多高貴的脂粉也不能再增加她一分美麗。

她的美麗是任何人也無法形容的。

有人用花來比擬美人，但花哪有她這樣動人，有人會說她像「圖畫中人」，但又有哪枝畫筆能畫出她的風神。

就算是天上的仙子，也絕沒有她這般溫柔，無論任何人，只要瞧了她一眼，就永遠也無法忘記。

但她卻又不像是真的活在這世上的，世上怎會有她這樣的美人？她彷彿隨時隨刻都會突然自地面消失，乘風而去。

這就是武林中的第一美人——沈璧君。

在這一瞬間，那位闊少爺的呼吸也已停頓。

他臉上的表情突然變得很奇特，他自然有些驚奇，有些羨慕，有些目眩神迷，這是任何男人都難免會生出的反應。

奇怪的是，他的目光看來竟似有些嫉妒。

但過了這一瞬間，他又笑了，笑得仍是那麼天真，那麼可愛；他的眼睛盯著沈璧君，微笑著道：「有人說：聰明的女人都不美麗，美麗的女人都不聰明，因為她們忙著修飾自己的臉，已沒功夫去修飾自己的心了。」

他輕輕嘆了口氣，才接著道：「我現在才知道這句話並不是完全對的……」

沈璧君已走出了車廂，走到他面前。

她眼睛中雖已有了憤怒之意，但卻顯然在盡量控制著自己。

她這一生所受到的教育，幾乎都是在教她控制自己，因為要做一個真正的淑女，就得將憤怒、悲哀、歡喜，所有激動的情緒全都隱藏在心裡，就算忍不住要流淚時，也得先將自己一個人關在屋裡。

她靜靜的站在那裡，聽著那位闊少爺說話。

她這一生中從未打斷過任何人的談話；因為這也是件很無禮的事，她早已學會了盡量少說，盡量多聽。

直到那位闊少爺說完了，她才緩緩道：「公子尊姓？」

闊少爺道：「在下只是個默默無聞的人，怎及得沈姑娘的大名，這名姓實在羞於在沈姑娘面前提及，不提也罷。」

沈璧君居然也不再問了。

別人不願說的事，她絕不追問。

她瞧了地上的屍身一眼，道：「這兩人不知是否公子殺的？」

闊少爺道：「沈姑娘可曾見到在下殺人麼？」

沈璧君點了點頭。

闊少爺又笑了，道：「姑娘既然已見到，又何必再問？」

沈璧君道：「只因公子並不像是個殘暴兇狠的人。」

闊少爺笑道：「多謝姑娘誇獎，常言道：知人知面不知心，這句話姑娘千萬要特別留意。」

沈璧君道：「公子既然殺了他們，想必是因爲他們與公子有仇？」

闊少爺道：「那倒也沒有。」

沈璧君道：「那麼，想必是他們對公子有什麼無禮之處？」

闊少爺道：「就算是他們對在下有些無禮，在下又怎會和他們一般見識？」

沈璧君道：「如此說來，公子是爲了什麼要殺他們，就令人不解了。」

闊少爺笑了笑，道：「姑娘難道定要求解麼？」

沈璧君皺了皺眉，不再開口。

兩人說話都是斯斯文文，彬彬有禮，全沒有半分火氣，別的人卻瞧得全都怔住了，只有蕭十一郎還是一直躺在那裡不動，似已爛醉如泥。

過了半晌，沈璧君突然道：「請。」

闊少爺也怔了怔，道：「請什麼？」

沈璧君仍是不動聲色，毫無表情的道：「請出手。」

闊少爺紅紅的臉一下子忽然變白了，道：「出……出手？你難道要我向你出手？」

沈璧君道：「公子毫無理由殺了他們，必有用心，我既然問不出，也只有以武相見了。」

闊少爺道：「不過……不過……姑娘是江湖有名的劍客，我只是個小孩子，怎麼打得過你？」

沈璧君道：「公子也不必太謙，請！」

闊少爺道：「我知道了，我知道了……你是想殺……殺了我，替他們償命。」他竟似怕得要命，連聲音都發起抖來。

沈璧君道：「殺人償命，本就是天經地義的事。」

闊少爺苦著臉道：「我只不過殺了你兩個奴才而已，你就要我償命，你……你未免也太狠了吧！」

沈璧君道：「奴才也是一條命，不是嗎？」

闊少爺眼圈兒也紅了，突然跪了下來，流著淚道：「我一時失手殺了他們，姐姐你就饒了我吧，我知道姐姐人又美，心又好，一定不忍心殺我這樣一個小孩子的。」

他說話本來非但有條有理，而且老氣橫秋，此刻忽然間一下子就變成了一個調皮撒賴的小孩子。

沈璧君倒怔住了。

江湖中的事，她本來就不善應付，遇著這樣的人，她更不知道該如何應付才好。

闊少爺連眼淚都已流了下來，顫聲道：「姐姐你若覺得還沒有出氣，就把我帶來的人隨便挑兩個殺了吧，姐姐你說好不好？好不好？……」

無論誰對這麼樣一個小孩子都無法下得了手的，何況沈璧君；誰知就在這時，這可憐兮兮的小孩子突然在地上一滾，左腿掃向沈璧君的足踝，右腿踢向沈璧君的下腹，左右雙手中，閃電般射出了七八件暗器，有的強勁如矢，有的盤旋飛舞。

他兩隻手方才明明還是空空如也，此刻突然間竟有七八種不同的暗器同時射了出來，簡直令人做夢也想不到這些暗器是哪裡來的。

沈璧君居然還是不動聲色，只皺了皺眉，長袖已流雲般捲出，那七八種暗器被袖風一捲，竟立刻無影無蹤。

要知沈家的祖傳「金針」號稱天下第一暗器，會發暗器的人，自然也會收，沈璧君心腸柔弱，出手雖夠快，夠準，卻不夠狠，沈太君總認爲她發暗器的手法還未練到家，如臨大敵，難免要吃虧。

所以沈太君就要她在收暗器的手法上多下苦功，這一手「雲捲流星」，使出來不帶一點煙火氣，的確已是武林中一等一的功夫。

她腳下踩的步法更靈動優美，而且極有效，只見她腳步微錯，已將闊少爺踢出來的鴛鴦腿恰巧避過。

誰知這位闊少爺身上的花樣之多，簡直多得令人無法想像，他兩腿雖是踢空，靴子裡即又「錚」的一聲，彈出了兩柄尖刀。

他七八件暗器雖打空，袖子裡卻又「啵」的射出了兩股輕煙。

沈璧君只覺足踝上微微一麻，就好像被蚊子叮了一口，接著，又嗅到一陣淡淡的桃花香……

以後的事，她就什麼都不知道了。

闊少爺這才笑嘻嘻的站了起來，拍了拍衣服上的塵土，望著已倒在地上的沈璧君，笑嘻嘻道：「我的好姐姐，你功夫可真不錯，只可惜你這種功夫只能給別人看看，並沒有什麼用。」

突聽一陣掌聲響了起來。

闊少爺立刻轉過身，就看到了一雙發亮的眼睛。

鼓掌的人正是蕭十一郎。

方才明明已爛醉如泥的蕭十一郎，此刻眼睛裡竟連一點醉意都沒有，望著闊少爺笑道：「老弟呀老弟，你可真有兩下子，佩服佩服。」

闊少爺眨了眨眼睛，也笑了，道：「多謝捧場，實在不敢當。」

蕭十一郎道：「聽人說昔年『千手觀音』全身上下都是暗器，就像是個刺蝟似的，碰都碰不得，想不到你老弟也是個小刺蝟。」

闊少爺笑道：「不瞞你說，我也只有這兩下子，再也玩不出花樣來了。」

跟著沈璧君來的兩騎士本已嚇呆了，此刻突又怒喝一聲，揮刀直撲過來，存心想拚命了。

闊少爺嘴裡還在說著話，臉上還帶著笑，連頭都沒有回，只不過輕輕彎了彎，好像在向蕭十一郎行禮。

他腰上束著根玉帶，此刻剛一彎腰，只聽「蓬」的一聲，玉帶上已有一蓬銀芒暴雨般射了出來。

那兩人剛衝出兩步，眼前一花，再想閃避已來不及了，暴雨般的銀芒已射上了他們的臉。兩人狂吼一聲，倒在地上，只覺臉上一陣陣奇癢鑽心，再也忍耐不住，竟反手一刀，砍在自己臉上。

蕭十一郎的臉色也變了，長嘆道：「原來你的話一個字也信不得。」

闊少爺拍了拍手，笑道：「這真的已是我最後一樣法寶了，不騙你，我一直將你當朋友，來……你既然還沒有醉，我們再喝兩杯吧。」

蕭十一郎道：「我已經沒胃口了。」

闊少爺道：「酒裡真的沒有毒，真的不騙你。」

蕭十一郎嘆道：「我雖然很喜歡喝不花錢的酒，但卻還不想做個酒鬼，酒裡若是有毒，你想我還會喝嗎？」

闊少爺目光閃動，笑道：「我看酒裡就算有毒，你也未必知道。」

蕭十一郎笑道：「那你就錯了，我若不知道，還有誰知道？」

闊少爺笑道：「難道你對我早已有了防備之心了？我看來難道像是個壞人？」

蕭十一郎道：「非但你看來又天真、又可愛，就連這位紅鼻子老先生看來也不大像壞人，我本來也想不到他是跟你串通好了的。」

闊少爺道：「後來你是怎麼看出來的？」

蕭十一郎道：「賣了幾十年酒的老頭子，勺酒一定又快又穩，但他勺酒時卻常常將酒潑出來，這樣子賣酒，豈非要蝕老本？」

闊少爺瞪了那紅鼻子老頭一眼，又笑道：「你既然知道我們不是好人，爲什麼還不快走呢？」

蕭十一郎道：「你可知道我爲什麼到這裡來的？」

闊少爺道：「不知道。」

蕭十一郎道：「我到這裡來，就是爲了要等你。」

闊少爺也不禁怔了怔，道：「等我？你怎知道我會來？」

蕭十一郎道：「因爲沈璧君一定會經過這裡。」

闊少爺眼睛盯著他，道：「看來你知道的事倒真不少。」

蕭十一郎道：「我還知道你會寫文章。」

闊少爺又怔了怔，道：「寫文章？」

蕭十一郎笑了笑，道：「割鹿不如割頭，能以此刀割盡天下人之頭，豈不快哉……這幾句話，除了你之外，還有誰寫得出來？」

闊少爺的臉色已發白了。

蕭十一郎悠然道：「你雖未見過我，我卻已見過你，還知道你有個很有趣的名字，叫小公子。」

這一次過了很久之後，小公子才笑得出來。

他笑得還是很可愛，柔聲道：「你知道的確實不少，只可惜還有件事你不知道！」

蕭十一郎道：「哦？」

小公子道：「酒雖無毒，蛋卻是有毒的。」

蕭十一郎道：「哦？」

小公子道：「你不信？」

蕭十一郎道：「蛋中若是有毒，我吃了一個蛋，爲何還未被毒死呢？」

小公子笑了笑，道：「酒若喝得太多，毒性就會發作得慢些。」

蕭十一郎大笑道：「原來喝酒也有好處的。」

小公子道：「何況我用的毒藥發作得都不快，因爲我不喜歡看人死得太快，看著人慢慢的死，不但是種學問，也有趣得很。」

蕭十一郎長嘆了一聲，喃喃道：「一個十幾歲的小孩子，就有這麼狠的心腸，我真不知他是怎麼生出來的。」

小公子道：「我也不知道你是怎麼生出來，但我卻知道你要怎麼樣死。」

蕭十一郎忽又笑了，道：「被滷蛋噎死，是嗎？那麼我就索性再吃一個吧。」

他慢慢的攤開了手，手裡不知怎地居然真有個滷蛋。

只見他輕輕一抬手，將這滷蛋高高拋了上去，再仰起頭張大嘴，將滷蛋用嘴接住，三口兩口，一個滷蛋就下了肚。

蕭十一郎道：「滋味還真不錯，再來一個吧！」

他又攤開手，手裡不知從哪裡又來了個滷蛋。

他抬手、拋蛋，用嘴接住，吞了下去。

但等他再攤開手，蛋還是在他手裡。

每個人的眼睛都看直了，誰也看不出他用的是什麼手法。

蕭十一郎笑道：「我既不是雞，也不是母的，卻會生蛋，你們說奇怪不奇怪？」

小公子默然半晌，嘆了口氣，道：「我這次倒真看錯了你，你既已看出紅鼻子是我的屬下，怎麼會吃這滷蛋？」

蕭十一郎大笑道：「你總算明白了。」

小公子嘆道：「常言道：一醉解千愁，你既醉了，就不該醒的。」

蕭十一郎道：「哦？」

小公子道：「酒醉了的人，一醒煩惱就來了。」

蕭十一郎道：「我好像倒並沒有什麼煩惱。」

小公子道：「只有死人才沒有煩惱。」

蕭十一郎道：「我難道是死人？」

小公子道：「雖還不是死人，也差不多了。」

蕭十一郎道：「你難道想殺我？」

小公子道：「這只怪你知道得太多。」

蕭十一郎道：「你方才還說拿我當朋友，現在能下得了手？」

小公子笑了笑，道：「到了必要的時候，連老婆都能下得了手，何況朋友？」

蕭十一郎嘆了口氣，喃喃道：「看來『朋友』這兩個字已愈來愈不值錢了。」

他緩緩的站了起來，悠然道：「但你既然曾經說過我是朋友，我也不想騙你，你要殺我並不容易，我的武功雖不好看，卻有用得很。」

小公子笑道：「我好歹總要瞧瞧。」

只聽弓弦機簧聲響，弩箭暴雨射出。

這些人都已久經訓練，出手都快得很，但方才還明明站在樹下的蕭十一郎，等他們弩箭發出時，他的人已不見了！

小公子剛掠上樹梢，就看到了蕭十一郎笑瞇瞇的眼睛。

蕭十一郎竟是早已在樹上等著他了。

小公子一驚，勉強笑道：「原來你的輕功也不錯。」

蕭十一郎道：「倒還馬馬虎虎過得去。」

小公子道：「卻不知你別的武功怎樣。」

他嘴裡說著話，已出手攻出七招。

他的掌法靈變、迅速、毒辣，而且虛虛實實，變化莫測，誰也看不出他哪一招是虛，哪一招是實。

但蕭十一郎卻看出來了。

他身形也不知怎麼樣一閃，小公子的七招便已全落空。

他的手雖已落空，只聽「錚」的一聲，五指手指上的指甲竟全都飛射出來，閃電般擊向蕭十一郎胸脅間五處穴道。

他的手柔靈而纖細，就像是女人的手，誰也看不出他指甲上竟還套著一層薄薄的鋼套。

蕭十一郎竟也未看出來。

只聽一聲驚呼，蕭十一郎手撫著胸膛，人已掉下了樹梢。

小公子笑了，喃喃道：「你若以爲那真是我身上最後一樣法寶，你就錯了。」

他話還未說完，已有人接著道：「你還有什麼法寶，我都想瞧瞧。」

方才明明已掉了下去的蕭十一郎，此刻不知怎地又上來了。

他笑嘻嘻的攤開手，手上赫然有五個薄薄的鋼指甲。

小公子臉色變了，嗄聲道：「你……你究竟是什麼人？」

蕭十一郎笑了笑，道：「我也不是什麼人，只不過是個魚餌而已。」

小公子「哎唷」一聲，人也從樹上掉了下去。

小公子的人雖然掉了下去，褲管裡卻「蓬」的噴出了一股淡青色的火焰，捲向蕭十一郎。樹梢上的木葉一沾著這股火焰，立刻燃燒了起來。

但蕭十一郎卻又已在地上等著了。

小公子咬著牙，大聲道：「蕭十一郎，我雖不是好人，你也不是好人，你為何要跟我作對？」

蕭十一郎笑了笑，道：「我不喜歡釣魚，更不喜歡被別人當魚餌。」

小公子跺腳道：「好，我跟你拚了。」

他的手一探，自腰上的玉帶中抽出了一柄軟劍。

薄而細的劍，迎風一抖，便伸得筆直，毒蛇般向蕭十一郎刺出了七八劍，劍法快而辛辣，有些像是海南劍派的家數。

但仔細一看，卻又和海南的劍法完全不同。

蕭十一郎倒也未見過如此詭秘怪異的劍法，身形展動，避開了幾招，兩隻手突然一拍。

小公子的劍竟已被他手掌夾住，動也動不了。

蕭十一郎的兩隻手往前面一送，小公子只覺一股大力撞了過來，身子再也站不住，已仰天跌倒。

但他的身形剛跌倒，人已滾出了十幾步，也不知從哪裡射出了一股濃濃的黑煙，將他的人整個隱沒。

只聽小公子的聲音在濃煙中道：「蕭十一郎，你的武功果然有用，我鬥不過你……」說到最後一句，人已在很遠的地方。

但蕭十一郎已在前面等著他。

小公子一抬頭，瞧見了蕭十一郎，臉都嚇青了，就好像見了鬼似的——蕭十一郎的輕功身法，實在也快如鬼魅。

蕭十一郎微笑道：「你的法寶還沒有全使出來，怎麼能走？」

小公子哭著臉，道：「這次真的全用完了，我絕不騙你。」

蕭十一郎淡淡道：「法寶若是真的已用完，你就更休想走了。」

小公子道：「你究竟是爲什麼要跟我作對？若是爲了那位大美人，我就讓給你好了。」

蕭十一郎道：「多謝。」

小公子道：「那麼你總該放我走了吧！」

蕭十一郎道：「不可以。」

小公子道：「你……你還要什麼。難道是割鹿刀？」

蕭十一郎道：「刀並不在你身上，否則你早已使出來了。」

小公子道：「你若想要，我就去拿來給你。」

蕭十一郎道：「那也不夠。」

小公子道：「你……你究竟想怎樣？」

蕭十一郎嘆了口氣，道：「你認爲我能眼看你殺了四個人就算了麼？」

小公子冷笑道：「你若真的如此好心，我殺他們的時候，你爲什麼不救他們？」

蕭十一郎嘆道：「你出手若是沒有那麼快、那麼狠，我還能救得了他們，現在我也許就不會想要你的命了。」

小公子道：「你……你真想殺我？」

蕭十一郎道：「我雖不喜歡殺人，但留著你這種人在世上，我怎麼睡得著覺？你現在還不過只是個孩子，再過幾年，那還得了？」

小公子忽然笑了。

他雖然常常都在笑，笑得都很甜，但這一次笑得卻特別不同。

他的臉似忽然隨著這一笑而改變了，變得不再是孩子，他的眼睛也突然變了，變得說不出的妖嬈而嫵媚。

他媚笑著道：「你以爲我真的是個孩子麼？」

他的手落下，慢慢的解開了腰畔的玉帶。

蕭十一郎笑道：「這次無論你再玩什麼花樣，我都不上你的當了。」

這句話還未說完，他已出手。

他既已出手，就很少有人能閃避得開。

其實他招式很平凡，並沒有什麼詭秘奇譎的變化，只不過實在很快，快得令人不可思議。

他的手一伸，便已搭上了小公子的肩頭。

若是換了別人，只要被他的手搭上，就很難再逃出他的掌握，但小公子的身子卻比魚還滑，腰一扭，就從蕭十一郎掌下滑走。

只聽「嘶」的一聲，他身上一件織錦長袍已被蕭十一郎撕了開來，露出了他豐滿、堅挺，白玉般的雙峰。

原來小公子竟是個女人，成熟的女人！

她的人雖然矮些，但骨肉勻稱，線條柔和，完美得連一絲瑕疵都沒有，只要是個男人，無論誰看到這樣的胴體都無法不心動。

蕭十一郎驟然怔住了。

小公子的臉紅得就像是晚春的桃花，突然「嚶嚀」一聲，整個人都投入了蕭十一郎的懷裡。

蕭十一郎只覺滿懷軟玉溫香，如蘭如馨，令人神魂俱醉，他想推，但觸手卻是一片滑膩。懷抱中有這樣一個女人，還有誰的心能硬得起來？

這時小公子的手已探向蕭十一郎腦後。

她的指甲薄而利，她吃吃的笑著，輕輕的喘著氣，但她的指甲，已劃破了蕭十一郎頸子上的皮膚。

蕭十一郎臉色立刻變了，大怒出手，但小公子已魚一般自他懷抱中滑了出去，吃吃的笑道：「蕭十一郎，你還是上當了！我指甲裡藏著的是七巧化骨散，不到半個時辰，你就要全身潰爛，現在你還不快走，難道還想要我看你臨死前的醜態麼？」

蕭十一郎跺了跺腳，突然淩空掠起，倒飛三丈。

他的身形再一閃，就瞧不見了。

小公子輕撫自己的胸膛，銀鈴般笑道：「告訴你，這才是我最後一樣法寶，雖然每個女人都有這種法寶，但要對付男人，還是沒有比它更管用的了。」

十 殺機

沈璧君只覺得人輕飄飄的，彷彿在雲端，彷彿在浪頭，又彷彿還坐在她那輛舊而舒適的車子裡。

連城璧彷彿還在旁邊陪著她。

結婚已有三四年了，連城璧還是一點也沒有變，對她還是那麼溫柔，那麼有禮，有時她甚至覺得他永遠和她保持著一段距離。

但她並沒有什麼好埋怨的，無論哪個女人能嫁到連城璧這樣的夫婿，都應該覺得很滿足了。

無論她要做什麼事，連城璧都是順著她的，無論她想要什麼東西，連城璧都會想法子去爲她買來。

這三四年來，連城璧甚至沒有對她說過一句稍重些的話。事實上，連城璧根本就很少說話。

他們的日子一直過得很安逸，很平靜。

但這樣的生活真的就是幸福麼？

在沈璧君心底深處，總覺得還是缺少點什麼，但連她自己也不知道缺少的究竟是什麼？

連城璧每次出門時，她會覺得很寂寞。

她真希望自己能將連城璧拉住，不讓他走，她知道自己只要開口，連城璧也會留下來陪她的。

但她從沒有這麼樣做。

因爲她知道像連城璧這樣的人，生下來就是屬於群眾的，任何女人都無法將他完全佔有。

沈璧君知道連城璧也不屬於她。

連城璧是個很冷靜，很會控制自己的人，但每次武林中發生了大事，他冷靜的眸子就會火一般的燃燒起來。

這次連城璧本該一直陪著她的，但當他聽到蕭十一郎的行蹤已被發現時，他的眸子就又開始燃燒了。

就連他聽到自己的妻子第一次有了身孕時，都沒有顯露過這樣的熱情，他嘴裡雖然說「不去」，心卻早已去了。

沈璧君很了解他，所以勸他去。

她嘴裡雖然勸他去，心裡卻還是希望他留下來。

連城璧終於還是去了。

沈璧君雖然覺得有些失望，卻並沒有埋怨，嫁給連城璧這樣的人，就得先學會照顧自己，控制自己。

暈暈迷迷中，沈璧君覺得有隻手在扯她的衣服。

她知道這絕不會是連城璧的手，因爲連城璧從未對她如此粗魯。

那麼這是誰的手呢？

沈璧君忽然想起方才發生的事，想起了那惡魔般的「孩子」，她立刻驚出了一身冷汗，大叫一聲，自迷夢中醒了過來。

她就看到那「孩子」惡魔般的眼睛正在望著她。

她果然是在車廂裡，車廂裡也只有他們兩個人。

沈璧君寧願和毒蛇關在一起，也不願再看到這「孩子」。

她掙扎著想坐起，但全身軟綿綿的，全無半分力氣。

小公子笑嘻嘻的瞧著她，悠然道：「你怕什麼？我又不會吃了你，還是乖乖躺著吧，別惹我生氣，我若生了氣，可不是好玩的。」

沈璧君咬著牙，真想將世上所有惡毒的話全都罵出來，卻又偏偏連一句也罵不出，她根本不知道應該怎麼罵。

小公子盯著她，突然嘆了口氣，喃喃道：「果然是個美人，不生氣的時候固然美，生了氣也很美，難怪有那麼多男人會爲你著迷了，連我都忍不住想抱抱你，親親你。」

沈璧君臉都嚇白了，顫聲道：「我……你敢！」

小公子道：「不敢？我爲什麼不敢？」

她笑嘻嘻的接著道：「有些事，像你這樣的女人是永遠也不會明白，一個男人若是真想要一個女人時，他什麼事都做得出。」

她的手已向沈璧君胸膛上伸了過去。

沈璧君緊張得全身都僵了，從髮梢到腳尖都在不停的抖，她只希望這是一場夢，噩夢。

但有時真實遠比噩夢還要可怕得多。

小公子目光中充滿了獰惡的笑意，就好像一隻饞貓在望著爪下的老鼠，然後她的手輕輕一扯，已撕破了沈璧君的衣服。

沈璧君這一生中雖然從未大聲說過話，此刻卻忍不住放聲大叫了起來。

小公子根本不理她，盯著她的胸膛，喃喃道：「美，真美……不但臉美，身子也美，我若是男人，有了這樣的女人，也會將別的女人放在一邊了……」

說到這裡，她的笑容就變得更惡毒，目中竟現出了殺機。

一個美麗的女人，最看不得的就是一個比她更美的女人，世上沒有任何事能比「妒忌」更容易啓動女人的殺機！

沈璧君又暈了過去。

當人們遇著一件他所不能忍受的事時，他能暈過去，總比清醒著來忍受的好——昏迷，本就是人類保護自己的本能之一。

她暈過去時彷彿比醒時更美。

她那剪水雙瞳雖已闔起，但長長的睫毛覆蓋在眼簾上，嘴角揚起，彷彿還帶著一絲甜笑……

小公子盯著她，居然輕輕嘆了口氣，道：「像你這樣的女人，實在連我也捨不得殺你，卻又不得不殺你，我若帶你回去了，他眼中還會有我嗎？」

突聽車頂上也有個人輕輕嘆了口氣，道：「像你這樣的女人，實在連我也捨不得殺你，卻又不得不殺你，我若讓你活下去，別人怎麼受得了！」

車頂上有個小小的氣窗，不知何時已被揭開了，露出了一雙濃眉，一雙大而發亮的眼睛。

除了蕭十一郎外，誰有這麼亮的眼睛！

小公子臉色立刻變了，失聲道：「你……你還沒有死？」

蕭十一郎笑道：「我又不是老鼠，被貓爪子抓一下怎麼會死得了？」

小公子咬牙道：「你不是老鼠，簡直也不是人，我遇上了你，算我倒了八輩子的楣，好，你有本事就下來殺了我吧！」

她抱起手，閉上眼睛，居然真的像是已不想反抗了。

蕭十一郎反倒覺得有些奇怪了，眨著眼道：「你連逃都不想逃？」

小公子嘆道：「我全身上下都是法寶時，也被你逼得團團亂轉，現在我所有的法寶都用光了，還有什麼法子能逃得了？」

蕭十一郎道：「你爲什麼不用沈璧君來要脅我？我若要殺你，你就先殺她。」

小公子道：「沈璧君既不是你老婆，也不是你情人，我就算將她大卸八塊，你也不會心疼的，我怎麼能用她來要脅你！」

蕭十一郎道：「你至少總該試試？」

小公子苦笑道：「既然沒有用，又何必試？」

蕭十一郎道：「你難道真的已認命了？」

小公子淒然道：「遇上了蕭十一郎，不認命又能怎樣？」

蕭十一郎笑了，搖著頭笑道：「不對不對不對，我無論怎麼看你都不像是個會認命的人，我知道你一定又想玩什麼花樣？」

小公子道：「現在我還有什麼花樣好玩！」

蕭十一郎笑道：「無論你想玩什麼花樣，卻再也休想要我上當了。」

小公子道：「你難道不敢下來殺我？」

蕭十一郎道：「我用不著下去殺你。」

小公子道：「那麼你到底想怎麼樣呢？」

蕭十一郎道：「你先叫馬車停下來。」

小公子敲了敲車壁，馬車就緩緩停下，小公子道：「現在你還想要我怎麼樣？」

蕭十一郎道：「抱沈璧君下車。」

小公子倒也真聽話，打開車門，抱著沈璧君下了車，道：「現在呢？」

蕭十一郎道：「一直向前走，莫要回頭，走到前面那棵樹下，將沈璧君放下來……我就在你後面，你最好少玩花樣。」

小公子道：「遵命。」

她居然真的連頭都不敢回，一步步的往前走，蕭十一郎在後面盯著她，實在想不通她怎會忽然變得如此聽話。

就在這時，小公子的花樣已來了！

小公子已走到樹下，突然一翻身，將沈璧君的人向蕭十一郎懷裡拋了過來，蕭十一郎根本還未來得及思索，已先伸手接住。

只見小公子人已掠起，凌空一個翻身，手裡已有三道寒光飛出，直打蕭十一郎懷中的沈璧君。

方才小公子若以沈璧君的性命來要脅蕭十一郎，蕭十一郎也許真的不會動心，但現在沈璧君就在他懷裡，他怎能不救？

等他避開這三件暗器，想先放下沈璧君再去追時，小公子早已逃得連人影都瞧不見了。

只聽她那銀鈴般的笑聲遠遠傳來，道：「我已將這燙山芋拋給你了，你瞧著辦吧！」

蕭十一郎望著懷裡的沈璧君，只有苦笑——這「燙山芋」實在不小，他既不能拋下來不管，也不知該傳給誰去才好。

沈璧君第二次自暈迷中醒來的時候，發現自己的人已到了個破廟裡，這廟非但特別破，而且特別小。

小而破的神龕裡，供著的好像是山神，外面的風吹得呼呼直響，若不是神案前已升起了堆火，沈璧君只怕已凍僵了。

風，從四面八方漏進來，火焰一直在閃動，有個人正伸著雙手在烤火，嘴角低低的哼著一支歌。

這人身上穿的衣服也很破舊，腳上的破靴子底已穿了兩個大洞，但就算穿著皮裘，坐在暖閣中烤火的人，看起來也不會比他更舒服了，沈璧君想不通一個人在他這種情況中，怎麼還會覺得這麼舒服。

但他嘴裡在哼著的那支歌，曲調卻是說不出的蒼涼，說不出的蕭索，說不出的寂寞，和他這個人完全不相稱。

沈璧君一張開眼睛，就不由自主的被這個人吸引住了，過了很久，她才發覺自己本不該對別人如此留意的。

她本該先想想自己的處境才是。

破廟裡自然沒有床，她的人就睡在神案上，神案上還鋪著層厚厚的稻草，這個人看來雖粗野，其實倒也很細心。

但這個人究竟是友？還是敵呢？

沈璧君掙扎著爬起來，盡量不發出一絲聲音。

但烤火的這人耳朵卻像是特別靈，沈璧君的身子剛動了動，他就聽到了。

他並沒有抬頭，只是冷冷道：「躺下去，不許亂動！」

沈璧君這一生中，從來也沒有聽過人對她說如此無禮的話，她雖然很溫柔，但這一生中從來也沒有聽過別人的命令。

她幾乎忍不住立刻就要跳下去。

烤火的人還是沒有抬頭，又道：「你若一定要動，不妨先看看你自己的腿，無論多美的人，若是缺了一條腿，也不會很好看了。」

沈璧君這才發現自己的右腿已腫了起來，腫得很大。

她的人立刻倒了下去。

任何女人看到自己的腿腫得像她這麼大，都會被嚇軟的。

烤火的人似乎在發笑。

沈璧君等自己的心定下來，才問道：「你是誰？」

烤火的人用一根棍子撥著火，淡淡道：「我是我，你是你，我不想知道你是誰，你也用不著知道我是誰。」

沈璧君道：「我……我怎麼會到這裡來的？」

烤火的人道：「有些話你還是不問的好，問了反而徒增麻煩。」

沈璧君沉默了半晌，囁嚅著道：「莫非是你救了我？」

烤火的人笑了笑，道：「像我這樣的人，怎麼配救你？」

沈璧君不說話了，因爲她已經不知道該說什麼才好。

烤火的人也不再說話，兩個人好像突然都變成了啞巴。

外面的風還在「呼呼」的吹著，除了風聲，就再也聽不到別的聲音，天地間彷彿就只剩下了他們兩個人。

除了連城璧之外，沈璧君從來沒有和任何男人單獨相處過，尤其是這呼嘯的風聲，這閃動的火焰，這粗野的男人……

她覺得不安極了。

她忍不住又要掙扎著爬起來。

但她剛一動，烤火的人已站在她面前，冷冷的瞪著她，道：「我也知道像你這樣的千金小姐，在這種地方一定耽不住的，可是現在你的腿受了傷，也只好先委屈些，在這裡養好傷再說。」

他的眼睛又大、又黑、又深、又亮。

沈璧君被這雙眼睛瞪著，全身都好像發起熱來，也不知爲什麼，她只覺得突然有股怒火自心底升起，竟忍不住大聲道：「多謝你的好意，但我的腿是好是斷，都和你無關，你既沒有救我，也不認得我，又何必多管我的閒事。」

她終於還是掙扎著跳下來，一瘸一拐的走了出去。她當然走得很慢，但卻絕沒有停下來的意思。

烤火的人望著她，也不阻攔，目光中似乎帶著笑意。

其實他現在若是攔上一攔，沈璧君也許會留下來的。

因爲她的腿實在疼得要命。

蕭十一郎這一生中，從來也沒有勉強過任何人做任何事。
望著沈璧君走出去，他只是覺得有些好笑。
別人都說沈璧君不但最美麗，而且最賢淑、最溫柔、最有禮，從來也不會對人發脾氣。
但他卻看到沈璧君發脾氣了。
能看到從來不發脾氣的人發脾氣，也是件很有趣的事。

沈璧君連自己也覺得很奇怪，爲什麼會對這不相識的人發脾氣，這人縱然沒有救她，至少也沒有乘她暈迷時對她無禮。
她本該感激他才是。
但也不知爲了什麼，她就是覺得這人要惹她生氣，尤其是被他那雙眼睛瞪著時，她更控制不住自己。她一向最會控制自己，但那雙眼睛實在太粗野，太放肆……
外面的風好大，好冷。
夜色又暗得可怕，天上連一點星光都沒有。
這哪裡還像是秋天，簡直已是寒冬。
沈璧君的一條腿由疼極而痳木，此刻又疼了起來，一陣陣劇痛，就好像一根根針由她的腳，刺入她的心。
她雖然咬緊了牙關，卻再也走不動半步。
何況，前途是那麼黑暗，就算她能走，也不知該走到哪裡去。

她雖然咬緊了牙關，眼淚卻已忍不住流了下來。

她從來也不知道孤獨竟是如此可怕，因爲她從來也沒有孤獨過，她雖然是一朵幽蘭，但卻並非出於污泥，而是在暖室中養大的。

伏在樹幹上，她幾乎忍不住要失聲痛哭起來。

就在這時，她忽然感覺到一隻手在輕輕拍著她的肩頭。

她轉過頭，就又瞧見了那雙又大又黑又亮的眼睛。

蕭十一郎將一碗熱氣騰騰的濃湯捧到她面前，緩緩道：「喝下去，我保證這碗湯絕沒有毒藥的。」

他望著她，眼睛雖然還是同樣黑，同樣亮，但已變得說不出的溫柔，他說的話雖然還是那麼尖銳，但其中已沒有譏誚，只有同情。

沈璧君不由自主的捧過這碗湯，用手捧著。

湯裡的熱氣，似已將天地間的寒意全都驅散，她只覺得自己手裡捧著的並不只是一碗湯，而是一碗溫馨，一碗同情……

她的眼淚一滴滴落入湯裡。

山神廟仍是那麼小，那麼髒，那麼破舊。

但剛從外面無邊的黑暗與寒冷中走進來，這破廟似乎一下子改變了，變得充滿了溫暖與光明。

沈璧君一直垂著頭，沒有抬起。

她從來也想不到自己竟會在一個陌生的男人面前流淚。

甚至在連城璧面前，她也從未落淚。

幸好，蕭十一郎好像根本沒有留意到她，一走進來，就躺到角落裡的一堆稻草上，道：

「快睡，就算要走，也得等到天亮……」

這句話他好像並未說完，就已睡著了。

那堆草又髒、又冷、又濕，但就算睡在世上最軟最暖的床上的人，也不會有他睡得這麼香、這麼甜。

這實在是個怪人。

沈璧君從來也沒有見過這樣的男人，但也不知爲了什麼，她只覺得在這男人身旁，是絕對安全的。

在醒著的時候，他看來雖然那麼粗、那麼野，但在睡著的時候，他看來卻像是個孩子。

一個受了委屈的孩子。

在他那兩道深鎖的濃眉中，也不知隱藏了多少無法向人訴說的愁苦、冤屈、悲傷、憂鬱……

沈璧君輕輕嘆了口氣，閉上眼睛。

她本來以爲自己絕不可能在一個陌生男人的旁邊睡著的，但卻不知不覺睡著了……

十一 淑女與强盜

沈璧君醒來得很早。

風已住，火仍在燃燒著，顯然又添了柴，這四面漏風的破廟裡，居然充滿了溫暖之意。

但火堆旁那奇怪的男人卻已不在了。

難道他已不辭而別？

沈璧君望著這閃動的火焰，心裡忽然覺得很空虛、很寂寞、很孤獨，就像是忽然間失去了什麼。

她甚至有種被人欺騙，被人拋棄了的感覺。

她自己也不知道自己怎會有這種感覺，他們本就是陌生人，她連他的名字都不知道，他也沒有對她作過任何允諾。

他要走，自然隨時都可以走，也根本不必告訴她。

但就連她的丈夫離開她的時候，她都沒有現在這種感覺。

這是為了什麼？

「一個人在遭受到不幸、有了病痛的時候，心靈就會變得特別脆弱，特別需要別人的同情和安慰，特別不能忍受寂寞。」

她試著替自己解釋，但自己對這解釋也並不十分滿意。

她只覺心亂得很，一時間竟不知該如何是好，就在這時，那蒼涼而蕭索的歌聲已自門外傳了進來。

聽到這歌聲，沈璧君的心情立刻就改變了，甚至連那堆火都忽然變得更明亮，更溫暖。

蕭十一郎已走了進來。

他嘴裡哼著歌，左手提著桶水，右手夾著一大捆不知名的藥草，他的步履是那麼輕快，全身都充滿了野獸般的活力。

這男人看來就像是一頭雄獅、一條虎，卻又沒有獅虎那麼兇暴可怕，看來他不但自己很快樂，也能令每個看到他的人都感染到這分快樂。

沈璧君面上竟不由自主露出了笑容。

蕭十一郎發亮的眼睛也正好自她面上掃過。

沈璧君帶著笑道：「早。」

蕭十一郎淡淡道：「現在已不早了。」

他只看了她一眼，目光就移向別處，雖只看了一眼，但他看著她的時候，目光也忽然變得很溫柔。

沈璧君道：「昨天晚上……」

想到昨天晚上的那碗湯，湯中的眼淚，她的臉就不覺有些發紅，垂下了頭，才低低的接著道：「昨天晚上真麻煩你了，以後我一定會……」

蕭十一郎不等她說完，就已打斷了她的話，冷冷道：「我最喜歡別人報答我，無論用什麼報答我都接受，但現在你說了也沒有用，所以還不如不說的好。」

沈璧君怔住了。

她發現這人每次跟她說話，都好像準備要吵架似的。

在她的記憶中，男人們對她總是文質彬彬、慇懃有禮，平時很粗魯的男人，一見到她也會裝得一表斯文，平時很輕佻的男人，一見到她也會裝得一本正經，她從來也未見到一個看不起她的男人。

現在她才總算見到了。

這人簡直連看都不願看她。

這人到底有什麼毛病？竟會看不出她的美麗？

火堆上支著鐵架，鐵架上吊著個大鍋。昨天晚上那碗湯，就是這鐵鍋熬出來的，現在鍋裡的湯也不知是被熬乾了，還是被喝光了，鐵鍋已被烤得發紅，蕭十一郎一桶水全都倒入鍋裡。

只聽「滋」的一響，鍋裡冒出了一股青煙。

然後蕭十一郎就又坐到火堆旁，等著水沸。

「這人究竟是個怎麼樣的人？這破廟就是他的家？他為何連姓名都不肯說出？難道他有什麼不可告人的秘密？」

沈璧君對這個人愈來愈好奇了，卻又不好意思問他，只希望他能自己說說自己的身世，就算不全說出來，隨便說兩句也好。

但蕭十一郎嘴裡又開始哼著那首歌，眼睛又開始閉了起來，似乎根本已忘了有她這麼樣一個人存在。

「他既然不願睬我，我爲什麼還要留在這裡？」

沈璧君忽然對自己生起氣來了，大聲道：「我姓沈，無論什麼時候你到大明湖畔的『沈家莊』去，我都會令人重重的酬謝你，絕不會讓你失望。」

蕭十一郎連看都沒有看她一眼，道：「你現在就要回去？」

沈璧君道：「是。」

蕭十一郎道：「你走得回去麼？」

沈璧君不由自主望了望自己的腿，才發現腿已腫得比昨天更厲害了，最可怕的是，腫的地方已完全麻木，連一點感覺都沒有。

莫說走路，她這條腿簡直已連抬都無法抬起。

鍋裡的水已沸了。

蕭十一郎慢慢的將那捆藥草解開，仔細選出了幾樣，投入水裡，用一根樹枝慢慢的攪動著。

沈璧君望著自己的腿，眼淚幾乎又忍不住要流了出來。她是個很好強的人，從來也不願求人。

可是現在她卻別無選擇的餘地。

這是無可奈何的事，每個人一生中都難免會遇著幾件這種事，她只有忍耐，否則就只好發瘋。

沈璧君長長的吐出口氣，囁嚅著道：「我……我還想麻煩你一件事。」

蕭十一郎道：「嗯。」

沈璧君道：「不知道你能不能替我僱輛車子，載我回去？」

蕭十一郎道：「不能。」

他回答得實在乾脆極了，沈璧君怔了怔，忍住氣道：「爲什麼不能？」

蕭十一郎道：「因爲這地方是在半山上，因爲拉車的馬沒有一匹會飛的。」

沈璧君道：「可是……我來的時候……」

蕭十一郎道：「那是我抱你上來的。」

沈璧君的臉立刻飛紅了起來，連話都說不出了。

蕭十一郎悠然道：「現在你自然不肯再讓我抱下去，是不是？」

沈璧君忍耐很久，終於還是忍不住道：「你……你爲何要……要帶我到這裡來？」

蕭十一郎道：「不帶你到這裡來，帶你到哪裡去？你若在路上撿著一隻受了傷的小貓小狗，是不是也會將牠帶回家呢？」

沈璧君飛紅的臉一下子又氣白了。

她從來也沒有想到要去打男人的耳光，但現在她若有了力氣，也許真會重重的給這人幾個耳刮子。

蕭十一郎慢慢的站了起來，慢慢的走到神案前，盯著她的腿。

沈璧君的臉又紅了，真恨不得將這條腿鋸掉，她拚命將這條腿往裡面縮，但蕭十一郎的眼睛卻連一刻也不肯放鬆。

沈璧君又羞又怒，道：「你……你想幹什麼？」

蕭十一郎淡淡道：「你的腳已腫得像隻粽子，我正在想，要用什麼法子才能將你的鞋襪脫掉。」

沈璧君幾乎忍不住要大叫起來，這男人居然想脫她的鞋襪，她的腳就連她的丈夫都沒有真正看到過。

只聽蕭十一郎喃喃道：「看樣子脫是沒法子脫掉的了，只有用刀割破……」

他嘴裡說著，竟真的自腰畔拔出了一把刀。

沈璧君顫聲道：「我本來還以爲你是個君子，誰知你……你……」

蕭十一郎道：「我並不是君子，卻也沒有替女人脫鞋子的習慣。」

他忽然將刀插在神案上，又將那桶水提了過來，冷冷道：「你若想快點走回去，就趕快脫下鞋襪，放在這桶水裡泡著，否則你說不定只有一輩子住在這裡。」

在那種時候，你若想要一位淑女脫下她的鞋襪，簡直就好像要她脫衣服差不多困難。

因爲在那種時候，一個女人若肯在男人面前脫下自己的鞋襪，那麼別的東西她也就差不多可以脫下來了。

沈璧君現在卻連一點選擇也沒有。

她只希望這人能像個君子人，把頭轉過去。

蕭十一郎的眼睛卻偏偏睜得很大，連一點轉頭的意思都沒有。

沈璧君咬著嘴唇，道：「你……你能不能到外面去走走？」

蕭十一郎道：「不能。」

沈璧君連耳根都紅了，呆在那裡，真恨不得死了算了。

蕭十一郎道：「你不要以爲我想看你的腳，你這雙腳現在已沒有什麼好看的，我只不過想看看你中的究竟是什麼毒而已。」

他冷冷的接著道：「毒性若再蔓延上去，你說不定連別的地方也要讓人看了。」

這句話真的比什麼都有效。

沈璧君慢慢的，終於將一雙腳都泡入水裡。

一個人若能將自己的腳舒舒服服的泡在熱水裡，他對許多事的想法和看法就多多少少會改變些的。

脫鞋子的時候，沈璧君全身都在發抖，但現在她的心已漸漸平靜了下來，覺得一切事並不如自己方才想像中那麼糟。

蕭十一郎已沒有再死盯著她的腳。

他已看得很清楚了。

這時他已經選出了幾種藥草，摘下了最嫩的一部分，放在嘴裡慢慢的咀嚼著，彷彿在品嚐著它們的滋味。

沈璧君垂頭看著自己的腳，卻分不清自己心裡是什麼滋味。

她居然會在一個陌生的男人面前洗腳——她只希望這是場噩夢，能快些過去，快些忘掉。

突聽蕭十一郎道：「把你受傷的腳抬起來。」

這次沈璧君並沒有反抗，她好像已認命了。

這就是女人最大的長處——女人都有認命的時候。

有許多又聰明、又美麗的女人，嫁給一個又醜又笨的丈夫，還是照樣能活下去，就因爲她們能夠「認命」。

有很多人都有種很「奇妙」的觀念，覺得男人若不認命，能反抗命運，就是英雄好漢。

但女人若不認命，若也想反抗，就是大逆不道。

沈璧君足踝上的傷口並不大，只有紅紅的一點，就好像剛被蚊子叮了一口時那種樣子。

但紅腫卻已蔓延到膝蓋以上。

想起了那可怕的「孩子」，沈璧君到現在手腳還難免要發冷，她足踝被那「孩子」踢中時，絕未想到後果竟如此嚴重。

蕭十一郎已將嘴裡咀嚼的藥草吐了出來，敷在她的傷口上，她心裡也不知是羞惱，還是感激。

她只覺這藥冰冰涼涼的，舒服極了。

蕭十一郎又在衣服上撕下塊布條，放到水裡煮了煮，再將水擰乾，用樹枝挑著送給沈璧君，道：「你也許從來沒有包紮過傷口，幸好這還不是什麼困難的事，你總該做得到。」

這次他話未說完，頭已轉了過去。

沈璧君望著他的高大背影，她實在愈來愈不了解這奇怪的人了。

這人看來是那麼粗野，但做事卻又如此細心；這人說話雖然又尖銳、又刻薄，但她也知道他絕沒有傷害她的意思。

他明明是個好人。

奇怪的是，他爲什麼偏偏要教人覺得他不是個好人呢？

蕭十一郎又哼起了那首歌，歌聲仍是那麼蒼涼、那麼寂寞，你若看到他那張充滿了熱與魔力的臉，就會覺得他實在是個很寂寞的人。

沈璧君暗中嘆了口氣，柔聲道：「謝謝你，我現在已覺得好多了。」

蕭十一郎道：「哦？」

沈璧君笑道：「想不到你的醫道也如此高明，我幸虧遇見了你。」

蕭十一郎道：「我根本不懂得什麼醫道，只不過懂得要怎麼才能活下去，每個人都要活下去的，是不是？」

沈璧君慢慢的點了點頭，嘆道：「我現在才知道，除非在萬不得已的時候，否則沒有人會想死的。」

蕭十一郎道：「非但人要活下去，野獸也要活下去，野獸雖不懂得什麼醫道，但牠們受了傷的時候，也會去找些藥草來治傷，再找個地方躲起來。」

沈璧君道：「真有這種事？」

蕭十一郎道：「我曾經看到過一匹狼，被山貓咬傷後，竟逃到一個沼澤中去，那時我還以爲牠是在找自己的墳墓。」

沈璧君道：「牠難道不是？」

蕭十一郎笑了笑，道：「牠在那沼澤中躺了兩天，就又活了，原來牠早已知道有許多藥草腐爛在那沼澤裡，牠早已知道該如何照顧自己。」

沈璧君第一次看到了他的笑容，似乎只有在談到野獸時，他才會笑。他甚至根本不願意談起人。

蕭十一郎還在笑著，笑容卻已有些淒涼，慢慢地接著道：「其實人也和野獸一樣，若沒有別人照顧，就只好自己照顧自己了。」

人真的也和野獸一樣麼？

若是在一兩天之前，沈璧君聽到這種話，一定會認爲說話的人是個瘋子；但現在，她卻已忽然能體會這句話中的淒涼辛酸之意。

她這一生中，時時刻刻都有人在陪伴著她，照顧著她，直到現在她才知道寂寞與孤獨竟是如此可怕。

沈璧君漸漸已覺得這人一點也不可怕了，非但不可怕，甚至還有些可憐，她忍不住想對這人知道得更多些。

人們對他們不了解的人，總是會生出一種特別強烈的好奇心，這分好奇心，往往又會引起許多種別的感情。

沈璧君試探著問道：「這地方就是你的家？」

蕭十一郎道：「最近我常常住在這裡。」

沈璧君道：「以前呢？」

蕭十一郎道：「以前的事我已全都忘了，以後的事我從不去想它。」

沈璧君道：「你……你難道沒有家？」

蕭十一郎道：「一個人爲什麼要有家？流浪天下，四海爲家，豈非更愉快得多？」

當一個人說自己寧願沒有家時，往往就表示他想要一個家了，只不過「家」並不只是間屋子，並不是很容易就可建立的——要毀掉卻很容易。

沈璧君忍不住輕輕嘆了口氣，道：「每個人遲早都要有個家的，你若是有什麼困難，我也許可以幫助你……」

蕭十一郎冷冷道：「我也沒有什麼別的困難，只要你肯閉上嘴，就算是幫了我個大忙了。」

沈璧君又怔住了。

像蕭十一郎這樣不通情理的人，倒也的確少見得很。

就在這時，突聽一陣腳步聲響，兩個人匆匆走了進來。

這破廟裡居然還有人會來，更是令人想不到的事。

只見這兩人都是相貌堂堂，衣衫華麗，氣派都不小，佩刀的人年紀較長，佩劍的看來只有三十左右。

這種人會到這種地方來，就令人奇怪了。

更令人奇怪的是，這兩人見到沈璧君，面上都露出欣喜之色，其中一個年紀較大的立刻搶步向前，躬身道：「這位可就是連夫人麼？」

沈璧君怔了怔，道：「不敢，閣下是……」

那人面帶微笑，道：「在下彭鵬飛，與連公子本是故交，那日夫人與連公子大喜之日，在下還曾去叨擾過一杯喜酒。」

沈璧君道：「可是人稱『萬勝金刀』的彭大俠？」

彭鵬飛笑得更得意，道：「賤名何足掛齒，這『萬勝金刀』四字，更是萬萬不敢當的。」

另一人錦衣佩劍，長身玉立，看來像是風采翩翩的貴公子，武林中，這樣的人材，倒也不多。

此時此地，沈璧君能見到自己丈夫的朋友，自然是開心得很，面上已露出了微笑，道：「卻不知這位公子高姓大名？」

彭鵬飛搶著道：「這位就是『芙蓉劍客』柳三爺的長公子柳永南，江湖人稱『玉面劍客』，與連公子也曾有過數面之歡。」

沈璧君嫣然道：「原來是柳公子，多日未曾去問三爺的安，不知他老人家氣喘的舊疾已大好了麼？」

柳永南躬身道：「託夫人的福，近來已好得多了。」
沈璧君道：「兩位請恕我傷病在身，不能全禮。」
柳永南道：「不敢。」
彭鵬飛道：「此間非談話之處，在下等已在外面準備好一頂軟轎，就請夫人移駕回莊吧。」
兩人俱是言語斯文，彬彬有禮；沈璧君見到他們，好像忽然又回到自己的世界了，再也用不著受別人的欺負，受別人的氣。
她似乎已忘了蕭十一郎的存在。
彭鵬飛招了招手，門外立刻就有兩個很健壯的青衣婦人，抬著頂很乾淨的軟兜小轎走了進來。
沈璧君嫣然道：「兩位準備得真周到，真痲煩你們了。」
柳永南躬身道：「連公子終日爲武林同道奔走，在下等爲夫人略效微勞，也是應該的。」
彭鵬飛道：「如此就請夫人上轎。」
突聽蕭十一郎道：「等一等。」
彭鵬飛瞪了他一眼，冷冷道：「你是什麼人？也敢在這裡多嘴。」
蕭十一郎道：「我說我是『中州大俠』歐陽九，你信不信？」
彭鵬飛冷笑道：「憑你只怕還不配。」
蕭十一郎道：「你若不信我是歐陽九，我爲何要相信你是彭鵬飛？」

柳永南淡淡道：「只要連夫人相信在下等也就是了，閣下信不信都無妨。」

蕭十一郎道：「哦？她真的相信了兩位麼？」

三個人的眼睛都望著沈璧君，沈璧君輕輕咳嗽兩聲，道：「各位對我都是一番好意，我……」

蕭十一郎打斷了她的話，冷笑道：「像連夫人這樣的端莊淑女，縱然已對你們起了懷疑之心，嘴裡也是萬萬不肯說出來的。」

柳永南笑了笑，道：「不錯，也只有閣下這樣的人，才會以小人之心，度君子之腹……」

說到這裡，只聽「嗆」的一聲，他腰畔長劍已出鞘，劍光一閃，凌空三曲，蕭十一郎手裡的一根樹枝已斷成四截。

蕭十一郎神色不動，淡淡道：「這倒果然是芙蓉劍法。」

彭鵬飛大聲道：「你既識貨，就該知道這一招『芙蓉三折』，普天之下除了柳三爺和柳公子外，再也沒有第三個人使得出來。」

沈璧君展顏一笑，道：「柳公子這一招『芙蓉三折』，只怕已青出於藍了。」

蕭十一郎道：「你也不問問他們怎會知道你在這裡的？」

沈璧君道：「他們無論怎麼會知道我在這裡的都沒關係，就憑彭大俠與柳公子的俠名，我就信得過他們。」

蕭十一郎默然良久，才緩緩道：「不錯，有名有姓的人說出來的話，自然比我這種人說出來的可靠得多，我實在是多管閒事。」

沈璧君也沉默了半晌，才柔聲道：「但我知道你對我也是一番好意……」

彭鵬飛冷笑道：「好意？只怕不見得。」

柳永南道：「他三番兩次的阻攔，想將夫人留在這裡，顯然是別有居心。」

彭鵬飛叱道：「不錯，先廢了他，再帶去嚴刑拷問，看看幕後是否還有主使的人！」

叱聲中，他的金刀也已出鞘。

蕭十一郎站在那裡，動也不動，就像是突然間變得麻木了。

柳永南反倒來做好人了，道：「且慢，這人說不定是連夫人的朋友，我們豈可難爲他！」

彭鵬飛道：「夫人可認得他麼？」

沈璧君垂下了頭，道：「不……不認得。」

蕭十一郎突然仰面大笑起來，狂笑著道：「像連夫人這樣的名門貴婦，又怎會認得我這種不三不四的人，連夫人若有我這種朋友，豈非把自己的臉都要丟光了嗎？」

柳永南叱道：「正是如此。」

這四個字說完，長劍已化爲一片光幕，捲向蕭十一郎；刹那之間，已攻出了四劍，劍如抽絲，連綿不絕。

當代「芙蓉劍」的名家雖然是男子，但「芙蓉劍法」卻是女子所創，是以這劍法輕靈有餘，剛勁不足，未免失之柔弱。

而且女子總是難免膽氣稍遜，不願和對手硬拚硬拆，攻敵之前，總要先將自己保護好再說。

是以這劍法攻勢只佔了三成，守勢卻有七成。

柳永南這四劍看來雖然絢麗奪目，其實卻全都是虛招，爲的只不過是先探探對方的虛實而已。

蕭十一郎狂笑未絕，身形根本連動都沒有動。

彭鵬飛喝道：「連夫人既不認得他，你我手下何必再留情？」

他掌中一柄金背砍山刀，重達二十七斤，一刀攻出，刀風激盪，那兩個抬轎的青衣婦人早已嚇得躲入了角落中。

只見刀光與劍影交錯，金背刀的剛勁，恰巧彌補了芙蓉劍之不足，蕭十一郎似已連還手之力都沒有，也被迫入了角落中。

彭鵬飛得勢不讓人，攻勢更猛，沉聲道：「不必再留下此人的活口！」

柳永南道：「是。」

他劍法一變，攻勢俱出，招招都是殺手。

蕭十一郎目中突然露出殺機，冷笑道：「既是如此，我又何必再留下你們的活口？」

他身形一轉，兩隻肉掌竟硬生生逼入了刀光劍影中。

「芙蓉劍」劍法縝密，素稱「滴水不漏」，此刻也不知怎地，竟被對方的一隻肉掌搶攻了進來。

柳永南的出手竟在剎那間就已被封住，他大駭之下，腳下一個踉蹌，也不知踢到了什麼。

只聽「骨碌碌」一聲，一隻鐵碗被他踢得直滾了出去。

這隻碗正是昨夜那隻盛湯的碗。

看到了這隻碗，想到了昨夜碗中的溫情，沈璧君驟然覺得心弦一陣激動，再也顧不得別的，失聲大呼道：「他是我的朋友，你們放他走吧！」

蕭十一郎的鐵掌已將刀與劍的出路全都封死，他的下一招就是置人死命的殺手，柳永南與彭鵬飛的生死已只是呼吸間事。

可是，聽到了沈璧君這句話，蕭十一郎胸中也有一陣熱血上湧，殺機盡失，這一著殺手竟是再也無法攻出！

彭鵬飛與柳永南的聲名也是從刀鋒劍刃上搏來的，與人交手的經驗是何等豐富，此刻怎肯讓這機會平白錯過？

兩人不約而同搶攻一步，刀劍齊飛，竟想乘這機會將蕭十一郎置之於死地，「哧」的一聲，蕭十一郎肩頭已被劃破一條血口！

彭鵬飛大喜之下，刀鋒反轉，橫砍胸腹。

突聽蕭十一郎大喝一聲，彭鵬飛與柳永南只覺一股大力撞了過來，手腕一麻，手中的刀劍也不知怎地就突然到了對方手裡。

但聽「格」的一響，刀劍俱都斷成兩截，又接著是「轟」的一聲巨震，破廟的牆已被撞破一個大洞。

飛揚的灰土中，蕭十一郎的身形在洞外一閃，就瞧不見了。

彭鵬飛、柳永南，望著地上被折斷的刀劍，只覺掌心的冷汗一絲絲在往外冒，身子再也動彈不得。

也不知過了多久，彭鵬飛才長長嘆了口氣，道：「好厲害！」

柳永南也長長嘆了口氣，道：「好厲害！」

彭鵬飛擦了擦汗，苦笑道：「如此高手，我怎會不認得？」

柳永南也擦了擦汗，道：「此人出手之快，實是我平生未見。」

彭鵬飛轉過頭，囁嚅著問道：「連夫人可知道他是誰麼？」

沈璧君望著牆上的破洞，也不知在想什麼，竟未聽到他的話。

柳永南咳嗽兩聲，道：「不知他是否真的是連夫人的朋友？」

沈璧君這才輕嘆一聲，道：「但願他真是我夫妻的朋友，無論誰能交到這樣的朋友，都是幸事。」

她不說「我的朋友」，而說「我夫妻的朋友」，正是她說話的分寸，因爲她知道以她的地位，莫說做不得錯事，就連一句話也說錯不得。

柳永南道：「如此說來，夫人也不知道他的名姓？」

沈璧君嘆道：「此人身世似有絕大的隱秘，是以不肯輕易將姓名示人。」

彭鵬飛沉吟著，突然道：「以我看，此人只怕是蕭十一郎！」

蕭十一郎！

柳永南蒼白的臉上更無一絲血色，失聲道：「蕭十一郎？怎見得他就是蕭十一郎？」

彭鵬飛嘆道：「蕭十一郎雖是個殺人不眨眼的惡徒，但武功之高，天下皆知，而且行蹤飄忽，身世隱秘，很少有人看到過他的真面目。」

他眼角的肌肉不覺已在抽動著，嗄聲接道：「這幾點豈非都和方才那人一樣？」

柳永南連嘴唇都已失卻血色，只是不停的擦汗。

沈璧君卻搖了搖頭，緩緩道：「我知道他絕不是蕭十一郎。」

彭鵬飛道：「夫人何以見得？」

沈璧君道：「蕭十一郎橫行江湖，作惡多端，但我知道他……他絕不是個壞人。」

彭鵬飛道：「知人知面不知心，愈是大奸大惡之徒，別人愈是難以看出。」

沈璧君笑了笑，道：「蕭十一郎殺人不眨眼，他若是蕭十一郎，兩位豈非……」

她「話到嘴邊留半句」，說到這裡，就住了嘴。

但她言下之意，彭鵬飛與柳永南自然明白得很，兩人的臉都紅了，過了半晌，柳永南才勉強笑了笑，道：「無論那人是否蕭十一郎，我們總該先將連夫人護送回莊才是。」

彭鵬飛道：「不錯，夫人請上轎。」

十二　要命的婚事

雖然是行走在崎嶇的山路上，但轎子仍然走得很快，抬轎的青衣婦人腳力並不在男子之下。

就快要回到家了。

只要一回到家，所有的災難和不幸就全都過去了，沈璧君本來應該很開心才對，但卻不知爲了什麼，她此刻心裡竟有些悶悶的，彭鵬飛和柳永南跟在轎子旁，她也提不起精神來跟他們說話。

想起那眼睛大大的年輕人，她就會覺得有些慚愧：「我爲什麼一直不肯承認他是我的朋友？難道我真的這麼高貴？他又有什麼地方不如人？我憑什麼要看不起他？」

她想起自己曾經說過，要想法子幫助他，但到了他最困難、最危險的時候，她卻退縮了。

有時他看來是那麼孤獨、那麼寂寞，也許就因爲他受到的這種傷害太多了，使他覺得這世上沒有一個值得他信任的人。

「一個人爲了保全自己的名譽和地位，就不惜犧牲別人和傷害別人，我豈非也正和大多數人一樣？」

沈璧君長長嘆了口氣，覺得自己並不如想像中那麼高貴。

她覺得自己實在對不起他。

山腳下，停著輛馬車。

趕車的頭戴竹笠，緊壓著眉際，彷彿不願被人看到他的面目。

沈璧君一行人，剛走下山腳，這趕車的就迎了上來，深深盯了沈璧君一眼，才躬身道：「連夫人受驚了。」

這雖是句很普通的話，但卻不是一個車伕應該說出來的，而且沈璧君覺得他眼睛盯著自己時，眼神看來也有些不對。

她心裡雖有些奇怪，卻還是含笑道：「多謝你關心，這次要勞你的駕了。」

趕車的垂首道：「不敢。」

他轉過身之後，頭才抬起來，吩咐著抬轎的青衣婦人道：「快扶夫人上車，今天咱們還要趕好長的路呢。」

沈璧君沉吟著，道：「既然沒有備別的車馬，就請彭大俠和柳公子一齊上車吧。」

彭鵬飛瞟了柳永南一眼，吶吶道：「這……」

他還未說出第二個字，趕車的已搶著道：「有小人等護送夫人回莊已經足夠，用不著再勞動他們兩位了。」

彭鵬飛居然立刻應聲道：「是是是，在下也正想告辭。」

趕車的道：「這次勞動了兩位，我家公子日後一定不會忘了兩位的好處。」

一個趕車的，派頭居然好像比「萬勝金刀」還大。

沈璧君愈聽愈不對了，立刻問道：「你家公子是誰？」

趕車的似乎怔了怔，才慢慢的道：「我家公子……自然是連公子了。」

沈璧君皺眉道：「連公子？你是連家的人？」

趕車的道：「是。」

沈璧君道：「你若是連家的人，我怎會沒有見過你？」

趕車的沉默著，忽然回過頭，冷冷道：「有些話夫人還是不問的好，問多了反而自找煩惱。」

沈璧君雖然還是看不到他的面目，卻已看到他嘴角帶著的一絲獰笑，她心裡驟然升起一陣寒意，大聲道：「彭大俠，柳公子，這人究竟是誰？這究竟是怎麼回事？」

彭鵬飛乾咳兩聲，垂首道：「這……」

趕車的冷冷截口道：「夫人最好也莫要問他，縱然問了他，他也說不出來的。」

他沉下了臉，厲聲道：「你們還不快扶夫人上車，還在等什麼？」

青衣婦人立刻抓住了沈璧君的手臂，面上帶著假笑，道：「夫人還是請安心上車吧。」

這兩人不但腳力健，手力也大得很，沈璧君雙手俱被抓住，掙了一掙，竟未掙脫，怒道：「你們竟敢對我無禮？快放手，彭鵬飛，你既是連城璧的朋友，怎能眼看他們如此對待我！」

彭鵬飛低著頭，就像是已忽然變得又聾又啞。

沈璧君下半身已完全痲木，身子更虛弱不堪，空有一身武功，卻連半分也使不出來，竟被人拖拖拉拉的塞入了馬車。

趕車的冷笑著，道：「只要夫人見到我們公子，一切事就都會明白的。」

沈璧君嗄聲道：「你家公子莫非就是那……那……」

想到那可怕的「孩子」，她全身都涼了，連聲音都在發抖。

趕車的不再理他，微一抱拳，道：「彭大俠、柳公子，兩位請便吧。」

他嘴裡說著話，人已轉身登車。

柳永南臉色一直有些發青，此刻突然一旋身，左手發出兩道烏光，擊向青衣婦人們的咽喉，右手抽出一柄匕首，閃電般刺向那車伕的後背。

他一連兩個動作，都是又快、又準、又狠。

那車伕絕未想到會有此一著，哪裡還閃避得開？柳永南的匕首已刺入了他的後心，直沒至柄。

青衣婦人們連一聲慘呼都未發出，人已倒了下去。

沈璧君又驚又喜，只見那車伕頭上的笠帽已經掉了下來，沈璧君還記得這張臉孔，正是那孩子的屬下之一。

現在這張臉已扭曲得完全變了形，雙睛怒凸，嘶聲道：「好，你……你好大的膽子……」

這句話說出，他身子向前一倒，倒在車軛上，後心鮮血急射而出，拉車的馬也被驚得長嘶一聲，人立而起，帶動馬車向前衝出，車輪自那車伕身上輾過，他一個人竟被輾成兩截。

柳永南已飛身而起，躲開了自車伕身上射出來的那股鮮血，落在馬背上，勒住了受驚狂奔的馬。

彭鵬飛似已被嚇呆了，此刻才回過神來，立刻跺腳道：「永南，你……你這禍可真的闖大了。」

柳永南道：「哦？」

彭鵬飛道：「我真不懂你這麼做是何居心？小公子的手段，你又不是不知道。」

柳永南道：「我知道。」

彭鵬飛道：「那麼你……你爲什麼還要這樣做？」

柳永南慢慢的下了馬，眼睛望著沈璧君，緩緩道：「無論如何，我也不能將連夫人送到那班惡魔的手上。」

沈璧君的喘息直到此時才停下來，心裡真是說不出的感激，感激得幾乎連眼淚都快要流了下來，低低道：「多謝你，柳公子，我……我總算還沒有看錯你。」

彭鵬飛長長嘆息了一聲，道：「夫人的意思，自然是說看錯我了。」

沈璧君咬著牙，總算勉強忍住沒有說出惡毒的話。

彭鵬飛嘆道：「其實我又何嘗不想救你，但救了你又有什麼用呢？你我三人加起來也絕非小公子的敵手，遲早還是要落入他掌握中的！」

說到這裡，他忍不住機伶伶打了個寒噤，顯然對那小公子的手段之畏懼，已到了極點。

沈璧君恨恨道：「原來是他要你們來找我的。」

彭鵬飛道：「否則我們怎會知道夫人在那山神廟裡？」

沈璧君嘆了口氣，黯然道：「如此說來，他對你們的疑心並沒有錯，我反而錯怪他了。」

這次她說的「他」，自然是指蕭十一郎。

柳永南忽然冷笑了一聲，道：「那人也不是好東西，對夫人也絕不會存著什麼好心。」

彭鵬飛沉下了臉，道：「只有你存的是好心，是麼？」

柳永南道：「當然。」

彭鵬飛冷笑道：「只可惜你存的這番好心，我早已看透了！」

柳永南道：「哦？」

彭鵬飛厲聲道：「我雖然知道你素來好色如命，卻未想到你的色膽竟有這麼大，主意竟打到連夫人身上來了，但你也不想想，這樣的天鵝肉，就憑你也能吃得到嘴麼？」

沈璧君怒道：「這只是你以小人之心度君子之腹，柳公子絕不是這樣的人。」

彭鵬飛冷笑道：「你以為他是好人？告訴你，這些年來，每個月壞在他手上的黃花閨女，沒有十個，也有八個。只不過誰也不會想到無惡不作的採花盜，竟會是『芙蓉劍』柳三爺的大少爺而已。」

沈璧君呆住了。

彭鵬飛道：「就因為他有這些把柄被小公子捏在手上，所以才只有乖乖的聽話……」

柳永南突然大喝一聲，狂吼道：「你呢？你又是什麼好東西，你若沒有把柄被小公子捏在手上，他也就不會找到你了！」

彭鵬飛也怒吼道：「我有什麼把柄？你說！」

柳永南道：「現在你固然是大財主了，但你的家財是哪裡來的？你以為我不知道？你明裡雖是在開鏢局，其實卻比強盜還狠，誰託你保鏢，那真是倒了八輩子楣，卸任的張知府要你護送回鄉，你在半路上就把人家一家大小十八口殺得乾乾淨淨，你以為你做的這些事真沒人知道？」

彭鵬飛跳了起來，大吼道：「放你媽的屁，你這小畜牲……」

這兩人本來一個是相貌堂堂，威嚴沉著，一個是文質彬彬，溫柔有禮，此刻一下子就好像變成了兩條瘋狗。

看到這兩人你咬我，我咬你，沈璧君全身都涼了。

彭鵬飛道：「你這小雜種色膽包天，我可犯不上陪你送死！」

柳永南道：「你想怎樣？」

彭鵬飛道：「你若乖乖的隨我去見小公子，我也許還會替你說兩句好話，饒你不死！」

柳永南喝道：「你這是在做夢！」

他本想搶先出手，誰知彭鵬飛一拳已先打了過來。

彭鵬飛雖以金刀成名，一趟「大洪拳」竟也已練到八九成火候，此刻一拳擊出，但聞拳風虎虎，聲勢也頗為驚人。

柳永南身子一旋，滑開三步，掌緣反切彭鵬飛的肩胛。

他掌法也和劍法一樣，以輕靈流動見長，彭鵬飛的武功火候雖深些，但柔能剋剛，「芙蓉掌」正是「大洪拳」的剋星。

兩人這一交上手，倒也正是旗鼓相當，看樣子若沒有三五百招，是萬萬分不出勝負高下的。

沈璧君咬著牙，慢慢的爬上車座，打開車廂前的小窗子，只見拉車的馬被拳風所驚，正輕嘶著在往道旁退。

車座上鋪著錦墩。

沈璧君拿起個錦墩，用盡全力從窗口拋出去，拋在馬屁股上。

健馬一聲驚嘶，再次狂奔而出！

一匹發了狂的馬，拉著無人駕馭的馬車狂奔，其危險的程度，和「盲人騎瞎馬，夜半臨深池」也已差不了許多。

沈璧君卻不在乎。

她寧可被撞死，也不願落在柳永南手上。

車子顛得很厲害，她麻木的腿開始感覺到一陣刺骨的疼痛。

她也不在乎。

她一直認爲肉體上的痛苦比精神上的痛苦要容易忍受得多。

有人說：一個人在臨死之前，常常會想起許多奇奇怪怪的事，但人們卻永遠不知道自己在臨死前會想到些什麼。

沈璧君也永遠想不到自己在這種時候，第一個想起的不是她母親，也不是連城璧，而是那個眼睛大大的年輕人。

她若肯信任他，此刻又怎會在這馬車上？

然後，她才想起連城璧。

連城璧若沒有離開她，她又怎會有這些不幸的遭遇？她還是叫自己莫要怨他，但是她心裡卻不能不難受。

她不由自主要想：「我若嫁給一個平凡的男人，只要他是全心全意的對待我，將我放在其他任何事之上，那種日子是否會比現在過得快樂？」

於是她又不禁想起了眼睛大大的年輕人：「我若是嫁給了他，他會不會對我……」

她禁止自己再想下去。

她也不敢再想下去！

就在這時，她聽到天崩地裂般一聲大震。

車門也被撞開了，她的人從車座上彈了起來，恰巧從車門中彈了出去，落在外面的草地上。

這一下自然跌得很重，她四肢百骸都像是已被跌散了。

只見馬車正撞在一棵大樹上，車廂被撞得四分五裂，拉車的馬卻已奔出去很遠，車軛顯然已斷了，所以馬車才會撞到樹上去。

沈璧君若還在車廂中，至少也要被撞掉半條命。

她也不知道這是她的幸運，還是她的不幸，她甚至寧願被撞死。

因爲這時她已經瞧見了柳永南。

柳永南就像是個呆子似的站在那裡，左面半邊臉已被打得又青又腫，全身不停的在發抖，像是害怕得要死。

應該害怕的本該是沈璧君，他怕什麼？

他的眼睛似乎也變得不靈了，過了很久，才看到沈璧君。

於是他就向沈璧君走了過來。

奇怪的是，他臉上連一點歡喜的樣子都沒有，而且走得也很慢，腳下就像是拖了根七八百斤重的鐵鍊子。

這人莫非忽然有了什麼毛病？

沈璧君掙扎著想爬起來，又跌倒，顫聲道：「站住！你若敢再往前走一步，我就死在這裡！」

柳永南居然很聽話，立刻就停住了腳。

沈璧君剛鬆了口氣，忽然聽到柳永南身後有個人笑道：「你放心，只管往前走就是，我敢擔保她絕不會死的，她若真的想死，也就不會活到現在了。」

這聲音又溫柔，又動聽。

但沈璧君一聽到這聲音，全身都涼了。

這聲音她並沒有聽到過多少次，但卻永遠也不會忘記！

難怪柳永南怕得要死，原來「小公子」就跟在他身後，他身材雖不高大，但小公子卻實在太「小」，是以沈璧君一直沒有看到。

沈璧君的確不想死，她有很多理由不能死，可是現在她一聽到小公子的聲音，就只恨自己爲什麼沒有早些死掉。

現在她想死也已來不及了。

人影一閃，小公子已到了她面前，笑嘻嘻的望著她，柔聲道：「好姑娘，你想死也死不了，還是好好的活著吧，你若覺得一個人太孤單，我就找個人來陪你。」

她身上披著件猩紅的斗篷，漆黑的頭髮上束著金冠，還有朵紅纓隨風搖動，襯著她那雪白粉嫩的一張臉，看來真是說不出的活潑可愛。

但沈璧君看到了她，卻像是看到毒蛇一樣，顫聲道：「我跟你有什麼冤仇？你爲何連死都不讓我死！」

小公子笑道：「就因爲我們一點冤仇都沒有，所以我才捨不得讓你死。」

她笑嘻嘻的向柳永南招了招手，道：「過來呀，站在那裡幹什麼？這麼大的人，難道還害臊麼？」

柳永南垂下了頭，一步一挨的走了過來。

小公子居然沒有殺他，但他卻寧願死了算了。

他實在猜不透小公子究竟在打什麼主意，他只知道小公子若是想折磨一個人，那人就不如還是趁早死了的好。

直等他走到沈璧君面前，小公子才搖著頭道：「看你多不小心，好好的一張臉竟被人打腫了。」

她掏出塊雪白的絲巾，輕輕的擦著柳永南臉上的瘀血，動作又溫柔，又體貼，就像是慈母在照顧著兒子似的。

柳永南似乎想笑一笑，但那表情卻比哭還難看。

擦完了臉，小公子又替他拍了拍衣服上的泥土，才笑道：「嗯，這樣才總算勉強可以見人了，但下次還是要小心些，寧可被人打屁股，也莫要被人打到臉，知道麼？」

柳永南只有點頭，看來就像是個被線牽著的木頭人似的。

小公子目光這才回到沈璧君身上，笑道：「這位柳家的大少爺，你認得嗎？」

沈璧君咬著牙，閉著眼睛，她也不知道小公子究竟在玩什麼花樣，只希望能找到個機會自殺。

小公子板起了臉，道：「張開眼睛來，聽我說話，我問一句，你就答一句，知道嗎？你若不聽話，我就只好剝光你的衣服……」

這句話還未說完，沈璧君的眼睛就張了開來。

小公子展顏笑道：「對了，這才是乖孩子。」

她拍了拍柳永南的肩頭，道：「這位柳家的大少爺，方才殺了四個人，連他的好朋友彭鵬飛都被他殺了，你知道他是為了什麼嗎？」

沈璧君搖了搖頭。

小公子瞪眼道：「搖頭不可以，要說話。」

沈璧君整個人都快爆炸了，但遇著小公子這種人，她又有什麼法子。她只有忍住眼淚，道：「我……我不知道。」

小公子道：「不對不對，你明明知道的，他這樣做，全是爲了你，是不是？」

沈璧君道：「是。」

她實在不願在這種人面前流淚，但眼淚還是忍不住流了下來。

小公子笑了笑，道：「他這樣對你，也可算是情深義重了，是不是？」

沈璧君道：「我……我……我不知道。」

小公子道：「你怎會不知道呢？我問你，連城璧會不會爲了你將他的朋友殺死？」

沈璧君道：「不……不會。」

小公子道：「由此可見，他對你實在比連城璧還好，是不是？」

沈璧君再也忍不住了，嘶聲道：「你究竟是不是人？爲什麼要如此折磨我？」

小公子嘆了口氣，喃喃道：「風已漸漸大了，若是脫光了衣服，一定會著涼的……」

沈璧君狠了狠心，暗中伸出舌頭，她聽說過一個人若是咬斷舌根，就必死無疑，她雖不願死，現在卻已到了非死不可的時候。

可是她還沒有咬下去，小公子的手已捏住了她的下顎，另一隻手已開始在解她的衣帶，柔聲道：「一個人要活著固然很困難，但有時想死卻更不容易，是不是？」

沈璧君嘴被捏住，連話都已說不出來，只有點了點頭。

小公子道：「那麼，我問你的話，你現在願意回答了麼？」

沈璧君又點了點頭。

世上永遠沒有任何一個人能描敘出她此刻的心情，幾乎也從來沒有一個人忍受過她此刻的痛苦。

那簡直已不是「痛苦」兩個字所能形容。

小公子這才笑了笑，慢慢的放開了手，道：「我知道你是個很聰明的人，絕不會再做這種笨事的，是不是？」

沈璧君道：「是。」

小公子道：「人家若是對你很好，你是不是應該報答他？」

沈璧君道：「是。」

她整個人似已完全麻木。

小公子道：「那麼，你想你應該如何報答他呢？」

沈璧君目光茫然凝注著遠方，一字字道：「我一定會報答他的。」

小公子道：「女人想報答男人，通常只有一個法子，你也是女人，這法子你總該懂得。」

沈璧君目中一片空白，似已不再有思想，什麼都已看不到、聽不到，她的人似乎已只剩下一副軀殼。

小公子笑道：「我知道你一定懂的，很好……」

她又拍了拍柳永南的肩頭，道：「你既然對她這麼好，可願意娶她做老婆麼？」

柳永南一下子怔住了，也不知是驚是喜，吃吃道：「我……我……」

小公子笑道：「願意就願意，不願意就不願意，這有什麼好緊張的？」

柳永南擦了擦汗，道：「可是……沈姑娘……」

小公子道：「你怕她不願意？」

她笑了笑，搖著頭道：「你真是個呆子，她既已答應報答你了，又怎會不願意？何況，生米若是煮成熟飯，不願意也得願意了。」

柳永南的喉結上下滾動，臉已漲得通紅，一雙眼睛卻死盯在沈璧君臉上，似乎再也移不開。

小公子道：「常言道：打鐵趁熱。只要你點點頭，我就替你們作主，讓你們就在這裡成親。」

柳永南道：「這……這裡？」

小公子冷冷道：「這裡有什麼不好？這麼好的地方，不但可以做洞房，還可以做墳墓，就全看你的意思如何了。」

柳永南立刻不停的點起頭來，道：「我願意，只要公子作主，無論要我做什麼，我都願意。」

小公子笑道：「這就對了，我現在就去替你們準備洞房花燭，你要好好的看著新娘子，她只有一根舌頭，若被她自己咬斷了，等會兒你咬什麼？」

小公子折了兩根樹枝插在地上，笑道：「這就是你們的龍鳳花燭。」

她指了指那已被拆得七零八落的馬車，又笑道：「那就是你們的洞房，你們進洞房的時候，我還可以在外面替你們把風，只望你們這對新人進了房，莫要把我這媒人拋過牆就好了。」

柳永南望了望那馬車，又瞧了瞧沈璧君，忽然跪了下來，道：「公子……我……我……」

小公子道：「你雖然對我不起，我反而替你作媒，找了這麼樣一個如花似玉的新娘子，你還有什麼不滿意的？」

柳永南道：「可是……以後……」

小公子笑道：「以後就是你們兩個人的事，難道還要我教你麼？」

柳永南道：「公子難道真的已饒了我？」

小公子道：「若不饒你，我何不一刀將你宰了，何必還要費這麼大的事？」

柳永南這才鬆了口氣，道：「多謝公子。」

小公子道：「只不過……有件事你卻得多加注意。」

柳永南道：「公子請吩咐。」

小公子悠然道：「你們兩位都是大大有名的人，這婚事不久想必就會傳遍江湖，若是被連城璧知道……他只怕就不會像我這麼樣好說話了。」

柳永南臉色立刻又變了，滿頭冷汗涔涔而落。

小公子道：「所以我勸你，成親之後，趕快找個地方躲起來，最好一輩子再也莫要見人，連城璧的朋友不少，耳目一向靈通得很。」

她笑了笑，又道：「還有，你還得小心你這位新娘子，千萬莫要讓她跑了，半夜睡著的時候也得多加小心，否則她說不定會給你一刀。」

柳永南怔在那裡，再也說不出話來。

他這才明白小公子的心意，小公子折磨人的法子實在是絕透了，除了他之外，只怕誰也想不出這麼絕的主意。

柳永南想到以後這日子的難過，滿嘴都是苦水，卻吐不出來。

小公子背負著雙手，悠然道：「不過我還可以教你個法子。」

柳永南道：「公……公子請指教。」

小公子道：「你若對新娘子不放心，不妨先廢掉她的武功，再鎖上她的腿，若能不給她衣服穿，就更保險了。」

她笑嘻嘻接著道：「一個女人若是沒有衣服穿，哪裡也去不了的。」

柳永南只覺掌心發濕，全身發涼。

這小公子手段之狠，心腸之毒，實在是天下少見，名不虛傳，若有誰得罪了她，實是生不如死。

但她卻偏有法子能讓人來受活罪——沈璧君根本就無法死，柳永南卻是捨不得死。

她留著柳永南來折磨沈璧君，留著沈璧君卻是爲了要柳永南再也過不了一天太平的日子。

小公子看到他們兩人的痛苦之態，忍不住大笑道：「春宵一刻值千金，兩位還是快入洞房吧。」

柳永南望著沈璧君那花一般的嬌靨，雖然明知這是個無底大洞，也只得硬著頭皮跳下去了。

沈璧君眼睛還是空空洞洞的，凝注著遠方，柳永南的手已拉住她的手，準備抱起她，她竟似連一點感覺都沒有。

小公子抬頭仰望著已逐漸暗下來的天色，微笑著曼聲長吟道：「今宵良辰美景，花紅葉綠柳成蔭，他日……」

她聲音突然停頓，笑容也凍結在臉上。

她已感覺出有個人已到了她身後。

這人就像是鬼魅般突然出現，直到了她身後，她才覺察。而誰都知道小公子絕不是個反應遲鈍的人。

她長長的吸了口氣，慢慢的吐了出來，輕輕問道：「蕭十一郎？」

只聽身後一人沉聲道：「好好的站著，不要動，也不要回頭。」

這正是蕭十一郎的聲音。

除了蕭十一郎外，還有誰的輕功如此可怕？

小公子眼珠子直轉，柔聲道：「你放心，我一向最聽話了，你叫我不動，我就不動。」

蕭十一郎叫道：「柳家的大少爺，你也過來吧！」

柳永南見到小公子竟對這人如此畏懼，本就覺得奇怪，再聽到「蕭十一郎」的名字，魂都嚇飛了。

色膽包天的人，對別的事膽子並不一定也同樣大的。

蕭十一郎道：「這位小公子，你認得嗎？」

柳永南道：「認……認得。」

蕭十一郎道：「其實你該叫她小姑娘才是。」

柳永南怔了怔，道：「小姑娘？」

蕭十一郎笑了笑，道：「你難道看不出她是個女的？」

柳永南眼睛又發直了。

蕭十一郎道：「你看她長得比那位連夫人怎樣？」

柳永南舐了舐嘴唇，道：「差……差不多。」

蕭十一郎又笑了，道：「好色的人，畢竟還是有眼光。」

他拍了拍小公子肩頭，道：「你看這位柳家的大少爺長得怎樣？」

小公子眼波流動，嫣然笑道：「年少英俊，又是名家之子，誰能嫁給他可真是福氣。」

蕭十一郎道：「你願意嫁給他嗎？」

小公子道：「我願意極了。」

蕭十一郎道：「既是如此，我就替你們作主，讓你們在這裡成親吧，反正洞房花燭，都是現成的。」

柳永南又怔住了。

他也不知自己是走了大運，還是倒了大楣，他好像一下子忽然變成了香寶貝，人人都搶著要將如花似玉的美人兒嫁給他。

蕭十一郎道：「柳家的大少爺，你願意嗎？」

柳永南垂下頭，又忍不住偷偷瞟了小公子一眼，吃吃道：「我……我……」

蕭十一郎道：「你用不著害怕，這位新娘子雖兇些，但你只要先廢掉她的武功，再剝光她的衣服，她也兇不起來了。」

小公子搶著嬌笑道：「我若能嫁給柳公子，就算變成殘廢，心裡也是歡喜的。」

她忽然「嚶嚀」一聲，人已投入柳永南懷裡，用手勾住他的脖子，膩聲道：「好人，還不快抱我進洞房，我已等不及了。」

柳永南溫香滿懷，正覺得有點發暈。

突聽蕭十一郎輕叱道：「小心！」

叱聲中，柳永南只覺脖子被人用力一擰，不由自主跟著轉了個身，就變得背對著蕭十一郎，反而將小公子隔開了。

接著，他肚子上又被人重重打了一拳，整個人向蕭十一郎倒了過去。

小公子一拳擊出，人已凌空飛起，揮手發出了幾點寒星，向呆坐在那邊的沈璧君射了過去。

蕭十一郎這次雖然早已知道他又要玩花樣了，卻還是遲了一步。

他雖然及時震飛了擊向沈璧君的暗器，卻又追不上小公子了。

只聽小公子銀鈴般的笑聲遠遠傳來，道：「蕭十一郎，你用不著替我作媒，將來我想嫁人的時候，一定要嫁給你，我早就看上你了。」

柳永南已倒了下去。

他的內腑已被小公子一拳震碎，顯然是活不成了。

沈璧君眼中還是一片空白，竟似已被駭得變成了個白癡。

蕭十一郎嘆了口氣，他實在不懂小公子這種人是怎麼生出來的，她心之黑、手之辣、應變之快，就連蕭十一郎也不能不佩服。

他方才一見她的面，就應該將她殺了的，奇怪的是，他雖然明知她毒如蛇蠍，卻又偏偏有些不忍心下得了辣手！

她看來是那麼美麗、那麼活潑、那麼天真，總教人無法相信她會是個殺人不眨眼的惡魔。

十三　秋燈

這屋裡只有一張床、一條凳、一張桌。

蕭十一郎在這屋子已耽了三天，幾乎沒有踏出門一步。

沈璧君也已暈迷了三天。

這三天中，她不斷掙扎、呼喊、哭泣……似乎正在和什麼無形的惡魔在搏鬥，有時全身冷得發抖，有時又燒得發燙。

現在她才總算漸漸安靜了下來。

蕭十一郎望著她，心裡真是說不出的同情，說不出的憐惜。

可是等她醒了的時候，他卻絕不會將這種情感流露出來。

她雖美麗，卻不驕傲，雖聰明，卻不狡黠，雖溫柔，卻又很堅強，無論受了多麼大的委屈，卻也絕不肯向人訴苦。

這正是蕭十一郎夢想中的女人。

他一生中都在等待著遇上這麼樣一個女人。

可是，等她醒了的時候，他還是會對她冷冰冰的不理不睬。

因爲她已是別人的妻子。

就算她還不是別人的妻子，「金針沈家」的千金小姐，也絕不能和「大盜」蕭十一郎有任何牽連。

蕭十一郎很明白這道理，他一向很會控制自己的情感。

因爲他必需如此。

「像我這樣的人，也許命中就注定了要孤獨一輩子吧！」

蕭十一郎輕輕的嘆息了一聲，點著了燈。

燈光溫柔地照上了沈璧君的臉，她的眼睛終於張了開來……

沈璧君也看到了蕭十一郎。

這眼睛大大的年輕人就坐在她身旁，靜靜的望著她。

這難道又是個夢，這些天來，夢實在太多、也太可怕了。

她閉起眼睛，只希望現在這夢，莫要醒來，可是等她再張開眼睛的時候，那眼睛大大的年輕人還是靜靜的坐在那裡，望著她。

她嘴角終於露出了一絲微笑，目中充滿了無限感激，柔聲道：「這次又是你救了我。」

蕭十一郎道：「我自顧尙且不暇，哪裡還有救人的本事？」

沈璧君嘆了口氣，道：「你又何必再瞞我，我知道上次也是你從她手中將我救出來的。」

蕭十一郎道：「她？她是誰？」

沈璧君道：「你自然知道，就是那……那可怕的小公子。」

蕭十一郎道：「大大小小的公子，我一個也不認得。」

沈璧君道：「但她卻一定認得你，而且還很怕你，所以她雖然知道我在那山神廟，自己也不敢去。」

蕭十一郎道：「她爲什麼要怕我？我這人難道很可怕嗎？」

沈璧君嘆道：「可怕的只是那些僞君子，我實在看錯人了，也錯怪了你。」

蕭十一郎冷冷道：「像你這種人，本就不該出來走江湖的。」

他站了起來，打開窗子，冷冷接著道：「你懂得的事太少，說的話卻太多。」

窗外靜得很。

周圍幾百里之內，只怕再也找不出生意比這裡更冷清的客棧了——嚴格說來，這地方根本還不夠資格稱爲「客棧」。

小院中連燈火都沒有。

幸好天上還有星，襯著窗外的夜色與星光，站在窗口的蕭十一郎就顯得更孤獨、更寂寞。

他嘴裡又在低低的哼著那首歌。

沈璧君望著他高大的背影，就好像一隻失了群的孤雁，在風雨中忽然看到一棵大樹似的，心裡覺得忽然安定了下來。

現在他無論說什麼話，她都不會生氣了。

過了很久，她才低低的問道：「你哼的是什麼歌？」

蕭十一郎沒有說話。

又過了很久，沈璧君忽然自己笑了，道：「你說奇不奇怪，有人居然認爲你是蕭十一郎。」

蕭十一郎道：「哦？」

沈璧君道：「但我卻知道你絕不是蕭十一郎，因爲你不像是個兇惡的人。」

蕭十一郎沒有回頭，淡淡道：「蕭十一郎是個很兇惡的人嗎？」

沈璧君道：「你難道從未聽說過他做的那些事？」

蕭十一郎沉默了半晌，道：「你對他做的事難道知道得很多？」

沈璧君恨恨道：「我只要知道一件就夠了，他做的事無論哪一件都該砍頭！」

蕭十一郎又沉默了很久，才緩緩道：「你也想砍他的頭？」

沈璧君道：「我若能遇見他，絕不會再讓他活下去害人！」

蕭十一郎冷笑了一聲，道：「你若遇見他，活不下去的只怕是你自己吧！」

沈璧君的臉紅了。

就在這時，突聽一陣腳步聲響，手提燈籠的店小二，領著青衣皂帽，家丁打扮的老人走了過來。

兩人走到小院中央就停住了腳，店小二往窗子這邊指了指，青衣老人打量著站在窗口的蕭十一郎，陪著笑道：「借問大哥，連家的少夫人可是住在這裡麼？」

一聽到這聲音，沈璧君的眼睛忽然亮了，高聲道：「是沈義嗎？我就在這裡，快進來。」

這青衣人正是沈家莊的老家丁沈義，他家世世代代在沈家爲奴，沈璧君還未出生的時候，他就已經在沈家了。

他聽到沈璧君的聲音，再也不理會蕭十一郎，三腳兩步就奔了過來，推門而入，急忙拜倒在床前，黯然道：「老奴不知小姐在這裡受苦，迎接來遲，但望小姐恕罪。」

沈璧君又驚又喜，道：「你來了就好，太夫人呢？她老人家可知道？」

沈義道：「小姐遇難的消息，早已傳遍江湖，太夫人知道後，立刻令老奴等四處打聽，今日才偶然聽到這裡的店伙說，他們這裡有位女客人，病得很重，可是長得卻如同天仙一樣，老奴立刻就猜到他說的可能就是小姐了。」

他長長嘆了口氣，道：「好在蒼天有眼，總算讓老奴找到了小姐，太夫人若是知道，也必定歡喜得很……」

說著說著，他自己也似要歡喜得流下淚來。

沈璧君更是歡喜得連話都已說不出來。

沈義揉了揉眼睛，道：「小姐的傷勢不要緊吧？」

沈璧君點了點頭，道：「現在已好多了。」

沈義道：「既是如此，就請小姐快回去吧，也免得太夫人擔心。」

沈璧君眼睛望著一直冷冷站在那邊的蕭十一郎，遲疑著道：「現在……不會太晚了麼？」

沈義笑道：「秋天的日子短，其實此刻剛到戌時，何況老奴早已爲小姐備好了車馬。」

沈璧君又望了蕭十一郎一眼。

沈義似乎這才發現屋子裡還有個人，陪著笑問道：「這位公子爺……」

沈璧君道：「這位就是我的救命恩人，你快去爲我叩謝他的大恩。」

沈義立刻走過去，伏地拜倒，道：「多謝公子相救之德，沈家莊上上下下感同身受。」

蕭十一郎冷冷的望著他，道：「你是沈家莊的人？」

沈義笑道：「老奴侍候太夫人已有四十多年了，公子……」

他話還未說完，蕭十一郎突然一把將他從地上揪了起來，左右開弓，正正反反給了他十幾個耳光。

沈義滿嘴牙齒都被打落，連叫都叫不出。

沈璧君大驚道：「你這是幹什麼？他的確是我們家的人，你爲何要如此對他？」

蕭十一郎也不理她，提著沈義就從窗口拋了出去，冷冷道：「回去告訴要你來的人，叫他要來就自己來，我等著他！」

沈義捂著嘴，含含糊糊的大叫道：「是太夫人要我來的，你憑什麼打人？」

蕭十一郎厲聲道：「你這種人殺了也不過分，何況打；你若還不快滾，我就真宰了你。」

沈義這才連滾帶爬的逃了出去，逃到院外又大罵起來。

沈璧君臉上陣青陣白，顯然也已氣極了，勉強忍耐道：「沈義在我們家工作了四十多年，始終忠心耿耿，你難道認爲他也是別人派來害我的嗎？」

蕭十一郎沒有說話。

沈璧君道：「你救了我，我終生都感激，但你爲什麼定要留我在這裡呢？」

蕭十一郎冷冷道：「我並沒有這個意思。」

他語聲雖冷淡，但目中卻已露出一種淒涼痛苦之色。

沈璧君道：「那麼，你這是什麼意思？」

她雖在極力控制著，不願失態，語氣還是難免變得尖刻起來。

蕭十一郎緊握起雙拳，道：「你難道認爲我對你有惡意？」

沈璧君道：「你若對我沒有惡意，就請你現在送我回去。」

蕭十一郎沉默了很久，長長吐出口氣道：「現在還不行。」

他似乎還想說什麼，卻又忍住。

沈璧君咬著嘴唇，道：「你究竟要等到什麼時候才肯送我回去？」

蕭十一郎道：「也許再等三五天吧……」

他忽然推開門走了出去。

沈璧君大聲道：「等一等，話還沒有說完，你不能走。」

但蕭十一郎頭也不回，已走得很遠了。

沈璧君氣得手直抖。

她心裡本對蕭十一郎有些歉疚，自己覺得自己實在應該好好的補償他、報答他，絕不能再傷害他了。

但這人做的事卻太奇怪、太令人懷疑，最氣人的是，他心裡似乎隱藏著許多事，卻連一句也不肯說出來。

桌子上還有蕭十一郎喝剩下的大半壺酒。

沈璧君只覺滿心氣惱，無可宣洩，拿起酒壺，一口氣喝了下去。

沈璧君並不常喝酒。

像她這樣的淑女，就算喝酒，也是淺嚐即止，她生平喝的酒加起來只怕也沒有這一次喝的多。

此刻這大半壺酒喝下去，她只覺一股熱氣由喉頭湧下，肚子裡就好像有一團火在燃燒著。

但過不了多久，這團火忽然就由肚子裡移上頭頂。

沒有喝過酒的人，永遠不知道這種「移動」有多麼奇妙，她的頭腦，一下子就變得空空洞洞、暈暈迷迷的。

她的思想似乎忽然變得敏銳起來，其實卻什麼也沒有想。

她平時一直在儘量控制著自己，儘量約束著自己，不要失態，不要失禮，不要做錯事，不要說錯話，不要得罪人……

但現在所有的束縛像是一下子全都解開了。

平時她認爲不重要的事，現在反而忽然變得非常重要起來。

她暈暈迷迷的躺了一會兒，就想起了蕭十一郎。

「這人做的事實在太奇怪，態度又曖昧，他爲什麼要將沈義趕走？爲什麼不肯送我回去？」

她愈想火氣愈大，簡直片刻也忍耐不得。

她愈想愈覺得自己非快些回去不可，愈快愈好。

「他不肯送我回去，我難道不能讓別人送我回去麼？」

她覺得自己這想法簡直正確極了，簡直連一時半刻都等不得，當下掙扎著從床上爬起來，用盡全身力氣，大呼道：「店家……店小二……快來，快來……」

她自己也想不到自己竟能發出這麼大的呼聲。

那店伙好像忽然間就在她面前出現了，正在問她：「姑娘有什麼吩咐？」

沈璧君道：「快去替我僱輛車，我要回去，快，快……」

店伙遲疑著，道：「現在只怕僱不到車子。」

沈璧君道：「你去替我想法子，隨你多少錢我都出。」

店伙還是在遲疑著，轉過身道：「客官，真的要僱車麼？」

沈璧君這才發覺蕭十一郎就在他身後，火氣一下子又衝了上來，大聲道：「我要回去是我的事，和他有什麼關係？你為何要問他？」

蕭十一郎搖了搖頭，道：「你喝醉了。」

沈璧君道：「誰說我喝醉了，我喝這麼點酒就會醉麼？」

她向那店伙揮了揮手，又道：「快去替我僱車，莫要理他，他自己才喝醉了。」

店伙望了望她，又望了望蕭十一郎。

蕭十一郎搖了搖頭。

沈璧君叫了起來，道：「你不肯送我回去，為什麼也不讓我自己回去？你是我的什麼人？憑什麼要管我的事？憑什麼要留住我？」

蕭十一郎嘆了口氣，道：「你真醉了，好好歇著吧，有什麼話明天再說好不好？」

沈璧君道：「不行，我現在就要走。」

蕭十一郎道：「你現在不能走。」

沈璧君大怒，道：「你憑什麼強迫我？你救過我，就想把我看成你的人了麼？你再也休想，我根本不要你救，你若不放我走，不如殺了我吧！」

她掙扎著，竟想向蕭十一郎撲過去。

只聽「噗通」一聲，她的人已從床上跌了下來。

蕭十一郎自然不得不去扶她，但他的手剛碰到她，沈璧君就又放聲大叫了起來，大叫道：「救命呀，這人是強盜，快去叫官人來抓他……」

蕭十一郎臉都氣青了，正想放手，誰知沈璧君忽然重重一口咬在他手背上，血都被咬了出來。

沈璧君居然會咬人，這真是誰也想不到的事。

這一口雖然是咬在蕭十一郎手上，卻無異咬在他心上。

沈璧君喘息著道：「我本還以為你是個好人，原來你也和那些人一樣，救我也是有企圖的，原來你比他們還可惡！」

蕭十一郎慢慢的閉上眼睛，忽然轉身走了出去。

沈璧君只覺得自己這幾句話說得精采極了，居然能將這人罵走，平時她當然說不出這種話，但一喝了酒，「靈感」就來了，口才也來了。

她決定以後一定要常常喝酒。

她自然認爲自己說的話一點也沒有錯，喝醉了的人總認爲自己是天下最講理的人，無論做什麼事都對極了，錯的一定是別人。

那店伙早已看得呆了，還站在那裡發愣。

沈璧君喘息了半晌，忽然對他笑了笑。

這一笑自然是表示她多麼清醒，多麼有理智。

店伙也莫名其妙的陪她笑了笑。

沈璧君道：「那人可真蠻不講理，是不是？」

店伙乾咳了兩聲，道：「是，是是是。」

沈璧君嘆了口氣，道：「我本不願和這種人爭吵的，但他實在太可惡了。」

店伙拚命點頭，道：「是是是。」

沈璧君慢慢的點了點頭，心裡覺得很安慰，因爲別人還是站在她這邊的，這世上不講理的人畢竟還不算太多。

店伙卻已在悄悄移動腳步，準備開溜了。

沈璧君忽然又道：「你知不知道大明湖旁邊有個沈家莊？」

店伙陪著笑道：「這周圍幾百里地的人，誰不知道沈家莊？」

沈璧君道：「你知道我是誰麼？」

店伙搖了搖頭，還是陪著笑道：「姑娘這還是第一次照顧小店的生意，下次再來小人就認得了。」

句。

喝醉了的人，是人人都害怕的；這店伙雖已早就想溜之大吉了，卻又不敢不敷衍著應付幾句。

沈璧君笑了，道：「告訴你，我就是沈家莊的沈姑娘，你若能在今天晚上送我回沈家莊，必定重重有賞。」

店伙忽然呆住了，不住偷偷的打量著沈璧君。

沈璧君道：「你不相信？」

店伙遲疑著，吶吶道：「姑娘若真是沈家莊的人，只怕是回不去的了。」

沈璧君道：「爲什麼？」

店伙道：「沈家莊已被燒成了一片平地，莊子裡的人有的死，有的傷，有的走得不知去向，現在連一個留下來的都沒有了。」

沈璧君的心好像忽然要裂開來了，呆了半晌，大呼道：「我不信，你說的話我一個字也不相信。」

店伙陪笑道：「小人怎敢騙姑娘？」

沈璧君以手搥床，嘶聲道：「你和他串通好了來騙我的，你們都不是好人。」

店伙搖了搖頭，喃喃道：「姑娘若不相信，我也沒法子……」

沈璧君已伏在床上，痛哭了起來。

店伙想走，聽到她的哭聲，又不禁停下了腳。

女人的哭，本就能令男人心動，何況沈璧君又那麼美麗。

店伙忽然長長嘆了口氣，道：「好，姑娘若是定要到沈家莊去瞧瞧，小人就陪姑娘走一趟吧。」

蕭十一郎正獨自在喝著悶酒。

他也想喝醉算了，奇怪的是，他偏偏總是喝不醉。

這幾天來，他只覺得自己好像已變了一個人了。

變得很可笑。

他本來是個很豪爽、很風趣、很瀟脫的人；但這幾天連他自己也覺得自己變得有些婆婆媽媽，彆彆扭扭。

「我爲什麼不爽爽快快的告訴她，沈家莊已成一片瓦礫，我爲什麼定要瞞住她，她受不受刺激，與我又有何關係？」

蕭十一郎冷笑著，又喝下一杯酒。

「我與她非親非故，爲什麼要多管她的閒事，自討無趣？」

沈義一來，蕭十一郎就知道他一定也已被小公子收買了，沈家莊既已被焚，他怎麼還能接沈璧君「回去」呢？

蕭十一郎沒有解釋，是因爲生怕沈璧君再也受不了這打擊！這幾天來，她所受的打擊的確已非人所能擔當得了的。

他怕沈璧君會發瘋。

「我如此對她，她至少也該稍微信任我些才是……她既然一點也不信任我，我又何必關心她？」

蕭十一郎覺得自己實在犯不著，他決心以後再也不管她的事，也免得被人冤枉，也免得嘔氣。

聽到外面的車馬聲，他知道店伙畢竟還是將沈璧君送走了。

他立刻又擔起心來：「小公子必定還在暗中窺伺，知道她一個人走，絕對放不過她的！」

蕭十一郎忍不住站了起來，卻又慢慢的坐了下去！

「我說過再也不管她的事，為何又替她擔心了？連她的丈夫都不關心她，我又何必多事？我算什麼東西？」

「只不過，她的確是醉了，說的話也許連她自己都不知道，醉人說的話，醒了時必定會後悔的，我也該原諒她才是。」

「我就算再救她一次，她也許還是認為我另有企圖，另有目的，等她知道我就是蕭十一郎時，我的好心更要全變為惡意了。」

「可是，救人救到底，我既已救了她兩次，為何不能再多救她一次？我怎能眼看著她落到小公子那種人的手上？」

蕭十一郎一杯杯的喝著悶酒，心裡充滿了矛盾。

他的心從來也沒有這麼亂過。

到最後，他才下了決心！

「無論她對我怎樣，我都不能不救她！」

他站起來，大步走了出去！

迎面一陣冷風吹過，他只覺得胸中一陣熱意上湧，忍不住引吭高歌起來，嘹亮的歌聲，震得四面的窗子都「格格」發響。

一扇扇窗子都打開了，露出了一張張既驚奇、又憤怒的臉，用惺忪的睡眼，瞪著蕭十一郎。

有的人甚至已在大罵！

「這人一定是個酒鬼，瘋子！」

蕭十一郎不但不在乎，反而覺得很可笑。

因爲他知道自己既不是酒鬼，更不是瘋子。

「只要我胸中坦蕩，別人就算將我當瘋子又有何妨？只要我做得對，又何必去管別人心裡的想法？」

車馬走得很急。

破舊的馬車，走在崎嶇不平的石子路上，顛動得就像是艘暴風雨中的船。

沈璧君卻在車廂中睡著了。

她夢見那眼睛大大的年輕人正在對她哭，又對著她笑，笑得那麼可怕，她恨透了，恨不得一刀刺入他的胸膛。

等她一刀刺進去後，這人竟忽然變成了連城璧。

血，泉水般的血，不停的從連城璧身上流了出來，流得那麼多，將他自己的人都淹沒了，只露出一個頭，一雙眼睛。

這雙眼睛瞪著沈璧君，看來是那麼悲傷，那麼痛苦……

沈璧君也分不清這究竟是連城璧的眼睛，還是那年輕人的眼睛。

她怕極了，想叫又叫不出。

她的人似也漸漸要被血水淹沒。

血很冷，冷極了。

沈璧君全身都在發抖，不停的發抖……

她彷彿聽到有個人在說話，聲音本來很遙遠，然後漸漸近了，很近，就像是有個人在她耳旁大叫。

她忽然醒了過來。

馬車不知何時已停下。

車門已開了，風吹在她身上，冷得很，冷得正像是血。

她身子還在不停的發著抖。

那店伙正站在車門旁，帶著同情的神色望著她，大聲道：「姑娘醒醒，沈家莊已到了。」

沈璧君茫然望著他，彷彿還不能了解他這句話的意思，她只覺得自己的頭似乎灌滿了鉛，沉重得連抬都抬不起來。

「沈家莊已到了……家已到了……」

她簡直不敢相信是真的。

那店伙囁嚅著，道：「這裡就是沈家莊，姑娘是不是要下車……」

沈璧君笑了，大聲道：「我當然要下車，既已到家了，爲什麼不下車？」

一說起這「家」字，她簡直連片刻都等不及了，立刻掙扎著往車門外移動，幾乎重重一跤跌在地上。

那店伙趕緊扶住了她，嘆道：「其實……姑娘還是莫要下車的好。」

沈璧君笑道：「爲什麼？難道想將我連車子一齊抬進去……」

她聲音突然凍結，笑聲也凍結。

她整個人忽然僵木。

十四 雷電雙神

淡淡的迷霧，籠罩著大明湖。

大明湖的秋色永遠是那麼美，無論是在白天，還是在晚上，尤其是有霧的時候，美得就像是孩子們夢中的圖畫。

沈璧君的妝樓就在湖畔，只要一推開窗子，滿湖秋色就已入懷，甚至當她還是個孩子的時候，她也懂得領略這總是帶著些蕭瑟淒涼的湖上秋色，這是她無論在什麼地方都忘不了的。

所以她出嫁之後，還是常常回到這裡來。

她每次回來，快到家的時候，都會忍不住從車窗中探出頭去，只要一望見那小小的妝樓，她心裡就會泛起一陣溫馨之感。

但現在，妝樓已沒有了。

妝樓旁那一片整齊的屋脊也沒有了。

什麼都沒有了！

古老的，巨大的，美麗的，彷彿永遠不會毀滅的沈家莊，現在竟已真的變成了一片瓦礫！

那兩片用橡木做成的，今年剛新漆的大門，已變成了兩塊焦木，似乎還在冒著一縷縷殘煙。

沈璧君覺得自己忽然變得就像這煙、這霧，輕飄飄的，全沒有依靠，彷彿隨時都可能在風中消失。

這是誰放的火？

莊子裡的人呢？難道已全遭了毒手？這是誰下的毒手？

沈璧君沒有哭號，甚至連眼淚都沒有。

她似已完全麻木。

然後，她眼前漸漸泛起了一張蒼老而慈祥的臉，那滿頭蒼蒼白髮，那帶著三分威嚴，和七分慈愛的笑容……

「難道連她老人家都已不在了麼？」

沈璧君忽然向前面衝了出去。

她已忘了她受傷的腳，忘了疼痛，也不知從哪裡來的力氣，那店伙想拉住她，卻沒有拉住。

她的人已衝過去，倒在瓦礫中。

直到她身子觸及這些冰冷的瓦礫，她才真的接受了這殘酷而可怕的事實。

她終於放聲痛哭了起來。

那店伙走過去，站在她身旁，滿懷同情，卻又不知該如何安慰她，過了很久，才囁嚅著道：「事已如此，我看姑娘不如還是先回到小店去吧，無論怎麼樣，先和那位相公商量商量也好。」

他嘆了口氣，接著又道：「其實，那位相公並不是個壞人，他不肯送姑娘回來，也許就是怕姑娘見到這情況傷心。」

這些話他不說還好，說了沈璧君哭得更傷心。

不想起那眼睛大大的年輕人，她已經夠痛苦了，一想起他，她恨不得將自己的心拋在地上，用力踩成粉碎。

「連這店伙都相信他，都能了解他的苦心，而我……我受了他那麼多好處，反而不信任他，反而要罵他。」

她只希望自己永遠沒有說過那些惡毒的話。

現在蕭十一郎若來了，她也許會倒在他懷中，向他懺悔，求他原諒。

但現在蕭十一郎當然不會來。

現在來的人不是蕭十一郎。

黑暗中，忽然有人咳嗽了幾聲。

那店伙只覺一陣寒意自背脊昇起，忍不住機伶伶打了個寒噤。

這幾聲咳嗽就在他背後發出來的，但他卻絕未聽到有人走過來的腳步聲，咳嗽的人，彷彿忽然間就從迷霧中出現了。

夜深霧重，怎會有人到這種地方來？

他忍不住想回頭去瞧瞧，卻又實在不敢，他生怕一回頭，瞧見的是個已被燒得焦頭爛額的火窟新鬼。

後。

只聽沈璧君道：「兩位是什麼人？」

她哭聲不知何時已停止，而且已站了起來，一雙發亮的眼睛正瞬也不瞬的瞪著那店伙的背後。

他再也想不到這位嬌滴滴的美人兒竟有這麼大的膽子。此刻非但全無懼色，而且神色平靜，誰也看不出她方才痛哭過一場。

卻不知沈璧君本極自恃，從不願在旁人面前流淚，方才她痛哭失聲，一來固然是因爲悲痛逾恆，再來也是因爲根本未將這店伙當做個人——店伙、車伕、丫頭……雖也都是人，卻常常會被別人忽略他們的存在，所以他們往往會在無心中聽到許多別人聽不到的秘密。

聰明人要打聽秘密，首先就會找到他們。

在他們說來，「秘密」這兩個字的意思就是「外快」。

只聽那人又低低咳嗽了兩聲，才緩緩道：「瞧姑娘在此憑弔，莫非是和『金針沈家』有什麼關係？」

這人說話輕言細語，平心靜氣，顯見得是個涵養極好的人。

沈璧君遲疑著，終於點了點頭，道：「不錯，我姓沈。」

那人道：「姑娘和沈太君是怎麼樣個稱呼？」

沈璧君道：「她老人家是我……」

說到這裡，她忽然停住了嘴。

經過這幾天的事後，她多少已經懂得些江湖中人心之險惡，也學會了「逢人只說三分話，話到嘴邊留幾句」。

這兩人來歷不明，行蹤詭異，她又重傷未癒，武功十成中剩下的還不到兩成，怎能不多加小心。

那人等了半晌，沒有聽到下文，才緩緩接著道：「姑娘莫非就是連夫人？」

沈璧君沉吟著，道：「我方才已請教過兩位的名姓，兩位爲何不肯說呢？」

她自覺這句話說得已十分機敏得體，卻不知這麼樣一問，就已無異承認了自己的身分。

那人笑了笑，道：「果然是連夫人，請恕在下等失禮。」

這句話未說完，那店伙已看到兩人從他身後走了出來。

這兩人一高一矮，一壯一瘦。

高的一人身體雄壯，面如鍋底，手裡倒提著柄比他身子還長三尺的大鐵槍，槍頭紅纓閃動，看來當真是威風凜凜。

矮的一個人瘦小枯乾，面色蠟黃，不病時也帶著三分病容，用的是一雙極少見的外門兵刃，連沈璧君都叫不出名字。

這兩人衣著本極講究，但此刻衣服已起了縐，而且沾著點點泥污水漬，像是已有好幾天未曾脫下來過了。

兩人一走出來，就向沈璧君躬身一揖，禮數甚是恭敬。

沈璧君也立刻斂衽還禮，但眼睛卻盯在他們身上，道：「兩位是……」

矮小的一人搶先道：「在下雷滿堂，是太湖來的。」

他未開口時，任何人都以為方才說話的人一定是他，誰知他一開口竟是聲如洪鐘，彷彿將別人全都當做聾子。

高大的一人接著道：「在下姓龍名光，草字一閃，夫人多指教。」

這人身材雖然魁偉，面貌雖然粗暴，說起話來反而溫文爾雅，完全和他們的人是兩回事。

那店伙看得眼睛發直，只覺「人不可貌相」這句話說得實在是對極了。

沈璧君展顏道：「原來是雷大俠和龍二俠……」

原來這雷滿堂和龍一閃情逾骨肉，一向焦不離孟，孟不離焦，江湖人稱他倆「雷電雙神」。

「太湖雷神」雷滿堂善使一雙「雷公鑿」，招式精奇，無論水裡陸上，都可運轉如意，而且天生神力驚人，可說有萬夫不擋之勇。

龍光號稱「一閃」，自然是輕功高絕。

兩人雄據太湖，俠名遠播，雷滿堂雖然性如烈火，但急公仗義，在江湖中更是一等一的好漢。

沈璧君雖未見過他們，卻也久已耳聞，如今聽到這兩人的名字，心神稍定，面上也不覺露出了笑容。

但這笑容一閃即隱，那彭鵬飛和柳永南豈不是也有俠義之名，但做的事卻連禽獸都不如。

想到這裡，她哪裡還笑得出來？

龍一閃躬身道：「在下等賤名何足掛齒，『俠』之一字，更是萬萬擔當不起。」

沈璧君勉強笑了笑，道：「兩位遠從太湖而來，卻不知有何要務？」

龍一閃嘆了一口氣，道：「在下等本是專程趕來給太夫人拜壽的，卻不料……竟來遲了一步。」

「來遲了一步」這五個字聽在沈璧君耳裡，當真宛如半空中打下個霹靂，震散了她的魂魄。

她本來想問問他們，沈太夫人是否也遇難？

可是她又怎敢問出口來？

雷滿堂道：「我倆是兩天前來的。」

這句話好像並沒有說完，他卻已停住了嘴，只因他自己也知道自己說話的聲音太大，不必要的話，他一向很少說。

沈璧君強忍住悲痛，問道：「兩天前……那時這裡莫非已……」

龍一閃黯然點頭道：「我兄弟來的時候，此間已起火，而且死傷滿地，只恨我兄弟來遲一步，縱然用盡全力，也未能將這場火撲滅。」

他垂首望著自己衣服上的水痕污跡，顯見得就是在救火時沾染的，而且已有兩日不眠不休，是以連衣服都未曾更換。

那「死傷滿地」四個字，實在令沈璧君聽得又是憤怒，又是心酸，但既然有「傷者」，就必定還有活口。

她心裡仍然存著萬一的希望，搶著問道：「卻不知受傷的是哪些人？」

龍一閃道：「當時『魯東四義』恰巧都在府上作客，大俠、三俠已不幸遇難，二俠和四俠也已身負重傷。」

「魯東四義」也姓沈，本是金針沈家的遠親，每年沈太君的壽辰，這兄弟四人必備重禮，準時而來，這一次不知為什麼也來遲了，竟趕上了這一場大難，武功最強的大俠沈天松竟遭了毒手。

這兄弟四人，沈璧君非但認得，而且很熟。

她咬了咬櫻唇，再追問道：「除了沈二俠和沈四俠外，還有誰負了傷？」

龍一閃緩緩搖了搖頭，嘆道：「除了他兩位外，就再也沒有別人了。」

他說的雖然好像是「再也沒有別人負傷」，其實意思卻顯然是說：「再也沒有別人活著。」

沈璧君再也忍不住了，嘎聲道：「我那祖……祖……」

話未說完，一跤跌在地上。

龍一閃道：「沈天菊與沈天竹就在那邊船上，夫人何妨也到那邊去歇著，再從長計議。」

湖岸邊，果然可以隱約望見一艘船影。

沈璧君眼瞧著遠方，緩緩點了點頭。

龍一閃道：「夫人自己是否還能行走？」

沈璧君望著自己的腿，長長嘆息了一聲。

雷滿堂忽然道：「在下今年已近六十，夫人若不嫌冒昧，就由在下攙扶夫人前去如何？」

沈璧君忽然道：「且慢。」

她聲音雖弱，但卻自有一種威嚴。

雷滿堂不由自主停住了腳，瞪著眼睛，像是覺得很奇怪。

沈璧君咬著嘴唇，慢慢道：「沈二俠和沈四俠真的在那船上？」

雷滿堂蠟黃的臉，一下子漲得通紅，怒道：「夫人莫非信不過我兄弟？」

沈璧君吶吶道：「我……我只是……」

她自己的臉也有些紅了，對別人不信任，實在是件很無禮的事，若非連遭慘變，她是死也不肯做出這種事來的。

龍一閃淡淡的一笑，道：「夫人身遭慘變，小心謹慎些，也本是應該的，何況，夫人從來就不認得我兄弟。」

他這幾句話說得雖客氣，話中卻已有刺。

沈璧君紅著臉，嘆道：「我……我絕不是這意思，只是……不知道沈二俠和沈四俠的傷重不重？是否可以說話？」

雷滿堂沉著臉，道：「既然還未死，怎會不能開口說話？」

龍一閃嘆道：「沈四俠兩天來一直未曾合過眼，也一直未曾閉過嘴，他嘴裡一直翻來覆去的唸著一個人的名字。」

沈璧君忍不住問道：「誰的名字？」

龍一閃道：「自然是那兇手的名字。」

沈璧君全身都顫抖起來，一字字問道：

「兇……手……是……誰？」

兇手是誰？

這四個字說得雖然那麼輕，那麼慢，但語聲中卻充滿了怨毒之意，那店伙聽得不由自主機伶伶打了個寒噤。

雷滿堂冷冷道：「夫人既不信任我兄弟，在下縱然說出那兇手是誰，夫人也未必相信，不如還是自己去看看的好。」

龍一閃笑了笑，接著道：「此間四下無人，夫人到了船上，也許還可放心些。」

他的人看來雖粗魯，說話卻極厲害。

這句話的意思正是在說：「這裡四下無人，我們若對你有什麼惡意，在這裡也是一樣，根本不必等到那船上去。」

沈璧君就算再不懂事，這句話她總懂的，莫說她現在已對這二人沒有懷疑之心，就算有，也無法再拒絕這番好心。

她嘆了口氣，望著自己的腳，吶吶道：「可是……可是我又怎敢勞動兩位呢？」

雷滿堂「哼」了一聲，將雷公鑿往腰帶上一插，忽然轉身走到那馬車前，只見他雙手輕輕一扳，已將整個車廂都拆開了。

拉車的馬驚嘶一聲，就要向前奔出。

雷滿堂一隻手抓起塊木板，一隻手挽住了車輪，那匹馬空自踢腿掙扎，卻再也奔不出半步。

那店伙瞧得吐出了舌頭，哪裡還能縮得回去？他做夢也想不到這矮小枯瘦，其貌不揚的小矮子，竟有如此驚人的神力！

沈璧君也瞧得暗暗吃驚，只見雷滿堂已提著那塊木板走過來，往她面前一放，板著臉道：「夫人就以這木板爲轎，讓我兄弟抬去如何？」

這人如此神力，此刻只怕用一根手指就可將沈璧君打倒，但他卻還是忍住了氣，爲沈璧君設想得如此周到。

沈璧君此刻非但再無絲毫懷疑之意，反而覺得方才實在對他們太無禮，心裡真是說不出的不好意思。

她覺得這世上好人畢竟還是很多的。

船並不大，本是遊湖用的。

船艙中的佈置自然也很乾淨，左右兩邊，都有張很舒服的軟榻，此刻軟榻上各躺著一個人。

左面的一人臉色灰白，正閉著眼不住呻吟，身上蓋著床絲被，沈璧君也看不出他傷在哪裡。

但這人正是「魯東四義」中的二義士沈天竹，卻是再無疑問的。

右面的一人，臉上更無絲毫血色，一雙眼睛空空洞洞的瞪著艙頂，嘴裡翻來覆去的說著七個字：「蕭十一郎，你好狠……蕭十一郎，你好狠……」

語聲中充滿了怨毒，也充滿了驚懼之意。

沈璧君坐在那裡，一遍遍的聽著，那溫柔而美麗的面容，竟忽然變得說不出的令人可怕。

她咬著牙，一字字緩緩道：「蕭十一郎，我絕不會放過你的，我絕不會放過你的……」

這聲音和沈天菊的囈語，互相呼應，聽來更是令人毛骨悚然。

雷滿堂恨恨道：「蕭十一郎竟敢做出這種傷天害理的事，正是人人得而誅之，莫說夫人不會放過他，咱們也絕不容他逍遙法外！」

他說話的聲音響亮，但沈璧君卻似連一個字都未聽到。

她目光茫然直視著遠方，嘴裡不住在反反覆覆的說著那句話：「蕭十一郎，我絕不會放過你的！」

龍一閃忽然向雷滿堂打了個眼色，身形一閃，人已到了船艙外，此人身材雖高大，但輕功之高，的確不愧「一閃」兩字。

過了半晌，就聽到湖岸上傳來一聲慘呼。

慘呼聲竟似那店伙發出來的，呼聲尖銳而短促，顯然他剛叫出來，就已被人扼住了咽喉。

雷滿堂皺了皺眉，緩緩站了起來，推開船艙。

但見人影一閃，龍一閃已掠上船頭。

雷滿堂輕叱道：「跟著你來的是什麼人？」

龍一閃道：「哪有什麼人？你莫非眼花了嗎？」

他嘴裡雖這麼說，但還是忍不住回頭瞧了一眼。

他一回頭，就瞧見了一雙發亮的眼睛！

這雙眼睛就在他身後，距離他還不及三尺，正冷冷盯著他。

龍一閃輕功之高，已是江湖中一等一的身手，但這人跟在他身後，他竟連一點影子都不知道。

雷滿堂面上也變了顏色，一捽腰，已將一雙擊打人身穴道的精鋼雷公鑿抄在手裡，大聲喝道：「你是誰？幹什麼來的？」

這一聲大喝更是聲如霹靂，震得桌上茶盞裡的茶水都潑了出來。

沈璧君也不禁被這喝聲所動，緩緩轉過了目光。

只見龍一閃一步步退入了船艙，面上充滿了驚駭之意，右手雖已抄住了腰帶上軟劍的劍柄，卻始終未敢拔出來。

一個人就像是影子般貼住了他，他退一步，這人就跟著進一步，一雙利刃般銳利的眼睛，始終冷冷的盯著他的臉。

只見這人年紀並不大，卻已有了鬍子，腰帶上斜插柄短刀，手裡還捧著一個人的屍體。

雷滿堂怒道：「老二，你還不出手？」

龍一閃牙齒打戰，一柄劍竟還是不敢拔出來。

這人手裡捧著個死人，還能像影子般緊跟在他身後，令他全不覺察，輕功之高，實已到了駭人聽聞的地步。

別人身在局外，也還罷了，只有龍一閃自己才能體會這人輕功的可怕，此刻掌心早已被冷汗濕透，哪裡還能拔得出劍來？

雷滿堂跺了跺腳，欺身而上。

突聽沈璧君大聲道：「且慢，這人是我的朋友……」

她本也想不到，跟著龍一閃進來的，竟是那眼睛大大的人，此刻驟然見到他，當真好像見到了親人一樣。

雷滿堂怔了怔，身形終於還是停住。

龍一閃又後退了幾步，「噗」地，坐到椅上。

蕭十一郎再也不瞧他一眼，緩緩走過來，將手裡捧著的屍身放下，一雙眼睛竟似再也捨不得離開沈璧君的臉。

沈璧君又驚又喜，忍不住站了起來，道：「你……你怎會來的？」

她身子剛站起，又要跌倒。

蕭十一郎扶住了她，淒然一笑，道：「我也不知道我怎會來的。」

這句話說得雖冷冷淡淡，但其中的真意，沈璧君自然知道。

「我雖然冤枉了他，雖然罵了他，但他對我還是放心不下……」

沈璧君不敢再想下去。

雖然不敢再想下去，心裡還是忍不住泛起了一陣溫馨之意，方才已變得那麼可怕的一張臉，此刻又變得溫柔起來。

在柔和的燈光映照下，她臉上帶著薄薄的一層紅暈，看來更是說不出的動人，說不出的美麗。

雷滿堂和龍一閃面面相覷，似已都看得呆了。

這小子究竟是什麼人？

連夫人素來貞淑端莊，怎會對他如此親密？

沈璧君終於垂下了頭，過了半晌，她忽又發出一聲驚呼，道：「是他！……是誰殺了他？」

她這才發現蕭十一郎捧進來的屍體，竟是陪她來的店伙。

這人只不過是個善良而平凡的小人物，絕不會牽涉到江湖仇殺中，是誰殺了他？爲什麼要殺他？

蕭十一郎沒有說話，只是緩緩轉過了目光。

沈璧君隨著他的目光瞧過去，就見到了龍一閃蒼白的臉。

沈璧君失聲道：「你殺了他？爲什麼？」

龍一閃乾咳了兩聲，道：「這位兄台既是夫人的朋友，在下也不便說什麼了。只不過，殺他的人，絕不是我。」

他武功雖不見得高明，說話卻真厲害得很。

沈璧君果然不由自主瞧了蕭十一郎一眼，道：「究竟是誰殺了他？」

雷滿堂厲聲道：「我二弟既然說沒有殺他，就是沒有殺他，『雷電雙神』雖不是什麼了不得的人物，卻從來不說假話。」

龍一閃淡淡道：「我兄弟是不是說謊的人，江湖中人人都知道，大哥又何必再說！」

雷滿堂道：「我二弟既未殺他，殺他的人是誰，夫人還不明白麼？」

沈璧君眼睛盯著蕭十一郎，道：「難道是你殺了他？爲什麼？」

蕭十一郎臉色蒼白，緩緩道：「你認爲我會殺他？你認爲我會說謊？」

沈璧君道：「你……我……我不知道。」

蕭十一郎蒼白的臉上忽然露出一絲淒涼的微笑，道：「你當然不知道，你根本不認得我，爲何要信任我？我只不過是個……」

突聽一人嘶聲叫道：「我認得你……我認得你……」

沈天菊忽然掙扎著坐了起來，眼睛裡充滿驚怖欲絕之色，就彷彿忽然見到了個吃人的魔鬼一樣。

雷滿堂動容道：「你認得他？他是誰？」

沈天菊顫抖著伸出手，指著蕭十一郎，道：「他就是兇手！他就是蕭十一郎！」

原來這眼睛大大的青年就是蕭十一郎，就是殺人的兇手！沈璧君彷彿被人抽了一鞭子，瞪著眼，道：「你……你真的是蕭十一郎？」

蕭十一郎長長嘆了口氣，道：「不錯，我就是蕭十一郎！」

沈璧君連指尖都已冰冷，顫聲道：「你……你……你就是殺人的兇手？」

蕭十一郎沉默了很久，緩緩道：「我當然也殺過人，可是我並沒有……」

他話未說完，沈天菊就叫了起來，嘶聲道：「我身上這一刀就是被他砍的，沈太夫人也死在他手上，他身上這把刀，就是殺人的兇器！」

沈璧君突然狂吼一聲，拔出了蕭十一郎腰帶上的刀，一刀刺了過去！

一刀刺向蕭十一郎的胸膛！

蕭十一郎也不知是不能閃避，還是不願閃避，竟只是動也不動的站在那裡，眼看著刀鋒刺入。

他幾乎能感覺到冰冷的刀鋒刺入他的皮肉，擦過他的脅骨——刀鋒冰冷。

這一刀就像是刺進了他的心！

他還是動也不動的站在那裡，整個人似已全都痲木。

沈璧君也呆住了。

她也想不到自己這一刀，竟真的能刺傷蕭十一郎。

她看過蕭十一郎的武功，她知道只要他手指一彈，這柄刀就得脫手飛出，她知道自己縱然不受傷，也休想傷得了他一根毫髮！

但他爲什麼不招架，爲什麼不閃避？

蕭十一郎還是靜靜的站著，靜靜的望著她。

他目中並沒有憤怒之意，卻充滿了悲傷，充滿了痛苦。

沈璧君從未想到一個人竟會有如此悲痛的目光。

她一刀傷了「大盜」蕭十一郎，心裡本該快慰才是，但也不知爲了什麼，她心裡竟也充滿了痛苦。

她竟不知道自己是否殺錯了人！

刀，還留在蕭十一郎胸膛上。

沈天菊狂笑著道：「好，蕭十一郎，想不到你也有今天……快，快，再給他一刀，我要看著他死在你手上。」

沈璧君的手在發抖。

沈天菊狂呼道：「他就是殺死太夫人的兇手，你還等什麼？」

沈璧君咬了咬牙，拔出了刀。

鮮血，箭一般射在她身上。

蕭十一郎全身的肌肉似已全都抽搐，但還是動也不動。

他目光中不僅充滿了悲痛，也充滿了絕望。

他爲什麼不招架？爲什麼不閃避？

他難道情願死在她手上？

沈璧君的手在顫抖，淚已流下，這第二刀竟是無論如何再也刺不出去！

雷滿堂大喝一聲道：「夫人不願出手，我來殺他也是一樣！」喝聲中，他已衝了過來，雷公鑿直打蕭十一郎胸脅。

這一招之威，果然有雷霆之勢！

蕭十一郎眼睛還是凝注著沈璧君，根本連瞧都未瞧他一眼，反手一掌向他臉上摑了過去。

這一掌也看不出有何奇妙之處，但不知怎的，雷滿堂竟偏偏閃避不開，他的雷公鑿明明是先擊出的，但還未沾著對方衣袂，自己臉上已著了一掌。

只聽「啪」的一聲，接著「砰」的一響。

雷滿堂的人竟被打得飛了起來，「砰」的撞破窗戶飛出，又過了半晌，才聽到「噗通」一聲，顯見已落入湖水中。

龍一閃臉色發青，竟嚇呆了。

沈天菊張開了嘴，卻再也喊不出來。

蕭十一郎的厲害，固然是人人都知道的，但誰也想不到他隨隨便便一巴掌，就能將名滿武林的「太湖雷神」打飛出去。

沈璧君的心更亂。

「他現在身受重傷，一掌之威猶令人連招架都無法招架，方才他好好的時候，爲什麼躲不開我那一刀呢？」

「他若真是兇手，爲什麼不殺了我？」

想到這裡，沈璧君全身都沁出了冷汗。

一直躺在床上暈迷不醒的沈天竹，此刻忽然魚一般從床上溜了下來，行動之輕捷，哪裡像是受過一點傷的樣子。

只見他目中兇光閃動，恨恨的瞪著蕭十一郎。

沈璧君一眼瞧見了他，駭極大呼道：「小心……」

她已發覺這件事不對了，卻還是遲了一步。

「小心」這兩字剛剛出口，沈天菊已自被中抽出了一把軟劍，身子凌空躍出，一劍向蕭十一郎頭頂劈下。

龍一閃左手抄起了倚在角落裡的長槍，右手拔出了腰上的軟劍，槍中夾劍，正是龍一閃獨門傳授的成名絕技。

他手裡兩種兵器一長一短，一剛一柔，本來簡直無法配合，只見他左手槍尖一抖，紅纓閃動，直到蕭十一郎脅下，右手軟劍直舞，護住了自己胸腹，原來他兩種兵刃一攻一守，先立於不敗之地。

一個人用的兵器，往往和他的性格有關，龍一閃人雖高大魁偉，膽子卻最小，又最怕死。

他所以苦練輕功，就爲的是要跑得快些，用的兵器招式也以保護自己爲先，左手槍長一丈四尺，一槍刺出，他的人還遠在一丈開外，就先以右手將自己防護得風雨不透，連一點險都不冒。

那邊沈天竹滑到地上，就勢一滾，揚手發出了七八點寒星，帶著尖銳的風聲直打蕭十一郎後背。

蕭十一郎前胸血流如注，沈璧君手裡的刀尖距離他不及半尺，左面有龍一閃的長槍，右面有沈天菊的銅刀，後面又有沈天竹的暗器。

一霎眼間，他前後左右的退路都已被封死，但他還是動也不動的站在那裡，癡癡的望著沈璧君。

沈璧君忽然反手一刀，向沈天菊的刀上迎了過去。

她自己也不知道自己爲何要替「大盜」蕭十一郎擋這一刀。

但她身子畢竟太虛弱，一刀揮出，人已跌倒。

就在這刹那間，蕭十一郎絕望的眼睛忽然露出一線光亮——

沈璧君的人剛跌在地上，就聽到「格嚓」一聲，「噗」的一聲，三聲淒厲的慘呼，沈天竹、沈天菊、龍一閃三個都已非死即傷！

原來就在這刹那間，蕭十一郎右手突然閃電般伸出，抓住了沈天菊的手腕，「格嚓」一聲，他手腕已被生生折斷。

龍一閃長槍眼見已刺入蕭十一郎脅下，槍尖突然被抓住，他只覺一股不可抗拒的力量湧來，身子不由自主向前衝出。

蕭十一郎反手一帶長槍，已將龍一閃帶到背後，竟將龍一閃當做了活盾牌，沈天竹發出的七點寒星，全都打在他背上。

沈天竹大駭之下，無暇再變招，只聽「噗」的一聲，蕭十一郎一抬手，就已將龍一閃的長槍刺入了他的下腹。

三聲慘呼過後，龍一閃和沈天竹都已沒命了，只有沈天菊左手捧著右腕，倒在地上呻吟。

蕭十一郎甚至連腳步都未移動過。

但他畢竟也是個人，沈璧君那一刀雖無力，雖未刺中他的要害，但刀鋒入肉，已達半尺。

沒有人的血肉之軀能挨這麼樣一刀。

方才他憑著胸中一口冤氣，還能支持不倒，此刻眼見對頭都已倒下，他哪裡還能支持得住？

他似乎想伸手去扶沈璧君，但自己的人已先倒在桌上。

就在這時，只聽一人大笑道：「好功夫，果然好功夫，若能再接我一鑿，我也服了你！」

這竟似雷滿堂的聲音。

笑聲中，只聽「呼」的一聲，雷滿堂果然又從窗外飛了進來，全身濕淋淋的，手裡兩隻雷公鑿沒頭沒腦的向蕭十一郎擊下！

沈璧君驚呼一聲，將掌中刀向蕭十一郎拋了過去。

蕭十一郎接過了刀，用盡全身力氣，反手一刀刺出。

雷滿堂竟似在情急拚命，居然不避不閃，「哧」的一聲，那柄刀已刺入了他前胸，直沒至柄。

誰知他竟連一點反應都沒有，甚至連慘呼聲都未發出，還是張牙舞爪的撲向蕭十一郎。

這人難道是殺不死的麼？

蕭十一郎大駭之下，肩頭一處大穴已被雷公鑿掃過，他只覺身子一麻，已自桌上滑到地下。

就算他是鐵打的金剛，也站不起來了。

只見雷滿堂站在他面前，竟然格格笑道：「你要我的命，我也要你的命，我去見閻王，好歹也得要你陪著。」

他飄飄盪盪的站在那裡，似乎連腳尖都未沾地，全身濕透，一柄刀正插在他心口，一張臉都已扭曲。

船艙中的燈已被打翻了三盞，只剩下角落裡一盞孤燈，燈光閃爍，照著他猙獰扭曲的臉。

這哪裡是個人，正像是個陰魂不散的厲鬼。

蕭十一郎縱然還能沉得住氣，沈璧君卻簡直已快嚇瘋了。

雷滿堂陰森森道：「蕭十一郎，你爲何還不死，我正在等著你……你快死呀！」

他的臉已僵硬，眼珠子死魚般凸出，嘴唇也未動，語聲也不知從哪裡發出的。

蕭十一郎忽然笑了笑，道：「你用不著等我，我死不了的。」

雷滿堂忽然銀鈴般嬌笑了起來。

笑聲清脆而嬌媚。

厲鬼般的雷滿堂，竟忽然發出了這樣的笑聲，更令人聽得毛骨悚然。

蕭十一郎卻只是長長嘆了口氣，苦笑道：「又是你，果然又是你！」

這句話未說完，雷滿堂忽然仆地倒下。

他身子一倒下，沈璧君才發現他身後還有個人。

銀鈴般的嬌笑，正是這人發出來的。

只見她錦衣金冠，一張又白又嫩的臉，似乎能吹彈得破，臉上帶著說不出有多麼動人的甜笑，她不是小公子是誰！

見到了這人，沈璧君真比看到鬼還害怕。

原來雷滿堂早已奄奄一息，被小公子拎著飛了進來，正像是個被人提著繩子操縱的傀儡。

只聽小公子銀鈴般嬌笑道：「不錯，又是我，我陰魂不散，纏定你了。」

她盈盈走過來，輕輕摸了摸蕭十一郎的臉，嬌笑著道：「我一天不見你，就想得要命，叫我不見你，那怎麼行？叫我躲開你，除非殺了我……唉，殺了我也不行，我死也纏定了你這個人。」

她聲音又清脆，又嬌媚，說起話來簡直比唱的還好聽。

沈璧君失聲道：「你……難道你也是個女人？」

小公子笑道：「你現在才知道麼？我若是男人，又怎捨得對你那麼狠心？只有女人才會對女人狠得下心來，這道理你都不明白？」

沈璧君怔住了。

小公子嘆了口氣，搖著頭道：「這沈姑娘雖長得不錯，其實卻半點也不解風情，有哪點能比得上我，蕭郎呀蕭郎，你爲什麼偏偏要喜歡她，不喜歡我呢？」

蕭十一郎笑了笑，道：「我……」

他一個字還未說出，只覺胸脅間一陣劇痛，滿頭冷汗涔涔而落，第二個字竟再也無法說出口來。

小公子道：「哎呀，原來你受了傷，是誰刺傷了你，是誰這麼狠心？」

沈璧君心裡也不知從哪裡來的一股怒氣，忍不住大聲道：「是我刺傷了他，你殺了我吧。」

小公子眨著眼道：「是你，不會吧？他對你這麼好，你卻要殺他？……我看你並不像這麼沒良心的女人呀。」

沈璧君咬著牙：「若是再有機會，我還是要殺他的。」

小公子道：「為什麼？」

沈璧君眼睛已紅了，顫聲道：「我和他仇深似海，我……」

小公子道：「他和你有仇？誰說的？」

沈璧君道：「魯東四義、雷電雙神，他們都是人證。」

小公子又嘆了口氣，道：「他救了你好幾次命，你卻不信任他，反而要去相信那些人的話。」

沈璧君道：「可是……可是他自己也親口告訴過我，他就是蕭十一郎。」

小公子嘆道：「不錯，他的確是蕭十一郎，但放火燒了你家屋子，殺了你祖母的人，卻不是蕭十一郎呀。」

沈璧君又怔住了，顫聲道：「不是他是誰？」

小公子笑了笑，道：「當然是我，除了我還有誰做得出那些事？」

沈璧君全身都顫抖了起來。

小公子道：「魯東四義、雷電雙神，都是被我收買了，故意來騙你的。我以爲他們一定騙不過你，因爲蕭十一郎對你那麼好，你怎會相信他們這些混帳王八蛋的話？誰知你看來雖還不太笨，其實卻偏偏是個不知好歹的呆子！」

這些話每個字都像是一根針，一針針刺入了沈璧君的心。

她本來雖已覺得這些事有些不對了，卻還是不肯承認自己殺錯了人，她實在沒有這種勇氣。

但現在，這話親口從小公子嘴裡說出來，那是絕不會假了，她就算不敢承認，也不能不承認。

「原來我又冤枉了他……原來我又冤枉了他……我明明已發誓要相信他的，到頭來爲什麼又冤枉了他？」

想到蕭十一郎眼中方才流露出的那種痛苦與絕望之色，想到他對她的種種恩情，種種好處……

沈璧君只恨不得半空中忽然打下個霹靂，將她打成粉碎。

小公子道：「你現在又想死了，是不是？但你就算死了，又怎能補償他對你的好處？若不是他，你早已不知死過多少次了。」

沈璧君早已忍不住淚流滿面，哽聲道：「你既然要殺我，現在爲什麼不動手？」

小公子道：「我本來的確是想殺你的，現在卻改變了主意。」

沈璧君道：「爲……爲什麼？」

小公子道：「因爲我還要你多看看他，多想想你自己做的事……」

蕭十一郎忽然道：「但我卻不想再看她了，這種不知好歹的人，我看著就生氣，你若真的喜歡我，就趕快將她趕走，趕得愈遠愈好。」

他勉強說完了這幾句話，已疼得汗如雨下。

沈璧君聽了更是心如刀割。她當然很明白蕭十一郎的意思是想叫小公子趕快放自己離開：「我雖然這麼樣對他，他還是要想盡法子來救我，我雖然害了他，冤枉了他，甚至幾乎將他殺死，他卻一點也不怨我。」

她實在想不到，「大盜」蕭十一郎竟是這麼樣的一個人。

小公子當然也不會不明白蕭十一郎的意思，柔聲道：「爲了你，我本來也想放她走的，只可惜我沒這麼大的膽子。」

蕭十一郎道：「爲什麼？」

小公子道：「你知道，她是我師父想要的人，我就算不能將她活生生的帶回去，至少也得將她的屍體帶回去才能交差。」

蕭十一郎道：「你難道還想回去？」

小公子道：「我本來也想跟你一齊逃走的，逃得遠遠的，找個地方躲起來，恩恩愛愛的過一輩子，可是……」

她嘆了口氣，接著道：「我實在不敢不回去，你也不知道我那師父有多厲害，我就算躲到天涯海角，他也一定會找著我的。」

蕭十一郎勉強支持道：「你師父是誰？他真有這麼大的本事？」

小公子嘆道：「他本事之大，說出來你也不會相信。」

蕭十一郎笑道：「我本事也不小呀。」

小公子道：「以你的武功，也許能擋得住他二三十招，但他在四十招之內，一定可以要你的命！」

蕭十一郎苦笑道：「你未免也將我看得太不中用了吧！」

小公子道：「普天之下，沒有哪一個人能擋得住他二十招的，你若真能在二十招內不落敗，已經算很不錯的了。」

蕭十一郎道：「我不信。」

小公子笑道：「不管你信不信，我也不會告訴你他的名字，你愈想知道，我愈不告訴你……我愈不告訴你，你就愈想知道，就只好每天纏著我打聽，你愈纏得我緊，我愈高興。」

蕭十一郎沉默了半晌，閉上眼睛，不說話了。

他每說一句話，胸脅間的創口就疼得似將裂開，但他卻一直勉強忍耐著，爲的就是想打聽她師父的名字。

這小公子機智百出，毒如蛇蠍，趙無極、飛鷹子、魯東四義、雷電雙神，這些人無一不是武林一等一的高手，但對她卻唯命是從，服服貼貼，算得是蕭十一郎平生所見最厲害的人物了。

徒弟已如此，師父更可想而知。

蕭十一郎表面雖很平靜，心裡卻是說不出有多麼著急。

在他眼中，世上本沒有「難」字，但現在，他卻實在想不出有任何法子能將沈璧君救出去。

十五 蕭十一郎的家

將近黃昏。

西方只淡淡的染著一抹紅霞，陽光還是黃金色的。

金黃色的陽光，照在山谷裡的菊花上。

千千萬萬朵菊花，有黃的，有白的，有淺色的，甚至還有黑色的墨菊，在這秋日的夕陽下，世上還有什麼花能開得比菊花更艷麗？

秋天本來就是屬於菊花的。

沈璧君這一生中從來也沒有瞧見過這麼多菊花，這麼美麗的菊花，到了這裡，她才知道以前見過的菊花，簡直就不能算是菊花。

四面的山峰擋住了北方的寒氣，雖然已近深秋，但山谷中的風吹在人身上，仍然是那麼溫柔。

天地間充滿了醉人的香氣。

綠草如茵的山坡上，鋪著條出自波斯名手的氈子，氈子上擺滿了各式各樣的鮮果，還有一大盤已蒸得比胭脂還紅的螃蟹。

沈璧君身上穿著比風還柔軟的絲袍。倚在三四個織錦墊子上，面對著漫天夕陽，無邊美景，嘴裡啜著杯已被泉水凍得涼沁心肺的甜酒，全身都被風吹得懶洋洋的，但是她的心，卻亂得可怕。

她愈來愈不懂得小公子這個人了。

這些日子，小公子給她吃的是山珍海味，給她喝的是葡萄美酒，給她穿的是最華麗、最舒服的衣裳，用最平穩的車，最快的馬，載她到景色最美麗的地方，讓她享受盡人世間最奢侈的生活。

但是她的心裡，卻只有恐懼，她簡直無法猜透這人對她是何居心，她愈來愈覺得這人可怕。

尤其令她擔心的，是蕭十一郎。

她每次見到他的時候，他看來都彷彿很快樂，但她卻看得出他那雙發亮的眼睛已漸漸黯淡，那種野獸般的活力也在慢慢消失。

他究竟在受著怎麼樣的折磨？

他的傷勢是否已痊癒？

沈璧君有時也在埋怨自己，爲什麼現在想到蕭十一郎的時候愈來愈多，想到連城璧的時候反而少了？

她只有替自己解釋！

「這只不過是因爲我對他有內疚，我害了他，他對我的好處，我這一生中只怕永遠也無法報答。」

蕭十一郎終於出現了。

他從山坡下的菊花叢中，慢慢的走了出來，漆黑的頭髮披散著，只束著根布帶，身上披著件寬大的、猩紅色的長袍，當胸繡著條栩栩如生的墨龍，衣袂被風吹動，這條龍就彷彿在張牙舞爪，要破雲飛出。

他兩頰雖已消瘦，髫子也更長了，但遠遠望去，他看來仍是那麼魁偉，那麼高貴，就像是位上古時君臨天下的帝王。

小公子倚在他身旁，扶著他，顯得更嬌小，更美麗。

有時甚至連沈璧君都會覺得，她的女性嬌柔，和蕭十一郎的男性粗獷，正是天生的一對。

「可惜她只不過是看來像個女人而已，其實卻是條毒蛇，是條野狼，無論誰遇見她，都要被她連皮帶骨一齊吞下去！」

沈璧君咬著牙，心裡充滿了怨恨。

但等她看到蕭十一郎正在對她微笑時，她的怨恨竟忽然消失了，這是為了什麼？她自己也不知道。

小公子也笑了，嬌笑著道：「你瞧你，我叫你快點換衣服，你偏不肯，偏要纏著我，害得人家在這裡等我們，多不好意思。」

這些話就像是一根根針，在刺著沈璧君。

蕭十一郎真的在纏她？

他難道真的已被她迷住了，已拜倒在她裙下？

「但這也許只不過是她在故意氣我的，我爲什麼要上她的當？何況，他又不是我的什麼人，我根本就沒有理由生氣的。」

沈璧君垂下頭，盡力使自己看來平靜些。

他們已在她對面坐下。

小公子又在嬌笑著道：「你看這裡的菊花美不美？有人說，花是屬於女人的，因爲花有女性的嫵媚，但菊花卻不同。」

她用一根銀鎚，敲開了一隻蟹殼，用銀勺挑出了蟹肉，溫柔的送入蕭十一郎嘴裡，才接著道：「只有菊花是男性化的，它的清高如同詩人隱士，它不在春天和百花爭艷，表示它的不同流俗，它不畏秋風，正象徵著它的倔強……」

她又倒了杯酒，餵蕭十一郎喝了，柔聲道：「我帶你到這裡來，就因爲知道你一定是喜歡菊花的，因爲你的脾氣也正如菊花一樣。」

蕭十一郎淡淡道：「我唯一喜歡菊花的地方，就是將它一瓣瓣剝下來，和生魚片、生雞片一齊放在水裡煮，然後再配著竹葉青吃下去。」

他笑了笑，接著道：「別人賞花用眼睛，但我卻寧可用嘴。」

小公子笑道：「你這人真殺風景。」

她吃吃的笑著，倒在蕭十一郎懷裡，又道：「但我喜歡你的地方，也就在這裡，你無論做什麼都和別人完全不同的，世上也許會有第二個李白，第二個項羽，但絕不會有第二個蕭十一郎，像你這樣的男人，若還有女孩子不喜歡你，那女孩子一定是個白癡。」

她忽然轉過臉，笑瞇瞇的瞧著沈璧君，道：「連夫人，你說我的話對不對？」

沈璧君冷冷道：「我已經不是女孩子了，對男人更沒有研究，我不知道。」

小公子非但一點也不生氣，反而笑得更甜了，道：「一個女人若是不懂得男人，男人又怎麼會喜歡她呢？我本來正在奇怪，連公子有這麼樣一個美麗的夫人，怎會捨得一個人走呢？現在我才明白，原來是因爲……」

她這話雖然沒有說完，但意思卻已很明白。

沈璧君雖然不想生氣，卻也不禁氣得臉色發白。

小公子倒了杯酒，笑道：「這酒倒不錯，是西涼國來的葡萄酒，連夫人爲何不嚐嚐？連夫人總不至於連酒都不喝吧，否則這輩子豈非完全白活了。」

沈璧君閉著嘴，閉得很緊。

她生怕自己一開口就會說出難聽的話來。

小公子道：「連夫人莫非生氣了？我想不會吧？」

她眼波流動瞟著蕭十一郎，接著道：「我若坐在連公子身上，連夫人生氣還有些道理，但是他……連夫人總不會爲他生我的氣，吃我的醋吧？」

沈璧君氣得指尖都已飛冷，忍不住抬起頭——

她本連瞧都不敢瞧蕭十一郎的，但這一抬起頭，目光就不由自主瞧到蕭十一郎的臉上。

她這才發現蕭十一郎不但臉色蒼白得可怕，目中也充滿了痛苦之色，甚至連眼角的肌肉都在不停的抽搐著。

他顯然正在忍受著極大的痛苦。

蕭十一郎本不是個會將痛苦輕易流露出來的人。

沈璧君立刻就忘了小公子尖刻的譏諷，顫聲問道：「你的傷，是不是……」

蕭十一郎笑了，大聲道：「什麼?那點傷我早已忘了。」

沈璧君遲疑著，突然衝了過去。

她的腳還是疼得很——有時雖然麻木得全無知覺，但有時卻又往往會在夢中將她疼醒。

她全身的力氣，都似已從這腳上的傷口中流了出去，每次她想自己站起來，都會立刻跌倒。

但現在，她什麼都忘了。

她衝過去，一把拉開了蕭十一郎的衣襟。

她立刻忍不住驚呼出聲來。

很少有人會聽到如此驚懼，如此淒厲，如此悲哀的呼聲——

蕭十一郎的胸膛，幾乎已完全潰爛了，傷口四周的肉，已爛成了死黑色，還散發著一陣陣惡臭，令人作嘔。

現在沈璧君才知道他身上爲什麼總是穿著寬大的袍子，爲什麼總是帶著種很濃烈的香氣。

原來他就是爲了要掩隱這傷勢，這臭氣。

就算心腸再硬的人，看到他的傷勢，也絕不忍再看第二眼的。

沈璧君的心都碎了。

沈璧君雖然不懂得醫道，卻也知道這情況是多麼嚴重，這種痛苦只要是血肉之軀就無法忍受。

但蕭十一郎每次見到她的時候，卻還是談笑自若。

他難道真是鐵打的人麼？

又有誰能想像他笑的時候是在忍受著多麼可怕的痛苦？

他這樣做是爲了誰？爲了什麼？

沈璧君再也忍不住，伏倒在他身上放聲痛哭起來。

小公子搖著頭道：「好好的怎麼哭了？這麼大的人，都快生孩子了，動不動就哭，也不怕人家瞧見笑話麼？」

沈璧君用力咬著嘴唇，嘴唇已咬得出血，瞪著小公子顫聲道：「你……你好狠的心！」

小公子又笑了，道：「我好狠的心？你難道忘了是誰傷了他的？是你狠心？還是我狠心？」

沈璧君全身都顫抖起來，道：「你眼看他的傷口在潰爛，爲什麼不爲他醫治？……」

小公子嘆道：「他處處爲你著想，爲了救你，連自己性命都不要了，但他對我呢？一瞧見我，就恨不得要我的命。」

她嘆了口氣，道：「他對我只要有對你一半那麼好，我就算自己挨一千刀、一萬刀，也捨不得傷他一根毫髮，可是現在，殺他的人卻是你，你還有臉要我爲他醫治？我真不懂這句話你是怎麼好意思說出口來的？」

沈璧君嘶聲道：「你不肯救他也罷，爲什麼還要他喝酒？要他吃這些海味魚蝦？」

小公子道：「那又有什麼不好？我就是因爲對他好，知道他喜歡喝酒，就去找最好的酒來，知道他好吃，就爲他準備最新鮮的海味，就算是世上最體貼的妻子，對她的丈夫也不過如此了，是不是？」

沈璧君道：「但你明明知道酒和魚蝦都是發的，受傷的人最沾不得這些東西，否則傷口一定會潰爛，你明明是在害他！」

小公子淡淡道：「我只知道我並沒有傷他，只知道給他吃最好吃的東西、喝最好的酒，別的事，我什麼都不知道。」

沈璧君牙齒打戰，連話都說不出了。

蕭十一郎一直在凝注著她，那雙久已失卻神采的眼睛，也不知爲了什麼突又明亮了起來。直到這時，他才笑了，柔聲道：「一個人活著，只要活得開心，少活幾天又有何妨？長命的人難道就比短命的快活？有的人活得愈久愈痛苦，這種人豈非生不如死？只要能快快樂樂的活一天，豈非也比在痛苦中活一百年有意義得多。」

小公子拍手笑道：「不錯，這才是男子漢大丈夫的氣概！蕭十一郎果然不愧爲蕭十一郎！若爲了一點傷口，就連酒都不敢喝了，那他就不是蕭十一郎了！」

她輕撫著蕭十一郎的臉，柔聲道：「只要你活著一天，我就會好好的對你，盡力想法子令你快樂，無論你要什麼，無論你想到哪裡去，我都答應你。」

蕭十一郎微笑著道：「你真的對我這麼好？」

小公子道：「當然是真的，只要瞧見你快樂，我也就開心了。」

她遙注著西方的晚霞，柔聲接著道：「我只希望你能多活些日子，能多活幾天也好……」

晚霞絢麗。

但這也只不過是說：黑暗已經不遠了。

沈璧君望著夕陽下的無邊美景，又不禁淚落如雨。

蕭十一郎神思也似飛到了遠方，緩緩道：「我既不是詩人，也不是名士，只不過是個在荒野中長大的野孩子，在我眼中看來，世上最美麗的地方，就是那無邊無際的曠野，寸草不生的荒山，就連那漫山遍野的沼氣毒瘴，也比世上所有的花朵都可愛得多。」

小公子失笑道：「你真是個與眾不同的人，連想法也和別人完全不同。」

蕭十一郎笑道：「就因爲我是個怪人，所以你才會喜歡我，是麼？」

小公子伏在他膝上，柔聲道：「一點也不錯，所以我無論什麼事都依你，你若真想到那種地方去，我們現在就走。」

蕭十一郎長長吐出口氣，道：「只要我能再回到那裡，就算立刻死了，也沒什麼關係！」

小公子道：「好，我答應你，我一定讓你活著回到那裡，然後……」

蕭十一郎打斷了她的話，悠悠道：「然後再讓我死在那裡，是麼？」

窮山，惡谷。

山谷間瀰漫著殺人的瘴氣。

謊言必定動聽，毒如蛇蠍的女人必是人間絕色，致命的毒藥往往甜如蜜，殺人的桃花瘴，也正是奇幻絢麗、令人目眩神迷。

但忠言必逆耳，良藥也是苦口的。

這是什麼道理？

難道這就是「造化弄人」？還是上天有意在試探人類的良知？

沈璧君想不通這道理。

若說天道是最公平的，爲什麼往往令好人都坎坷終生、受盡折磨，壞人卻往往能享盡榮華富貴？

若說，「善惡到頭終有報」，爲什麼小公子這種人能逍遙自在的活下去，蕭十一郎反得死？

後面是寸草不生的削壁，前面是深不可測的絕壑。

蕭十一郎嘴裡又在低低哼著那首歌，在這種時候、這種地方聽來，曲調顯得更淒涼、更悲壯、也更寂寞。

但他的神色卻是平靜的，就彷彿流浪天涯的遊子，終於又回到了家鄉。

小公子一直在凝視著他，忍不住問道：「你真是在這地方長大的麼？」

蕭十一郎道：「嗯。」

小公子嘆了口氣，道：「一個人要在這種地方活下去，可真不容易。」

蕭十一郎嘴角忽然露出一絲淒涼的微笑，悠悠道：「活著本就比死困難得多。」

小公子眼波流動道：「但千古艱難唯一死，有時也不如你想像中那麼容易。」

蕭十一郎道：「只有那些不想死的人，才會覺得死很苦。」

小公子眨著眼，笑道：「你難道真想死？我倒不信。」

蕭十一郎淡淡道：「老實說，我根本沒有仔細去想過，根本就不知道自己是想死？還是想活？」

小公子緩緩道：「但死既然是那麼方便的事，你若真想死，又怎會活到現在？」

蕭十一郎不說話了。

小公子笑了笑，道：「你還想再往上面走麼？看來這裡已好像是路的盡頭，再也走不上去了。」

蕭十一郎沉默了很久，喃喃道：「不錯，這裡明明已到了盡頭，我爲什麼還要想往上走？……爲什麼還要想往上走……」

他忽然向小公子笑了笑，道：「我想一個人在這裡站一會兒，想想小時候的事。」

小公子道：「你站不站得穩？」

蕭十一郎道：「你爲何不讓我試試？」

小公子眼珠子轉了轉，終於放開了扶著他的手，笑道：「小心些呀！莫要掉下去，連屍首都找不著，活著的蕭十一郎我雖然見過了，但死了的蕭十一郎是什麼樣子，我也想瞧瞧的。」

蕭十一郎笑道：「死人雖比活人聽話，但卻一定沒有活人好看，你若瞧見，只怕會變得討厭我了，我何必讓你討厭呢？」

他又回頭向沈璧君笑了笑，忽然躍身向那深不可測的絕壑中跳了下去……

沈璧君全身都涼透了。

蕭十一郎果然是存心來這裡死的！

「是我害了他！是我害了他……」

這聲音就像是霹靂，一聲聲在她耳邊響著！

「他死了，我卻還有臉活著……我怎麼對得起他？我又能活多久，還有誰會來救我……」

想到小公子的手段，沈璧君再也不想別的，用盡全身氣力，推開了扶著她的人，也縱身跳入了那萬丈絕壑中。

奇怪的是，在她臨死的時候，竟沒有想到連城璧。

她也不想想自己死了後，連城璧會怎麼樣？

難道連城璧就不會爲她悲傷？

小公子站在削壁邊，垂首望著那瀰漫在絕壑中的沼氣和毒瘴，面上連一點表情都沒有。

也不知過了多久，她突然拾起一塊很大的石頭，拋了下去。

又過了很久，才聽到下面傳上來「噗通」一響。

小公子面上這才露出了一絲微笑。

她笑得仍然是那麼天真，那麼可愛，就像是個小孩子……

死，有時的確也並不是件很容易的事。

沈璧君居然還是沒有死。

她跳下來的時候，很快就暈了過去，並沒有覺得痛苦。

她醒來時才痛苦。

絕壑下，是一片無邊無際的沼澤，沒有樹木、沒有花草、沒有生命；有的只是濕泥、臭水和迷霧般的沼氣。

沈璧君整個人都已被浸入泥水中。

但她卻沒有沉下去，因爲這沼澤簡直就像是一大盆漿糊，也正因爲這緣故，所以她從那麼高的地方跳下來也沒有摔死。

最奇怪的是，她整個人泡在這種濕泥臭水中，非但一點也不難受，反而覺得很舒服，就連足踝上的傷口都似已不疼了。

這沼澤中的泥水竟似有種神奇的力量，能減輕人的痛苦。

沈璧君驚異著，忽然想起了蕭十一郎對她說的故事！

「我曾經看到過一匹狼，被山貓咬得重傷之後，竟躍入一個沼澤中去，那時我還以爲牠是在找自己的墳墓，誰知牠在那沼澤中躺了兩天，反而活了，原來牠早已知道有許多種藥草腐爛在那沼澤裡，能治好牠的傷勢；牠早已知道該如何照顧自己。」

沈璧君的心跳了起來。

她耳旁似又響起了蕭十一郎那低沉的語聲，在慢慢的告訴她：「其實人也和野獸一樣，若沒有別人照顧，就只好自己照顧自己了……」

難道這沼澤就是那匹狼逃來治傷的地方？

這沼澤既能治好那匹狼的傷，是否也能治好蕭十一郎的傷？

原來他並不是想到這裡來死的！

雖然這裡是上不著天，下不著地的窮山絕壑，雖然四面都瞧不到一樣有生命之物，雖然她的人還浸在又髒又臭的泥水中，雖然她還不知道自己是否能活下去，雖然她就算能活下去，也未必能走出這絕壑，但沈璧君這一生中從來也沒有如此開心、如此興奮過。

因爲她知道蕭十一郎必定也還沒有死！

她本來幾乎已忍不住要大聲呼喚起來，但一想小公子可能還在上面聽著，就只有閉住了嘴。

她只有在心裡呼喚：「蕭十一郎，蕭十一郎，你在哪裡？」

只要還能看到蕭十一郎，所有的犧牲都値得，所有的痛苦也都可忍受了。

她掙扎著，划動手腳，想將頭抬高些。

她確信蕭十一郎必定也在附近，她希望能看到他。

只要能看到他，她就不會再覺得寂寞，絕望，無助……

誰知她不動還好些，這一動她身子反而更向下沉陷。

泥沼濃而黏，表面有種張力，所以她雖然從那麼高的地方跌下來，也並沒有完全陷入泥沼中。

現在她一掙扎，泥沼中就彷彿有種可怕的力量在將她往下拖，她掙扎得愈厲害，陷落得愈快。

忽然間，她全身都已陷入泥沼中，呼吸也立刻困難起來，濃而黏的泥水就像是一雙魔手，已扼住了她的咽喉。

她只要再往下陷落一兩寸，口鼻就也要陷入泥沼中。

現在她就算還想呼喊，也喊不出聲音了。

她不知道自己還能支持多久，只知道那最多也只不過是片刻間的事了。

她本已決心想死的，現在卻全心全意的希望能再多活片刻。

若能再多活片刻，說不定就能再見蕭十一郎一面。

「但見不見又有什麼關係呢？只要我知道並沒有害死他，只要他還能好好的活下去，我就算立刻死，也死得心安了。我能平平靜靜問心無愧的死在這裡，上天已算對我不薄，我還求什麼？」

到現在，她才想起連城璧。

但她知道連城璧一定會照顧自己的，無論有沒有她，連城璧都會同樣活下去，而且活得很光榮，活得很好。

她當然也想到了腹中的孩子。

大多數女人都會將孩子看得比自己還重要，這是母性，也正是女性的榮光，人類的生命也正因爲這緣故才能永遠延續。

但孩子若還沒有出世，就完全不同了。

女人對自己還沒有生出來的孩子，絕不會有很深的感情、很大的愛心。

因爲這時她的母性還未完全被引發。

這是人性。

母性是完美的，至高無上的，完全不自私、不計利害、不顧一切、也絕不要求任何代價。

但人性卻是有弱點的。

沈璧君閉上了眼睛……

一個人若真能安安心心、平平靜靜的死，有時的確比活著還幸運，這世界上，真能死而無憾的人並不多。

沈璧君也並不是不想活了，只不過她知道已沒法子再活下去。

這是絕地，她已陷入絕境，已完全絕望。

但就在這時，她忽然聽到了一個很熟悉的聲音。

是蕭十一郎的聲音：「不要動，千萬不能動。」

這聲音竟似就在她的耳畔。

沈璧君狂喜著，忍不住想扭過頭去瞧他一眼。

但蕭十一郎已接著道：「也千萬不要轉頭來看我，盡量將自己放鬆，全身都放鬆，就好像你現在正躺在一張最舒服的床上，躺在你母親的懷裡，完全無憂無慮，什麼都不要去想，絕沒有任何人能傷害你。」

他說得很慢，每個字都說得很慢，聲音中彷彿有種奇異的力量，能令人完全安定下來，完全信任他。

沈璧君輕輕嘆了口氣，道：「我能說話麼？」

蕭十一郎道：「要說得很輕、很慢，我能聽得到的。」

這聲音更近了。

沈璧君道：「我可以不動，也可以放鬆自己，但卻沒有法子不想。」

蕭十一郎道：「想什麼？」

沈璧君道：「我在想，假如我們動一動就會陷下去，豈非要永遠被困死在這裡？你難道也想不出法子脫身？」

蕭十一郎道：「自然是有法子的。」

沈璧君柔聲道：「只要你有法子能脫身，我就安心了，我無論怎麼樣都沒關係。」

她這句話還未說完，就瞧見了蕭十一郎那雙發亮的眼睛。

這本是雙倔強而冷酷的眼睛，有時雖然也會帶著些調皮的神色，帶著些譏誚的笑意，卻從來沒有露出過任何一種情感。

現在這雙眼睛裡卻充滿了喜悅、欣慰、感激……

沈璧君的臉紅了。

她說那句話的時候，並沒有瞧蕭十一郎，所以她才情不自禁吐露了真情。若是已瞧見他，她只怕就不會有這種勇氣。

但現在蕭十一郎卻距離她這麼近。

她幾乎已能感覺到蕭十一郎的呼吸。

蕭十一郎也避開了她的目光，道：「你本來看不到我的，現在卻看到了，是不是？」

沈璧君道：「嗯。」

蕭十一郎道：「我一直都沒有動過，否則早已沉下去了，我既沒有動，又怎會移動到這裡來了呢？」

沈璧君自然不知道原因。

蕭十一郎道：「這泥沼看來雖是死的，其實卻一直在流動著，只不過流動得很慢、很慢，所以我們才感覺不出。」

他接著道：「就因爲我完全沒有動，所以才會隨著泥沼的流動漂了過來，若是一掙扎，就只會往下陷落，所以你才一直停留在這裡。」

沈璧君沒有說話。

但她的心裡卻在暗自慶幸：「若是我也沒有掙扎，也隨著泥沼在往前流動，我現在怎會看到你？」

蕭十一郎道：「前面不遠，就是陸地，只要我們能忍耐到那裡，就得救了……那也用不著多久，我相信你一定能做到的，是不是？」

他目光不由自主轉了過來，凝注著沈璧君的眼睛。

沈璧君也不由自主凝注著他的眼睛。

她還是沒有說話，但她的眼睛卻彷彿在說：「為了你，我一定能做到的。」

從眼睛裡說出的話，也正是自心底發出的聲音，這種聲音眼睛既瞧不見，耳朵更無法聽到。

能聽到這種聲音的人並不多。

這種聲音也是用「心」來聽的。

蕭十一郎卻聽到了。

過了很久很久，沈璧君才輕輕嘆了口氣，道：「我現在才知道我錯了。」

蕭十一郎道：「什麼事錯了？」

沈璧君道：「我本來以為天道不公，常常會故意作踐世人，現在才知道，老天畢竟是有眼睛的。」

蕭十一郎緩緩道：「不錯，所以一個人無論做什麼事時，都不能忘記天上有雙眼睛隨時隨地都在瞧著你。」

沒有聲音，沒有動靜，沒有生命，天地間一切彷彿都是死的。

泥沼也是死的，誰也感覺不出它在流動。

「它真能將我們帶到陸地上去麼？」

沈璧君並沒有問，也不著急。

她的心很平靜，此時，此刻，此情，此境，她彷彿就已滿足；是死？是活？她似已完全不放在心上。

她只怕蕭十一郎這雙發亮的眼睛看透她的心。

她只怕蕭十一郎感覺出她的心愈跳愈快，呼吸愈來愈急促。

她一定要找些話來說。

但說什麼呢？

蕭十一郎忽然道：「你可知道這次是誰救了我們？」

沈璧君道：「自然是……是你。」

她忽然發覺蕭十一郎的呼吸也很急促。

她的心更慌了。

蕭十一郎道：「不是我。」

沈璧君道：「不是你？是誰？」

蕭十一郎道：「是狼。」

只有在這一瞬間，他目光彷彿是瞧著很遠的地方，緩緩接著道：「我第一次到這裡來，就是狼帶我來的。」

沈璧君道：「我聽你說過那故事。」

蕭十一郎道：「是狼告訴我，這泥沼中有種神奇的力量可以治癒人的傷勢，是狼教我學會如何求生，如何忍耐。」

沈璧君輕嘆道：「要學會這兩個字，只怕很不容易。」

蕭十一郎道：「但一個人若要活下去，就得忍耐……忍受孤獨，忍受寂寞，忍受輕視，忍受痛苦，只有從忍耐中才能尋得快樂。」

沈璧君沉默了很久，柔聲道：「你好像從狼那裡學會了很多事？」

蕭十一郎道：「不錯，所以我有時非但覺得狼比人懂得的多，也比人更値得尊敬。」

沈璧君道：「尊敬？」

蕭十一郎道：「狼是世上最孤獨的動物，爲了求生，有時雖然會結伴去尋找食物，但吃飽之後，就立刻又分散了。」

沈璧君道：「你難道就因爲牠們喜歡孤獨，才尊敬牠們？」

蕭十一郎道：「就因爲牠們比人能忍受孤獨，所以牠們也比人忠實。」

沈璧君道：「忠實？」

用「忠實」兩字來形容狼，她實在聞所未聞。

蕭十一郎道：「只有狼才是世上最忠實的配偶，一夫一妻，活著時從不分離，公狼若死了，母狼寧可孤獨至死，也不會另尋伴侶，母狼若死了，公狼也絕不會另結新歡。」

他目中又露出了那種尖銳的譏誚之意，道：「但人呢？世上有幾個忠於自己妻子的丈夫？拋棄髮妻的比比皆是，有了三妻四妾，還沾沾自喜，認爲自己了不起，女人固然好些，但也好不了多少，偶爾出現一個能爲丈夫守節的寡婦，就要大肆宣揚，卻不知每條母狼都有資格立個貞節牌坊的。」

沈璧君不說話了。

蕭十一郎又道：「世上最親密的，莫過於夫妻，若對自己的配偶都不忠實，對別人更不必說了，你說狼是不是比人忠實得多？」

沈璧君又沉默了很久，忽然道：「但狼有時會吃狼的。」

蕭十一郎道：「人呢？人難道就不吃人麼？」

他冷冷接著道：「何況，狼只有在飢餓難耐，萬不得已時，才會吃自己的同類，但人吃得很飽時，也會自相殘殺。」

沈璧君嘆了口氣，道：「你對狼的確知道得很多，但對人卻知道得太少了。」

蕭十一郎道：「哦？」

沈璧君道：「人也有忠實的，也有可愛的，而且善良的人永遠比惡人多，只要你去接近他們，就會發現每個人都有他可愛的一面，並非像你想像中那麼可惡。」

蕭十一郎也不說話了。

其實，他自己也不知道自己爲何要說這些話。

難道他也和沈璧君一樣，生怕被人看破他的心事，所以故意找些話來說？

難道他想用這些話警戒自己？

沈璧君道：「你爲什麼只喜歡說狼？爲什麼不說說你自己？」

蕭十一郎道：「我？我有什麼好說的！」

沈璧君道：「譬如說，你爲什麼會叫蕭十一郎？難道你還有十個哥哥姐姐？」

蕭十一郎道：「嗯。」

沈璧君道：「這麼說，你豈非一點也不孤獨？」

蕭十一郎道：「嗯。」

沈璧君道：「你的兄弟姐妹們呢？都在哪裡？」

蕭十一郎道：「死了，全都死了！」

他目中忽又充滿了悲憤惡毒之意，無論誰瞧見他這種眼色，都可想像出他必有一段悲慘的往事。

沈璧君只覺心裡一陣刺痛——

在這一刹那間，她忽然覺得蕭十一郎還是個孩子，一個無依無靠、孤苦伶仃的孩子，需要人愛護，需要人照顧……

她也不知道自己怎麼會有這種感覺。

泥沼果然是在流動著的。

前面果然是陸地。

但沈璧君卻絕未夢想到這地方竟是如此美麗。

千百年前，這裡想必也是一片沼澤，土質自然特別肥沃。再加上群山合抱，地勢又極低，是以寒風不至，四季常春，就像是上天特意要在這苦難的世界中留下一片樂土。

在別地方早已凋零枯萎了的草木，這裡卻正欣欣向榮，在別地方難以生長的奇花異草，這裡卻滿目皆是。

就連那一道自半山流下來的泉水，都比別地方分外清洌甜美。

沈璧君本來是最愛乾淨的，但現在她卻忘記了滿身的泥污，一踏上這塊土地，就似已變得癡了。

足足有大半刻的功夫，她就癡癡的站在那裡，動也不動，也不知過了多久，她才長長吐出口氣，道：「我真想不到世上還有這種地方，只怕也唯有你這種人才能找得到。」

蕭十一郎道：「我也找不到，是……」

沈璧君笑了，打斷了他的話，嫣然笑道：「是狼找到的，我知道……」

她忽又發現在泉水旁的一片不知名的花樹叢中，還有間小小的木屋，一叢淺紫色的花，從屋頂上長了出來。

她彷彿覺得有些失望，輕嘆著道：「原來這裡還有人家。」

蕭十一郎凝注著她，緩緩道：「除了你和我之外，這裡只怕不會再有別的人了……你也許就是踏上這塊土地的第二個人。」

家。」

沈璧君的臉似又有些發紅，輕輕的問道：「你沒有帶別的人來過？」

蕭十一郎搖了搖頭。

沈璧君道：「但那間屋子……」

蕭十一郎道：「那屋子是我蓋的，假如每個人都一定要有個家，那屋子也許就可算是我的家。」

他淡淡的笑了笑，又道：「自從我第一眼看到這個地方，我就愛上它了，以後每當我覺得疲倦、覺得厭煩時，我就會到這裡來靜靜的耽上一兩個月，每次我離開這裡的時候，都會覺得自己像是已換了個人似的。」

沈璧君道：「既然如此，你爲什麼不在這裡多住些時候？爲什麼不永遠住下去？」

蕭十一郎沒有說話。

沈璧君的眼睛裡發著光，又道：「這裡有花果，有清泉，還有如此肥沃的土地，一個人到了這裡，就什麼事都再也用不著憂慮了，你爲什麼不在這裡快快樂樂的過一生，爲什麼還要到外面去惹那些煩惱？」

蕭十一郎沉默了很久，才笑了笑，道：「這也許只因爲我是個天生的賤骨頭。」

他笑得是那麼淒涼，那麼寂寞。

沈璧君忽然明白了！

無論多深的痛苦和煩惱，都比不上「寂寞」那麼難以忍受。

這裡縱然有最美麗的花朵，最鮮甜的果子，最清冽的泉水，卻也塡不滿一個人心裡的空虛和寂寞。

蕭十一郎緩緩道：「所以我總覺得有很多地方都不如狼，牠們能做到的事，我無論如何也做不到。」

沈璧君柔聲道：「這只因爲你根本就不是狼，是人……一條狼若勉強要做人的事，也一定會被牠的同伴看成呆子，是麼？」

蕭十一郎又沉默了很久，喃喃道：「不錯，人是人，狼是狼，狼不該學人，人爲什麼要去學狼呢？」

他忽然笑了，道：「我已有很久沒到這裡來，那屋子裡的灰塵一定已經有三寸厚，我先去打掃打掃，你……你能走動了麼？」

沈璧君嫣然道：「看來老天無論對人和對狼都同樣公平，我在那泥沼裡泡了半天，現在傷勢也覺得好多了。」

蕭十一郎笑道：「好，你若喜歡，不妨到那邊泉水下去沖洗沖洗，我就在屋子裡等你。」

「我就在屋子裡等你。」

這自然只不過是很普通的一句話，蕭十一郎說這句話的時候，永遠也不會想到這句話對沈璧君的意義有多麼重大。

沈璧君這一生中，幾乎有大半時間是在等待中度過的。

小的時候，她就常常坐在門口的石階上，等待她終年遊俠在外的父母回來，常常一等就是好幾天，好幾個月。等著看她父親嚴肅中帶著慈愛的笑容，等著她母親溫柔的擁抱，親切的愛撫……

直到有一天，她知道她的父母永遠再也不會回來了。

那天她沒有等到她的父母，卻等到了兩口棺材。

然後，她漸漸長大，但每天還是在等待中度過的。

早上，她很早就醒來，卻要躺在床上等照顧她的奶媽叫她起來，帶她去見她的祖母請安。請過安之後，她就要等到午飯時才能見到祖母了，然後再等著晚飯，每天只有晚飯後那一兩個時辰，才是她最快樂的時候。

那時她的祖母會讓她坐在腳下的小凳子上，說一些奇奇怪怪的故事給她聽，告訴她一些沈家無敵金針的秘訣，有時還會剝一個枇杷，幾瓣橘子餵到她嘴裡，甚至還會讓她摸摸她那日漸稀疏的白髮，滿是皺紋的臉。

只可惜那段時候永遠那麼短，她又得等到明天。

她長得愈大，就覺得等待的時候愈多，但那時她等的已和小時不同，也不再那麼盼望晚飯的那段短暫的快樂。

她等的究竟是什麼呢？連她自己也不知道。

也許她也和世上所有別的女孩子一樣，是在等待著她心目中的如意郎君，騎著白馬來接她上花轎。

她比別的女孩子運氣都好，她終於等到了。

連城璧實在是個理想的丈夫，既溫柔，又英俊，而且文武雙全，年少多金，在江湖中的聲望地位更很少有人能比得上。

無論誰做了他的妻子，不但應該覺得滿足，而且應該覺得榮耀。

沈璧君本也很知足了。

但她還是在等，常常倚著窗子，等待她那位名滿天下的丈夫回來，常常一等就是好幾天，好幾個月……

在等待的時候，她心裡總是充滿了恐懼，生怕等回來的不是她那溫柔多情的丈夫，而是一口棺材。

冷冰冰的棺材！

對於「等」的滋味，世上只怕很少有人能比她懂得更多，了解得更深。

她了解得愈深，就愈怕等。

怎奈她這一生中卻偏偏總是在等別人，從來也沒有人等她。

直到現在，現在終於有人在等她了。

她知道無論她要在這裡停留多久，無論她在這裡做什麼，只要她回到那邊的屋子裡，就一定有人在等著她。

雖然那只不過是間很簡陋的小木屋，雖然那人並不是她的什麼人，但就這分感覺，已使她心裡充滿了安全和溫暖之意。

因為她知道自己並不是孤獨的，並不是寂寞的。

泉水雖然很冷，但她身上卻是暖和的。

她很少有如此幸福的感覺。

除了一張木床外，屋子裡幾乎什麼都沒有，顯得說不出的冷清，說不出的空虛，每次蕭十一郎回到這裡來，開始時也許會覺得很寧靜。

但到了後來，他的心反而更亂了。

他當然還可以再做些桌椅和零星的用具，使這屋子看來不像這麼冷清，但他卻並沒有這麼樣做。

因爲他知道，屋子裡的空虛雖可以用這些東西塡滿，但他心裡的空虛，卻是他自己永遠無法塡滿的。

直到現在——

這屋子雖然還是和以前同樣的冷清，但他的心，卻已不再空虛寂寞，竟彷彿真的回到家了。

這是他第一次將這地方當做「家」！

他這才知道「回家」的感覺，竟是如此甜蜜，如此幸福。

他雖然也在等著，但心裡卻很寧靜。

因爲他知道他等的人很快就會回來，一定會回來……

屋子裡只要有個溫柔體貼的女人，無論這屋子是多麼簡陋都沒關係了，世上只有女人才能使一間屋子變成一個「家」。

世上也只有女人才能令男人感覺到家的溫暖。

所以這世上不能沒有女人。

大多數男人都有種「病」——懶病。

能治好男人這種病的，也只有女人——他愛的女人。

也不知為了什麼，蕭十一郎忽然變得勤快起來了。

木屋裡開始有了桌子、椅子，床上也有了柔軟的草墊，甚至連窗戶上都掛起了竹簾子。

雖然蕭十一郎並不住在這屋子裡，每天晚上，他還是睡在外面的石巖上，但他卻還是認為這屋子就是他的家，所以他一定要將這家弄得漂漂亮亮、舒舒服服的。

因為這是他第一次有了個家。

現在，桌上已有了花瓶，瓶中已有了鮮花。

吃飯的時候已有了杯、盤、碗、盞，除了那四時不斷的鮮果外，有時甚至還會有一味煎魚，一盤烤得很好的兔肉，一杯用草莓、或是葡萄釀成的酒，雖然沒有鹽，但他們還是吃得津津有味。

蕭十一郎有雙很巧的手。

普普通通一塊木頭，到了他手裡，很快就會變成一隻很漂亮的花瓶、一個很漂亮的酒杯。

泉水中的魚、草叢中的兔，只要他願意，立刻就會變成他們的晚餐，沈璧君用細草編成的桌布，使得他們的晚餐看來更豐富。

他們的傷，也好得很快。

這固然是因爲泥沼中有種神奇的力量，但情感的力量卻更神奇、更偉大；世上所有的奇蹟，都是這種力量造成的。

有一天早上，蕭十一郎張開眼睛的時候，看到沈璧君正將一張細草編成的「被」輕輕蓋在他身上。

看到他張開眼睛，她的臉就紅了，垂下頭道：「晚上的露水很重，還是涼得很……」

蕭十一郎瞧著她，似已忘了說話。

沈璧君頭垂得更低，道：「你爲什麼不再蓋間屋子？否則你在外面受著風露，我卻住在你的屋子裡，又怎能安心？」

於是蕭十一郎就更忙了。

原來的那間小木屋旁又搭起了屋架……

人，其實並不如自己想像中那麼聰明，往往會被眼前的幸福所陶醉，忘了去想這種幸福是否能長久。

十六 柔腸寸斷

有一天，蕭十一郎去汲水的時候，忽然發現沈璧君一個人坐在泉水旁，垂頭瞧著自己的肚子。

她像是完全沒有發覺蕭十一郎已走到她身旁。

蕭十一郎忍不住問道：「你在想什麼？」

沈璧君似乎吃了一驚，臉上立刻發生了一種很奇怪的變化，過了很久才勉強笑了笑，道：「沒有，我什麼都沒有想。」

蕭十一郎沒有再問下去。

他方才問出了那句話，已在後悔了。

因爲他知道女人在說：「什麼都沒有想。」的時候，其實心裡必定在想著很多事，很多她不願被別人知道的事。

這些事卻又偏偏是別人一定會猜得出來的。

蕭十一郎當然知道沈璧君在想什麼。

第二天，沈璧君就發現那間已快搭成的屋子又拆平了。

那幾罐還沒有釀成的酒也空了。

蕭十一郎坐在樹下，面上還帶著酒意，似乎一夜都未睡過。

沈璧君的心忽然跳得快了起來。

她已隱隱感覺到有什麼不幸的事將要發生。

囁嚅著問道：「你……你爲什麼要將屋子拆了？」

蕭十一郎面上一點表情也沒有，甚至瞧也沒有瞧她一眼，只是淡淡的道：「既然已沒有人住了，爲什麼不拆？」

沈璧君道：「怎……怎麼會沒有人住？你……」

蕭十一郎道：「我已要走了。」

沈璧君全身都似已忽然涼透，嗄聲道：「走？爲什麼要走？這裡不是你的家麼？」

蕭十一郎道：「我早已告訴過你，我沒有家，而且是個天生的賤骨頭，在這裡耽不上兩個月，就想出去惹惹麻煩了。」

沈璧君的心像是有針在刺著，忍不住道：「你說的這是真話？」

蕭十一郎道：「我爲什麼要說謊？這種日子我本來就過不慣的。」

沈璧君道：「這種日子有什麼不好？」

蕭十一郎冷冷道：「你認爲好的，我未必也認爲好，你和我根本就不同，我天生就是個喜歡惹麻煩找刺激的人。」

沈璧君眼圈兒已濕了，道：「可是我……」

蕭十一郎道：「你也該走了，該走的人，遲早總是要走的。」

沈璧君雖然在勉強忍耐著，但眼淚還是忍不住流了下來。

她忽然明白了蕭十一郎的意思。

「他並不是真的想走，只不過知道我要走了。」

「我本來就沒法子永遠耽在這裡。」

「該走的人，遲早總是要走的。」

「我就算想逃避，又能逃避到幾時？」

沈璧君咬了咬牙，道：「我們什麼時候走？」

蕭十一郎道：「現在就走。」

沈璧君道：「好。」

她忽然扭轉頭，奔回木屋，木屋中立刻就傳出了她的哭聲。

蕭十一郎面上還是一點表情也沒有。

風吹在他身上，還是暖洋洋的。

但外面的湖水卻已結冰了……

出了這山谷，沈璧君才知道現在已經是冬天！

冬天來得實在太快了。

道路上已積滿冰雪，行人也很稀少。

蕭十一郎將山谷中出產的桃子和梨，拿到城裡的大戶人家去賣了幾兩銀子——在冬天，這種水果的價值自然特別昂貴，他要的價錢雖不太高，卻已足夠用來做他們這一路上的花費了。

於是他就僱了輛騾車，給沈璧君坐。

他自己卻始終跨在車轅外。

沈璧君這才知道：原來「大盜」蕭十一郎所花的每一文錢，都是正正當當、清清白白，用自己勞力換來的。

他縱然出手搶劫過，爲的卻是別的人、別的事。

沈璧君這才知道「大盜」蕭十一郎原來是這麼樣一個人。

若非她親眼瞧見，簡直不信世上會有這種人存在。

她對蕭十一郎的了解雖然愈來愈深，距離卻似愈來愈遠。

在那山谷中，他們本是那麼接近，接近得甚至可以聽到對方的心聲。

他一出了山谷，他們的距離立刻就遠了。

「難道我們真的本來就是生活在兩個世界中的人？」

雪，下得很大，已下了好幾天。

山下的小客棧中，除了他們，就再也沒有別的客人。

沈璧君又在「等」了。

現在她等的是什麼？

是離別！只有離別……

忽然間，一輛馬車停在門外，蕭十一郎一下了馬車就衝進來，臉色雖然很蒼白，神情卻很興奮。

看到蕭十一郎回來，沈璧君心裡竟不由自主泛起一陣溫暖之意。連忙就迎了出去，嫣然道：「想不到今天你也會坐車回來。」

對大多數男人說來，世上也許很少有比他所喜愛的女孩子的笑容更可愛、更能令他愉快的事了。

平常沈璧君在笑的時候，蕭十一郎的目光幾乎從來也捨不得離開她的臉。這也許只因爲他知道他能看到她笑容的機會已不多了。

但今天，他卻連瞧都沒有瞧她一眼，只是淡淡道：「這輛車是替你叫來的。」

沈璧君怔了怔，道：「替我……叫來的……」

女人的確要比男人敏感得多，看到蕭十一郎的神情，她立刻就發現不對了，臉上的笑容已漸漸凝結。

蕭十一郎道：「不錯，是替你叫來的，因爲這附近的路你都不熟悉。」

沈璧君的身子在往後縮，似乎突然感覺到一陣刺骨的寒意。她想說話，但嘴唇卻在不停的顫抖。

因爲她知道，蕭十一郎每天出去，都是爲了打探連城璧的消息。

過了很久，她才鼓起勇氣，道：「你……是不是已找到他了？」

蕭十一郎道：「是。」

他的回答很簡短，簡短得像是針，簡短得可怕。

沈璧君臉上的表情也正像是被針刺了一下。

她一向是個很有教養的女人，她知道，一個女人聽到自己丈夫的消息時，無論如何都應該覺得高興才對。

但也不知爲了什麼，她竟無法使自己作出驚喜高興的樣子。

又過了很久，她才輕輕問道：「他在哪裡？」

蕭十一郎道：「門口那車伕知道地方，他會帶你去的。」

沈璧君面上終於露出了笑容，道：「謝謝你。」

她當然知道這三個字是從自己嘴裡說出來的，但聲音聽來卻那麼生疏，那麼遙遠，就彷彿是在聽一個陌生人說話。

她當然也知道她自己在笑，但她的臉卻又是如此麻木，這笑容簡直就像是在別人的臉上。

蕭十一郎道：「不必客氣，這本是我應該做的事。」

他的聲音很冷淡，表情也很冷淡。

但他的心呢？

沈璧君道：「你是不是叫車子在外面等著？」

蕭十一郎道：「是！好在現在時候還早，你還可以趕一大段路，而且……你反正也沒有什麼行李要收拾。」

他面上忽然露出一種很奇怪的笑容，接著又道：「而且我知道你一定很急著要走的。」

沈璧君慢慢的點著頭，道：「是，我已經有很久沒有見過他了。」

蕭十一郎道：「好，你快走吧！以後我們說不定還有見面的機會。」

兩個人話都說得很輕、很慢，像是用了很大的力氣才能說出來。

這難道真是他們心裡想說的話，世上又有幾人能有勇氣說出來？

老天既然要叫他遇著她，爲何又要令他們不能不彼此隱瞞，彼此欺騙，甚至要彼此傷害

……

蕭十一郎忽然轉過身，道：「你還有一段路要走，我不再耽誤你了，再見吧。」

沈璧君道：「不錯，我還有很長的一段路要走，你……你是不是也要走了？」

蕭十一郎淡淡道：「是，一個人只要活著，就得不停的走。」

沈璧君忽然咬了咬嘴唇，大聲道：「我還想做一件事，不知道你答不答應？」

蕭十一郎雖然停下了腳步，卻沒有回頭，道：「什麼事？」

沈璧君道：「我……我想請你喝酒。」

她像是已鼓足了勇氣，接著又道：「是我請你，不是你請我，不說別的，只說你天天都在請我，讓我回請一次也是應該的。」

蕭十一郎道：「可是你……」

沈璧君笑了笑，道：「我雖然囊空如洗，但這東西至少還可以換幾罈酒，是不是？」

她拔下了頭上的金釵。

這金釵雖非十分貴重，卻是她最珍惜之物，因爲這是她婚後第一天，連城璧親手插在她頭

上的。

她永遠也沒有想到自己會用這金釵來換幾罈酒。

但現在她卻絕沒有絲毫吝惜，只要能再和蕭十一郎喝一次酒，最後的一次，無論要什麼代價，都是值得的。

蕭十一郎爲她犧牲了這麼多，她覺得自己至少也該爲他犧牲一次。

她知道自己這一生是無論如何也無法報答他了。

蕭十一郎終於轉過身，瞧見了她手裡的金釵。

他似乎有許多話要說，但到最後，卻只是淡淡的笑了笑，道：「你知道，只要有酒喝，我從來也沒法子拒絕的。」

醉了，醉得真快，一個人若是真想喝醉，他一定會醉得很快。

因爲他縱然不醉，也可以裝醉。最妙的是，一個人若是一心想裝醉，那麼到後來往往會連他自己也分不清究竟是裝醉？還是真醉了？

蕭十一郎又在哼著那首歌。酒醉了的人往往不能說話，卻能唱歌。因爲唱歌實在比說話容易得多。

沈璧君又靜靜的聽了很久，她還很清醒，因爲她不敢醉，她知道自己一醉就再也無法控制自己，她生怕自己會做出一些很可怕的事。

不敢死的人，常常反而死得快些。

但不敢醉的人，卻絕不會醉，因爲他心裡已有了這種感覺，酒喝到某一程度時，就再也喝不下去，喝下去也會吐出來。

一個人的心若不接受某件事，胃也不會接受的。

歌聲仍是那麼蒼涼、那麼蕭索。

沈璧君的眼眶漸漸濕了，忍不住問道：「這首歌我已聽過許多次，卻始終不知道這首歌究竟是什麼意思？」

歌聲忽然停頓，蕭十一郎的目光忽然自遙遠朦朧的遠方收了回來，凝注著沈璧君的臉，道：「你真想知道？」

沈璧君道：「真的。」

蕭十一郎道：「你聽不懂，只因這本是首關外蒙人唱的牧歌，但你若聽懂了這首歌的意思，恐怕以後就永遠再也不想聽了。」

沈璧君道：「爲什麼？」

蕭十一郎面上又露出了那種尖刻的譏誚之意，道：「因爲這首歌的意思，絕不會被你們這種人所能了解，所能欣賞的。」

沈璧君垂下了頭，道：「也許……也許我和別的人有些不同呢？」

蕭十一郎眼睛盯著她，良久良久，忽然大聲道：「好，我說，你聽……」

他摸索著，找著了酒，一飲而盡，緩緩接著道：「這首歌的意思是說，世人只知道可憐羊，同情羊，絕少會有人知道狼的痛苦、狼的寂寞，世人只看到狼在吃羊時的殘忍，卻看不到牠忍受著孤獨和飢餓，在冰天雪地中流浪的情況，羊餓了該吃草，狼餓了呢？難道就該餓死嗎？」

他語聲中充滿了悲憤之意，聲音也愈說愈大！

「我問你，你若在寒風刺骨的冰雪荒原上流浪了很多天，滴水未沾，粒米未進，你若看到了一條羊，你會不會吃牠？」

沈璧君垂著頭，始終未曾抬起。

蕭十一郎又喝了杯酒，忽然以筷擊杯，放聲高歌：

「暮春三月，羊歡草長，天寒地凍，問誰飼狼？人心憐羊，狼心獨愴，天心難測，世情如霜……」

歌聲高亢，唱到這裡，突然嘶裂。

沈璧君目中已流下淚來。

蕭十一郎已伏在桌上，揮手道：「我醉欲眠君且去！你走吧……快走吧，既然遲早都要走，不如早些走，免得別人趕你……」

沈璧君的心從來也沒有這麼亂過。

她知道這一次是必定可以回去了，回到她熟悉的世界，一切事又將回復安定、正常、平靜。

這一次她回去了，以後絕不會有任何人、任何事再來擾亂她。

這本是她所企求的，她本該覺得高興。

但現在……

她拭乾了淚痕，暗問自己：「蕭十一郎若是拉著我，要我不走，我會不會爲他留下呢？」

「我會不會爲他而放棄那種安定正常的生活，放棄榮譽和地位，放棄那些關心我的人，放棄一切？」

她不敢再想下去。

她知道自己並不是個堅強的人，她不敢試探自己。

她甚至不敢再想蕭十一郎對她的種種恩情，不敢再想他那雙明亮的眼睛，眼睛裡的情意。

現在，她只想連城璧。

她決心要做連城璧忠實的妻子，因爲……

現在車馬已停下，她已回到她自己的世界。

這是人的世界，不是狼的。

院子裡很靜，靜得甚至可以聽到落葉的聲音。

因爲現在夜已很深，這裡又是家很高貴的客棧，住的都是很高貴的客人，都知道自重自愛，絕不會去打擾別人。

連城璧就住在這院子裡。

店棧中的伙計以詫異的眼色帶著她到這裡來，她只揮了揮手，這伙計就走了，連一句多餘的話都沒有問。

在這種地方做事的人，第一件要學會的事，就是要分清什麼是該問的，什麼是不該問的。

西面的廂房，燈還亮著。

沈璧君悄悄的走過院子，走上石階。

石階只有四五級，但她卻似乎永遠也走不上去。

也不知爲了什麼，她心裡竟似有種說不出的畏懼之意，竟沒有勇氣去推開門，沒有勇氣面對自己的丈夫。

她所畏懼的是什麼？

她是不是怕連城璧問她：「這些日子你在哪裡？」

房子裡的燈光雖很明亮，但說話的聲音卻很低，直到這時，才突然有人提高了聲音問道：

「外面是哪一位？」

聲音雖提高了，卻仍是那麼矜持，那麼溫文有禮。

沈璧君知道這就是連城璧，世上很少有人能像他這樣約束自己。

在這一刹那間，連城璧的種種好處突又回到她心頭。她忽然發現自己原來也是在懷念他的。

在這一刹那間，她恨不得衝進屋裡去，投入他懷裡。

但她卻並沒有這麼樣做。

她知道連城璧不喜歡感情衝動的人。

她慢慢的走上石階，門已開了，站在門口的，正是連城璧。

這兩個月來，他一直在苦苦尋找他的妻子，一直在擔心、焦急、思念，現在，他的妻子竟忽然奇蹟般出現在門外。

但甚至就在這一剎那間，他也沒有露出興奮、驚喜之態，甚至沒有去拉一拉他妻子的手。

他只是凝注她，溫柔的笑了笑，柔聲道：「你回來了？」

沈璧君也只是輕輕點了點頭，柔聲道：「是，我回來了。」

就這麼樣兩句話，沒有別的。

沈璧君一顆亂糟糟的心，卻突然平靜了下來。

她本已習慣於這種淡漠而恬靜的感情，現在，她才發現所有的一切都並沒有改變。

她不願說的事，連城璧還是永遠不會問的。

在他的世界中，人與人之間，無論是父子、是兄弟、是夫妻，都應該適當的保持著一段距離。

這段距離雖令人覺得寂寞，卻也保護了人的安全、尊嚴，和平靜……

屋子裡除了連城璧外，還有趙無極、海靈子、屠嘯天，南七北六十三省七十二家鏢局的總鏢頭，江湖中人稱「穩如泰山」的司徒中平，和武林「六君子」中的「見色不亂真君子」厲剛。

這五人都是名滿天下的俠客，也都是連城璧的朋友，自然全都認得沈璧君，五個人雖也沒有說什麼，心裡卻都不免奇怪！

「自己的妻子失蹤了兩個月，做丈夫的居然會不問她這些日子到哪裡去了？做了些什麼事？做妻子的居然也不說。」

他們都覺得這對夫妻實在怪得少見。

桌子上還擺著酒和菜，這卻令沈璧君覺得奇怪了。

連城璧不但最能約束自己，對自己的身體也一向很保重，沈璧君很少看到他喝酒；就算喝，也是淺嚐輒止，喝酒到半夜這種事，沈璧君和他成親以後，簡直還未看到過一次。

她當然也不會問。

但連城璧自己卻在解釋了，他微笑著道：「你沒有回來之前，我們本來在商量著一件事。」

趙無極接著笑道：「嫂夫人總該知道，男人們都是饞嘴，無論商量什麼事的時候，都少不了要吃點什麼，酒更是萬萬不可少的。」

沈璧君點了點頭，嫣然道：「我知道。」

趙無極目光閃動，道：「嫂夫人知道我們在商量的是什麼事？」

沈璧君搖了搖頭，嫣然道：「我怎會知道！」

她很小的時候就懂得，一個女人若想做人人稱讚的好妻子，那麼在自己的丈夫朋友面前，面上就永遠得帶著微笑。

有時，她甚至笑得兩頰都瘦了。

趙無極道：「十幾天以前，這裡發生了一件大事，我請連公子他們三位到這裡來，爲的就是這個。」

沈璧君道：「哦？不知道是什麼事呢？」

她本不想問的，但有時「不問」也不禮貌；因爲「不問」就表示對丈夫朋友的事漠不關心。

雖然她對趙無極這人的印象一向不太好，因爲她總覺得這人的人緣太好，也太會說話了。會說話的人，難免話多；話多的人，她一向不欣賞。

趙無極道：「這地方有位孟三爺，不知道嫂夫人可曾聽說過？」

沈璧君微笑道：「我認得的人很少。」

趙無極道：「這位孟三爺仗義疏財，不下古之孟嘗，誰知十多天以前，孟家莊竟被人洗劫一空，家裡大大小小一百多口人，不分男女，全都被人殺得乾乾淨淨！」

沈璧君皺眉道：「不知道這是誰下的毒手？」

趙無極道：「自然是『大盜』蕭十一郎！」

沈璧君的心驟然跳了起來，失聲道：「你是說蕭十一郎？」

趙無極道：「不錯！除了蕭十一郎外，還有誰的心這麼黑？手這麼辣？」

沈璧君勉強控制著自己，道：「孟家莊既已沒有活口，又怎知下手的人必定是他？」

趙無極道：「蕭十一郎不但心黑手辣，而且目中無人，每次做案後，都故意留下自己的姓名……」

沈璧君只覺一陣熱血上湧，再也控制不住了，大聲道：「不可能！下這毒手的絕不可能是蕭十一郎！你們都冤枉了他，他絕不是你們想像中那樣的人！」

趙無極臉色變了變，勉強笑道：「嫂夫人心地善良，難免會將壞人也當做好人。」

厲剛的眼睛就像是一把刀，盯著沈璧君，忽然道：「但嫂夫人又怎知下這毒手的絕不是他呢？」

沈璧君身子顫抖著，幾乎忍不住要衝出去，逃得遠遠的，再也不要聽到這些話，見到這些人。

但她知道她絕不能走，她一定要挺起胸來說話，她欠蕭十一郎的已太多，現在正是她還債的時候。

她咬著嘴唇，一字字道：「我知道他絕不可能在這裡殺人，因爲這兩個月來，我從未離開過他！」

這句話說出，每個人都怔住了。

沈璧君用不著看，也知道他們面上是什麼表情；用不著猜，也知道他們心裡在想著什麼！

但她並不後悔，也不在乎。

她既已說出這句話，就已準備承當一切後果。

也不知過了多久，連城璧才緩緩道：「這件事只怕是我們誤會了，我相信內人說的話絕不會假。」

他聲音仍是那麼平靜，那麼溫柔。

屠嘯天慢慢地點著頭，喃喃道：「一定是誤會了，一定……」

趙無極也在不停的點頭，忽然長身而起，笑道：「嫂夫人旅途勞頓，在下等先告辭，明日再爲嫂夫人接風。」

海靈子一句話也沒有說，一揖到地，第一個走了出去。

只有司徒中平還是安坐不動。

此人果然不愧是「穩如泰山」，等趙無極、屠嘯天、海靈子三個人都走了出去，他才沉聲道：「厲兄且慢走一步。」

厲剛的嘴雖仍閉著，腳步已停下。

司徒中平緩緩說道：「這件事若不是蕭十一郎做的，別的事就也可能都不是他做的，這次我們冤枉了他，別的事也可能冤枉了他。」

這句話聽在沈璧君耳裡，心裡真是說不出的感激。

她知道司徒中平的出身只不過是鏢局中的一個趟子手，能爬上今日的地位，並不容易。是以他平日一向小心翼翼，很少開口，唯恐多言賈禍，惹禍上身，以他的身分地位，也實在是不能說錯一句話的。

這句話居然從他嘴裡說出來，那份量自然和別人說的不同，厲剛雖然未必聽得入耳，卻也只有聽著。

司徒中平道：「你我既然自命爲俠義之輩，做的事就不能違背了這『俠義』二字，寧可放過一千個惡徒，也絕不能冤枉了一個好人。」

他嘆了口氣，接著道：「常言道：千夫所指，無疾而終。一個人若是受了冤枉無法辯白，那滋味實在比死還要難受。」

沈璧君靜靜的聽著，只覺這一生中從來也未曾聽過如此令她佩服，令她感動的話。

司徒中平雖是個很平凡的人，面目甚至有些呆板，頭頂已微微發禿，就彷彿是個已歷盡中年的悲歡，對人生再也沒有奢望，只是等著入土的小人物。

但此刻在沈璧君眼中，此人卻似已變得說不出的崇高偉大，她幾乎忍不住想要在他那禿頂上親一下。

司徒中平又道：「蕭十一郎若真的不是傳說中的那種惡徒，我們非但不能冤枉他，還得想法子替他辯白，洗刷他的污名，讓他可以好好的做人。」

他目光忽然轉到沈璧君身上，緩緩接著道：「但人心難測，一個人究竟是善是惡，也許並不是短短三兩個月中就可以看得出的。」

沈璧君斷然道：「但我卻可以保證，他絕不是個壞人。」

她垂下頭，慢慢的接著道：「這兩個月來，我對他了解得很多，尤其是他三番兩次的救我，對我還是一無所求，一聽到你們的消息，就立刻將我送到這裡來……」

說到這裡，她語聲似已哽咽，連話都說不下去了。

司徒中平道：「既然如此，嫂夫人也該設法洗刷他的污名才是。」

沈璧君咬著嘴唇，黯然道：「他對我的恩情，我本來以爲永遠也無法報答，只要能洗清他的污名，讓他能重新做人，無論什麼事我都願意做的。」

司徒中平沉吟著，道：「不知嫂夫人是什麼時候跟他分手的？」

沈璧君道：「就在今天戌時以後。」

司徒中平道：「那麼，他想必還在附近？」

沈璧君道：「嗯。」

司徒中平又沉吟了半晌，道：「依我之見，嫂夫人最好能將他請到這裡來，讓我們看看他究竟是個怎麼樣的人，對他多了解一些。」

他笑了笑，又道：「蕭十一郎的大名，我們已聽得多了，但他的人，至今卻還沒有人見過。」

沈璧君展顏道：「你們若是看見他，就一定可以看出他是怎麼樣的一個人了，只不過……」

她忽又皺起眉道：「今天卻不行。」

司徒中平道：「爲什麼？」

沈璧君道：「今天……他已經醉了，連話都已說不清楚。」

司徒中平笑道：「他常醉麼？」

沈璧君也笑了，道：「常醉。」

司徒中平微笑道：「常喝醉的人，酒量一定不錯，而且一定是個直心腸的人，幾時若有機會，我倒想跟他喝幾杯。」

沈璧君嫣然道：「總鏢頭有河海之量，天下皆知，無論喝了多少，還是『穩如泰山』，只不過，我看他也未必會輸給你。」

司徒中平笑道：「哦？他今天喝了多少？」

沈璧君道：「大概最少也有十來斤。」

司徒中平悠然道：「能喝十來斤的，已可算是好酒量了，但還得看他是在什麼地方喝的酒？喝的是什麼酒？」

他笑了笑，接著道：「一個人酒量的強弱，和天時、地利、人和，都有關係。」

沈璧君道：「喝酒的地方並不好，就在城外山腳下的一家小客棧，喝的也不是什麼好酒，只不過是普通的燒刀子。」

司徒中平笑道：「如此說來，他酒量果然不錯，我倒更想見見他了，只不過……」

他緩緩站起，道：「今日天時已晚，好在這事也不急，等嫂夫人安歇過了，再去請他來也不遲……此刻在下若還不走，就當真是不知趣了。」

他微微一笑，抱拳一揖，又道：「方才那番話，又引動了我的酒興，不知厲兄可有興趣陪我再喝兩杯去？」

厲剛道：「好！」

他自始至終，只說了這麼樣一個字。

十七　君子的心

人已散了，燭也將殘。

閃動的燭光，照著連城璧英俊、溫和、平靜的臉，使他這張臉看來似乎也有些激動變化。

但等他挾斷了燭蕊，燭火穩定下來，他的臉也立刻又恢復平靜。

也許太靜了。

沈璧君拿起杯酒，又放下，忽然笑了笑，道：「我今天喝了酒。」

連城璧微笑著，道：「我也喝了一點，夜已漸寒，喝點酒就可以暖和些。」

沈璧君沉默了半晌，道：「你……你有沒有喝醉過？」

連城璧笑道：「只有酒量好的人，才會喝醉，我想醉也不容易。」

沈璧君嘆了口氣，幽幽道：「不錯，一醉解千愁，只可惜不是每個人都有福氣能喝醉的。」

連城璧也沉默了半晌，才笑道：「但你若想喝，我還可以陪你喝兩杯。」

沈璧君嫣然一笑，道：「我知道，無論我要做什麼，你總是盡量想法子來陪我的。」

連城璧慢慢的倒了杯酒，放到她面前，忽然嘆息了一聲，道：「只可惜我陪你的時候太少，否則也不會發生這些事了。」

沈璧君又沉默了下來，良久良久，忽然問道：「你可知道這兩個月來，究竟發生了些什麼事？」

連城璧道：「我……我知道了一切，卻不太清楚。」

沈璧君道：「你爲什麼不問？」

連城璧道：「你已說了很多。」

沈璧君咬著嘴唇，道：「但你爲什麼不問問我是怎麼會遇見蕭十一郎的？爲什麼不問我怎麼會天天見到他？」

爲什麼？她忽然變得很激動，連城璧卻只是溫柔地凝注著她。

他還是什麼都沒有說，只說了一句：「因爲我信任你。」

這句話雖然只有短短六個字，但卻包括了一切。

沈璧君整個人都似已癡了。

無限的溫柔，無限的情意，在這一刹那間，忽然一齊湧上她心頭，她的心幾乎無法容納下這麼多。

她很快的喝完了杯中的酒，忽然伏在桌上，痛哭了起來。

連城璧若是追問她，甚至責罵她，她心裡反會覺得好受些。

因爲她實在並沒有做任何對不起他的事。

但他對她卻還是如此溫柔，如此信任，處處關心她，處處爲她著想，生怕對她有絲毫傷害。

她心裡反而覺得有種說不出的歉疚。

因爲這兩個月來，她並沒有像他想她那樣想他。

她本來只覺得對蕭十一郎有些虧欠，現在她才發現虧欠連城璧的也很多，也是她這一生永遠報答不完的。

這種感覺就像是一把刀，將她的心分割成兩半。

她簡直不知道該怎麼樣做。

連城璧凝注著她，似也癡了。

這是他的妻子第一次在他面前真情流露，失聲痛哭。

他竟不知道該如何安慰她，因爲他根本不知道她心裡有什麼痛苦，他忽然發覺他與他妻子的心的距離竟是如此遙遠。

也不知過了多久，他才慢慢的站了起來，慢慢的伸出手，溫柔地輕撫著他妻子的柔髮。

他的手剛伸過去，又縮回，靜靜的木立半晌，柔聲道：「你累了，需要休息，有什麼話，等明天再說吧，明天……明天想必是個晴朗的好日子。」

沈璧君似已哭累了，伏在桌上，似已睡著。

但她哪裡能睡得著？

她聽到她的丈夫輕輕走出去，輕輕的關起門，她也感覺到他的手輕輕摸了摸她的頭髮，一舉一動都是那麼溫柔，那麼體貼。

但她心裡卻只希望她的丈夫能對她粗暴一次，用力拉住她的頭髮，將她拉起來，抱入懷裡。

她心裡雖有些失望，卻又說不出的感激。

因爲她知道他以前是如此溫柔，現在是如此溫柔，將來還是會同樣的溫柔。絕不會傷害她，勉強她。

現在，已痛哭過一場，她心裡忽然覺得好受得多。

「以前的事，都已過去了。」

「只要能將蕭十一郎的冤名洗清，讓他能抬起頭來重新做人，我就總算已對他有了些報答。」

「從今以後，我要全心全意做連城璧忠實的妻子，我要盡我所有的力量，使他快樂。」

她已決心要這麼樣做。

一個人已下了決心，總會覺得平靜些的。

但也不知爲了什麼，她眼淚卻又流下了面頰……

夜涼如水。

石階也涼得很。

連城璧坐在石階上，只覺一陣陣涼意傳上來，涼入他的身體，涼入他的背脊，涼入他的心。

他心裡卻似有股火焰在燃燒。

「她怎麼會遇見蕭十一郎的？」

「她爲什麼要和蕭十一郎天天在一起？」

「這兩個月來，他們究竟在做什麼？爲什麼她直到今天才回來？」

這些問題，就像是一條毒蛇，在啃噬著他的心。

他若將這些話問出來，問個清楚，反倒好些。

但他卻是個有禮的君子，別人不說的話，他絕不追問。

「可是，我雖不問她，她自己也該告訴我的。」

「她爲什麼不說？她究竟還隱瞞著些什麼？」

他盡力要使自己心裡坦然，信任他的妻子。

可是他不能。

他的心永遠也不能像他表面看來那麼平靜。

看到他妻子提到「蕭十一郎」這名字時的表情，看到她的痛苦悲傷，他忽然覺得蕭十一郎和他妻子之間的距離，也許遠比他接近得多。

他第一次覺得他對他的妻子完全不了解。

這完全是因爲他自己沒有機會去了解她，還是因爲她根本沒有給他機會讓他了解她？

秋已深了，連梧桐的葉子都在凋落。

他忽然發現趙無極、屠嘯天、海靈子和厲剛從東面廂房中走出來，四個人都已除去了長衫，只穿著緊身的衣服。

他們看到連城璧一個人坐在石階上，似乎也覺得有些意外，四個人遲疑著，對望了一眼，終於走了過來。

趙無極走在最前面，勉強在笑著，道：「連公子還沒有睡？」

他們本來是兄弟相稱的，現在趙無極卻忽然喚他「公子」了，一個人只有在對另一人存有戒心時，才會忽然變得特別客氣。

連城璧卻只是淡淡笑了笑，道：「你們也沒有睡。」

趙無極笑得更勉強，道：「我們……我們還有點事，想到外面去走走。」

連城璧慢慢的點了點頭，道：「我知道。」

趙無極目光閃動，道：「連公子已知道我們要去做什麼？」

連城璧默然半晌，緩緩道：「我不知道。」

趙無極終於真的笑了，道：「有些事連公子的確還是不知道的好。」

外面隱隱有馬嘶之聲傳來。

原來他們早已令人備好了馬。

海靈子忽然道：「連公子也想和我們一起去麼？」

連城璧又沉默了半晌，緩緩道：「有些事，還是不要我去的好。」

於是四個人都走了。

這四人都是武林中的絕頂高手，行動之間，自然不會發出任何聲音，但馬卻不同，奔馬的蹄聲，很遠都可聽得見。

所以他們出門後又牽著馬走了很久，才上馬急馳。

這四人的行蹤爲何如此匆忙？如此詭秘？

東面廂房中的燈還亮著。

連城璧又靜靜的坐了很久，似乎在等他面上的激動之色平靜，然後，他才慢慢的走了過去。

門是開著的，司徒中平正在屋子裡洗手。

他洗了一遍又一遍，洗得那麼仔細，就好像他手上沾著了永遠也洗不乾淨的血腥。

也許他要洗的不是手，而是心。

連城璧站在門外，靜靜的瞧著他。

司徒中平並沒有回頭，忽然道：「你看見他們出去了？」

連城璧道：「嗯。」

司徒中平道：「你當然知道他們出去做什麼？」

連城璧閉著嘴，像是拒絕回答這句話。

司徒中平嘆了口氣，道：「你想必也知道，無論蕭十一郎是個怎麼樣的人，他們都絕不會放過他的，蕭十一郎不死，他們只怕連睡都睡不著。」

連城璧忽然笑了笑，道：「你呢？」

司徒中平道：「我？」

連城璧淡淡道：「若不是你探出了蕭十一郎的行蹤，他們怎麼找得到？」

司徒中平洗手的動作突然停了下來，停頓在半空中，過了很久，才從架子上取下塊布巾，慢慢的擦著手，道：「但我並沒有對他們說什麼。」

連城璧道：「你當然已用不著再說什麼。因爲你要探問時，已特地將厲剛留了下來，那已足夠了。你當然知道厲剛與蕭十一郎之間的仇恨。」

司徒中平道：「我也沒有和他們一齊去。」

連城璧道：「身爲七十二家鏢局的總鏢頭，行事自然要特別謹慎，不能輕舉妄動。」

司徒中平道：「但殺死蕭十一郎，乃是爲江湖除害，非但不是什麼見不得人的事，而且光采得很。」

連城璧道：「這也許是因爲你不願得罪璧君，也許是生怕日後有人發現蕭十一郎真是含冤而死，所以寧可置身事外，也不願去分享這分光采。」

他笑了笑，淡淡接著道：「司徒總鏢頭這『穩如泰山』四字，當真是名不無虛。」

司徒中平忽然轉過身，目中帶著種奇特的笑意，盯著連城璧道：「你呢？」

連城璧道：「我？」

司徒中平道：「你明知我方才是故意在探聽蕭十一郎的行蹤，明知他們要去做什麼，但你卻並沒有阻止之意，如今爲何要來怪我？」

連城璧不說話了。

司徒中平悠然笑道：「你雖未隨他們同去，也只不過是因爲知道蕭十一郎已醉了，他們必可得手，其實你心裡又何嘗不想將蕭十一郎置於死地！而且你的理由比我們都充足得多……」

說到這裡，他臉色突然改變。

連城璧也不由自主的轉過頭，隨著他目光瞧了過去。

他立刻發現沈璧君不知何時已站在院子裡。

沈璧君全身都在顫抖著，眼淚如斷線珍珠般不停的往下流落。

連城璧長長吸了口氣，柔聲道：「你本該已睡了的……」

他一步步走過去，沈璧君一步步往後退。

連城璧柔聲接著道：「院子裡很涼。你要出來，至少也得加件衣服。」

沈璧君忽然叫了起來，嘶聲道：「不要走近我！」

她流著淚，咬著牙，接著道：「我如今才知道，原來你們是這樣的英雄，這樣的君子……」

她並沒有說完這句，就扭轉身，頭也不回的衝了出去！

醉了，真的醉了。

真的醉了時，既不痛苦，也不愉快，既無過去，也無將來，甚至連現在都沒有，因爲腦子裡已成了一片空白。

真的醉了時，既不會想到別人，也不會想到自己，甚至連自己所做的事，也像是別人做的，和自己全無絲毫關係。

一個人真的醉了時，所做出的事，一定是他平時想做，卻又不敢去做的。

他做這件事，一定是為了一個人，這人一定是他刻骨銘心，永難忘懷的人，就算他腦子裡已成了一片空白，就算他已醉死，這人還是在他心底，還是在他骨髓裡，已與他的靈魂糾纏成一體。

他會不顧一切的去做這件事，但他自己卻不知道自己在做什麼，因為他的心已被那人捏在手裡。

只有真正醉過的人，才能了解這種感覺。

蕭十一郎忽然跳了起來，衝到櫃台邊，一把揪住掌櫃的衣襟，道：「拿來！」

掌櫃的逃也逃不了，掙也掙不脫，臉已嚇白，顫聲道：「拿……拿什麼？」

蕭十一郎道：「金釵……那金釵……」

清醒的人，對喝醉了的人總是有點害怕的。

蕭十一郎一把搶過了金釵，踉蹌著走了幾步，忽然一跤跌在地上，居然並沒有站起來。

他就坐在那裡，手裡捧著那金釵，癡癡的瞧著。

他也許根本不知道自己在瞧著的是什麼？想著的又是什麼？

他只是在反反覆覆的喚著沈璧君的名字。

因為沈璧君這人並不在他腦子裡，而在他骨髓裡，血液裡，在他心底，已與他靈魂糾纏在一齊。

他又何必再去想呢？

那掌櫃的也明白了，心裡也在暗暗嘆息：「這一男一女本來很相配，又很相愛，爲什麼偏要分手？」

蕭十一郎癡癡的瞧著、反覆的低喚……忽然伏在地上，放聲痛哭起來。哭得就像是個孩子。

連那掌櫃的心都酸了。

「那位姑娘若是瞧見他這模樣，不知道還能不能忍心離開他？」

掌櫃的心裡暗暗慶幸，自己這一生中還沒有爲情如此顛倒，如此痛苦，現在又幸而過了爲情顛倒的年紀。

他卻不知沒有經歷過這種情感的人，人生中總難免有片空白，這片空白正是所有其他的任何事都塡不滿的。

「道是不相思，相思令人老，幾番細思量，還是相思好……」

門外已隱隱傳來馬蹄聲、腳步奔騰聲。

忽然間，「砰、砰、砰」，三聲大震。

三面的窗子都被踢碎，三個人一躍而入，一人站在門口，手持一柄青森森的長劍，臉色都比劍還青、還冷，正是海南第一高手海靈子！

蕭十一郎還似全無感覺，還是坐在那裡，癡癡的瞧著手裡的金釵，低低的呼喚著沈璧君的名字。

他真的醉了。

從左面窗中躍入的趙無極，眼睛裡發著光，笑道：「想不到殺人如草的『大盜』蕭十一郎，居然還是個多情種子。」

厲剛冷笑道：「難怪沈璧君要為他辯白，原來兩人已……哼！」

沈璧君，有人在說沈璧君。

蕭十一郎忽然抬起頭，瞪著厲剛。

其實他也許什麼也沒有瞧見，但眼神看來卻那麼可怕。

厲剛竟不由自主後退了一步。

海靈子厲聲道：「莫等他清醒了，快出手！」

喝聲中，他掌中的劍已化為閃電，向蕭十一郎咽喉刺出。

蕭十一郎也許並不知道這一劍就可要他的命，但二十年從未放下的武功，也已溶入了他的靈魂。

他隨手一揮。

只聽「叮」的一聲，他手裡的金釵，竟不偏不倚迎著了海靈子的劍鋒！

這名揚天下的海南第一劍客，竟被他小小的一根金釵震得退出了兩步，連掌中的劍都幾乎把握不住。

趙無極臉色變了變。

他自從接掌「先天無極」的門戶以後，武功雖未精進，氣派卻大了不少，無論走到哪裡，從來也沒有人看見他帶過兵刃。

但此時他卻從腰畔抽出了一柄精鋼軟劍，斜斜劃了個圓弧，不但身法靈動，氣度更是從容瀟灑。

「先天無極」門的武功，講究的本是：「以靜制動，以逸待勞，以守爲攻，以快打慢。」

他劍方出手，只聽急風一響，一柄旱煙筒已搶在他前面，向蕭十一郎脊椎下的「滄海」穴打了過去。

屠嘯天的人看來雖然土頭土腦，甚至已有些老態龍鍾，但出手卻當真是又狠、又準、又快！

趙無極自恃身分，故作從容，出手一向好整以暇，不求急進，但瞧見屠嘯天這一招攻出，他手腕突也一震，精鋼軟劍夾帶著銳風，斜斜劃向蕭十一郎右頸後的大血管，只要這一劍得手，蕭十一郎必將血流如注，至死無救。

那邊海靈子還未等喘過氣來，就又揮劍撲上。

海南劍法本以辛捷狠辣見長，海南門下的劍客不出手則已，一出手必定是立刻要取人性命的殺手！

蕭十一郎自出道以來，從未敗過，無論誰能殺了他，都是件了不起的事，無名的人必將立刻成名，有名的人名聲必將更響，是以這三人都在爭先出手，像是生怕被人搶去了這分光采。

只聽又是「叮」的一響，火星四濺。

海靈子的劍竟迎上了趙無極的劍鋒。

蕭十一郎的人卻已自劍鋒下滾了出去。

雙劍相擊，海靈子和趙無極的臉上都不禁有些發紅，隨手抖出了個劍花，正待轉身追擊。

但聽「蓬」的一聲，蕭十一郎的身子突然飛了起來，「砰」的，撞上了櫃台，鼻下嘴角都已沁出了鮮血。

他實在醉得太厲害，竟未看到一直站在角落裡的厲剛。

趙無極、海靈子、屠嘯天，三個人搶著出手，誰知反而被厲剛撿了便宜，搶了頭功。

海靈子板著臉，冷笑道：「厲兄的三十六路大摔碑手，果然名不虛傳，以後若有機會，我少不得要領教領教。」

厲剛的臉上根本從來也瞧不見笑容，冷冷道：「機會必定有的，在下隨時候教。」

就在這時，又聽得「叮」的一響。

原來這兩人說話的時候，屠嘯天見機會難得，怎肯錯過？掌中的旱煙袋已向蕭十一郎頭頂的「百會」穴擊下。

誰知趙無極的劍也跟了過來，也不知是有意，是無意，劍鋒劃過煙斗，屠嘯天這一招就打歪了。

但他的煙管乃精鋼所鑄，份量極是沉重。

趙無極的劍也被他震得斜斜飛了上去，兩人目光相遇，雖然都想勉強笑一笑，但那神情卻比哭還難看得多。

厲剛冷笑了一聲，道：「此人中了我一掌，不勞各位出手，他也是活不成的了。」

屠嘯天勉強笑道：「我曾聽人說過，若要證明一個人是否真的死了，只有一個法子，就是先割下他的頭來瞧瞧。」

趙無極也勉強笑道：「不錯，這句話我也曾聽過，而且從未忘記。」

厲剛冷笑道：「這倒簡單得很，此刻就算是三尺童子，也能割下他的頭顱……」

海靈子突也冷笑了一聲，道：「只怕未必吧！」

厲剛怒道：「未必？」

他目光一轉，臉色也變了。

蕭十一郎正在瞧著他們發笑。

這雙眼睛雖還是朦朦朧朧，佈滿血絲，雖然還帶著七分醉意，但不知何時已睜得很大。

一個人若快死了，眼睛絕不是這樣子。

趙無極眼珠子一轉，淡淡道：「姓蕭的朋友，你中了厲剛厲大俠的『大摔碑手』，本該趕快閉上眼睛去死才對，爲何還睜著眼睛在這裡發笑？」

蕭十一郎突然大笑起來，笑得連氣都透不出。

厲剛縱然深沉，此刻臉也不禁紅了，怒喝道：「你笑什麼？」

蕭十一郎笑道：「你的『大摔碑手』真像他說的那麼厲害麼？」

他不等厲剛回答，突然站了起來，挺著自己的胸膛，大笑道：「來、來、來，我不妨再讓你在這裡打兩巴掌試試。」

厲剛臉色已由紅轉青，鐵青著臉，一字字道：「這是你自取其辱，怨不得我！」

他肩不動，腰不擰，腳下向前踏出了一步，掌尖前探，堪堪觸及蕭十一郎的胸膛，掌心才突然向外一吐。

這正是內家「小天星」的掌力。

蕭十一郎竟不避不閃，硬碰硬接了他這一掌。

只聽「蓬」的一聲，如擊敗革。

但這一次蕭十一郎竟還是穩穩的站著，動也不動，簡直就像是個釘子般釘在地上了。

厲剛臉色發白，再也說不出話來。

他的確已將「大摔碑手」練到九成火候，縱不能真的擊石如粉，但一掌擊出，只要是血肉之軀，實在不可能挨得住的。

誰知蕭十一郎這人竟像是鐵打的。

他一掌拍上蕭十一郎的胸膛，就覺得有一股潛力反激而出，若不是他下盤拿得穩，只怕已被這一股反激之力震倒。

趙無極、海靈子面面相覷，雖然有些幸災樂禍，但究竟是同仇敵愾，心裡也是驚駭多於歡喜。

只見蕭十一郎笑嘻嘻的瞧著厲剛，過了半晌，忽然問道：「你練的這真是『大摔碑手』麼？」

厲剛道：「哼。」

蕭十一郎笑道：「以我看這絕不會是大摔碑手，而是另一門功夫。」

趙無極瞟了厲剛一眼，故意問道：「卻不知是哪一門功夫？」

蕭十一郎目光四轉，笑道：「這門功夫我恰巧也學過，我練給你們瞧瞧。」

他吃東西並不太挑嘴，只要是用豆子做的東西，無論是豆腐、豆乾、油豆腐、乾絲，他都很喜歡吃。

但酒一喝多，無論什麼都吃不下了，所以方才他雖然要了盤紅燒豆腐，卻留下了一大半，還放在那邊桌上。

此刻他竟搖搖擺擺的走了過去，伸出手將盤子裡的豆腐撈了幾塊出來，重重往地上一摔。

豆腐自然立刻被摔得稀爛。

蕭十一郎居然一本正經的板著臉，道：「這門功夫叫『摔豆腐手』，和『大摔碑手』是同路的功夫，只不過是師娘教出來的。」

別人本來還不知道他究竟在幹什麼，聽了這話，才知道蕭十一郎不但武功高明，臭人的本事更是高人一等。

海靈子第一個大笑起來。

此時此刻，他本來是笑不出的，他平生也根本從未這麼樣大笑過，但想到厲剛面上的表情，他笑不出也要笑，而且笑得特別響。

別人一笑，蕭十一郎也笑了，笑得彎下了腰。

其實他也笑不出的。

二十年來，死在厲剛「大摔碑手」下的人已不知有多少，蕭十一郎挨了他兩掌，受的內傷實已很重。

但喝醉了的人，往往不計利害、不知輕重，明明不能說的話一醉就會說了出來，明明不能做的事也照樣做了。

因爲酒一下肚，明明只有五尺高的人，就會忽然覺得自己有八尺高，明明手無縛雞之力的人，也會覺得自己是個大力士。

所以喝醉了的人常常喜歡找人打架，無論打不打得過，也先打了再說，就算最聰明的人，一喝醉也會變成呆子。

蕭十一郎若在清醒時，當然絕不會以自己的血肉之軀去接厲剛的這一掌，只可惜蕭十一郎喝醉了時，也和別的人全沒兩樣。

屠嘯天雖也在笑，但蕭十一郎的一舉一動他都很注意。

薑畢竟是老的辣。

屠嘯天比別人多活了二三十年，這二三十年並不是白活的，面上雖在笑著，眼睛裡卻全無絲毫笑意，突然道：「這門功夫我倒也學過的。」

蕭十一郎大笑道：「哦？你是不是也想來試試？」

屠嘯天道：「正有此意。」

這四字說出，掌中的旱煙管也已擊出。

只覺他手腕震動，一個煙斗似乎變成了三個，分打蕭十一郎前胸玄機、乳根、將台，三處大穴。

屠嘯天號稱海內打穴第一名家，就這一著「三潭印月」，一招打三穴，放眼天下，實已很少有人能比得上。

蕭十一郎的身子根本沒有動，右手如抓蒼蠅，向外一抓，這枝旱煙管就莫名其妙的到了他手裡。

屠嘯天的臉一下子就變得比紙還白。

蕭十一郎大笑道：「我只喝酒，不抽煙，這玩意兒我沒用。」

他雙手一拗，似乎想將這煙管拗斷，卻不知煙管竟是精鋼所鑄，他一拗未斷，忽然大喝一聲，只聽得「叮」的一聲，煙斗雖被他拗得繃了出去，打在牆上，但他嘴裡也噴出了一口鮮血，全都噴在屠嘯天的身上。

屠嘯天本似已嚇呆了，被鮮血一激，突然轉身，一個肘拳擊上了蕭十一郎的胸膛。

這一次蕭十一郎再也挨不住了，身子也被撞得飛出，但見劍光一閃，趙無極的劍已閃電般刺入了他脅下。

尋不著車馬。

沈璧君力已將竭，一口氣已幾乎喘不過來。

但她就算力竭而死，也不會停下腳的。

「我絕不能讓蕭十一郎因我而死，我無論如何也要救他。」

她心裡只有這一個念頭，別的事她已全不管了。

夜很靜。

她認準了方向，全力飛掠，前面有牆，她就掠過牆，前面有屋，她就掠過屋，也不管是誰家的牆院，誰家的屋子。

這種事她以前本不敢做的，但現在她已不在乎。

只要能救得了蕭十一郎，無論要她做什麼她都不在乎。

一片烏雲掩來，掩去了星光月色。

沈璧君忽然發覺自己竟迷失了方向！

蕭十一郎倒在牆角下，喘息著。

他眼雖是瞇著的，似已張不開，但目光卻很清澈。

他的酒終於醒了。

酒不醒反而好些，酒一醒，他忽然覺得全身都痛苦得彷彿要裂開——酒，已化爲冷汗流出。

屠嘯天仰面大笑道：「現在只怕真連三尺童子都能割下他的腦袋了。」

趙無極微笑道：「既是如此，就讓在下來動手吧！」

屠嘯天忽然頓住笑聲，道：「且慢。」

趙無極皺了皺眉，道：「還等什麼？」

屠嘯天笑道：「是我殺了他，怎敢勞動掌門人去割他的腦袋。」

趙無極仰天大笑了幾聲，道：「想不到屠兄近來也學會用劍了。」

屠嘯天怔了怔，冷冷道：「我已老朽，已無心再去學劍，好在這管旱煙，也未必就比劍不中用？」

趙無極悠然笑道：「這人致命的傷口，明明是劍傷，無論誰都可看得出來，屠兄使的若不是劍，這劍傷是哪裡來的呢？」

屠嘯天臉色變了變，冷笑道：「若非老夫那一拳，這一劍只怕再也休想沾著他的衣裳。」

厲剛突也冷笑了一聲，道：「若非他早已受了內傷，閣下的頭顱，只怕也已和這煙斗一樣了。」

海靈子冷冷道：「人家站在那裡不動，他居然還有臉出手，這樣的君子，倒也少見得很！」

厲剛怒道：「你有何資格說話？你可曾沾著他的毫髮？」

海靈子厲聲道：「至少我並未乘人之危，撿人便宜。」

突聽蕭十一郎長長嘆了口氣，喃喃道：「看樣子，我這腦袋必定值錢得很，否則這些人怎會你搶我奪，就像狗搶骨頭似的？」

四個人臉上陣青陣白，誰也說不出話來。

蕭十一郎道：「我正頭疼得要命，有人能將它割下來，我正求之不得，你們有膽子的，就來拿吧！」

他忽然向屠嘯天笑了笑，道：「但你現在真有把握能割下我的腦袋麼？……你爲何不來試試？」

屠嘯天臉色發白，竟不由自主後退了半步。

蕭十一郎目光移到趙無極身上，道：「你呢？你方才搶著動手的，現在爲何不來了？」

趙無極的手緊握著劍柄，掌心已沁出了冷汗。

蕭十一郎喘息著，道：「海南劍派門下，素來心黑而無膽，想必是不敢出手的了。」

海靈子氣得發抖，但掌中的劍還是不敢刺出。

百足之蟲，死而不僵，獅虎垂危，猶有餘威。

蕭十一郎道：「至於你……」

他目光忽然刀一般盯在厲剛臉上，冷笑道：「你這『見色不亂』的真君子，我早已看透你了，你現在只要敢再往前走一步，我就要你立刻死在我腳下！」

厲剛鐵青著臉，滿頭冷汗涔涔而落，但兩隻腳卻生像已被釘在地上，再也無法向前移動半步！

蕭十一郎忽又大笑起來。

趙無極忍不住問道：「你笑什麼？」

蕭十一郎道：「我笑的是你們這四個無膽的匹夫！」

他大笑著接道：「其實我這頭顱早已等著你們來割了，你四人無論誰來下手，我都已無力反抗，只可笑你們竟無一人有此膽量！」

四個人面上陣紅陣白，竟被罵得抬不起頭來！

蕭十一郎道：「我這頭顱雖已等人來取，但憑你們這四人，還不配！」

他忽然抽出了腰畔的刀，仰面長笑道：「蕭十一郎呀蕭十一郎呀，想不到你這顆大好的頭顱，竟無人敢來一割，到頭來還得要你自己動手！」

趙無極忽然喝道：「且慢！」

蕭十一郎喘息著，大笑道：「你現在再想來割，已來不及了。日後江湖中人總有一日會知道，蕭十一郎只不過是死在自己手上的！你們這四位大英雄、大俠客，竟只能在旁邊瞧著。」

趙無極淡淡道：「我們本就不是什麼英雄豪傑，若非早已知道你已爛醉如泥，也許根本就不敢到這裡來。」

蕭十一郎道：「這話倒不錯。」

趙無極笑了笑，道：「但我們怎會知道你在這裡？又怎會知道你醉了呢？」

蕭十一郎臉色突然變了，厲聲道：「你怎會知道的？」

趙無極悠然道：「這是誰告訴我們的，你難道還想不出？」

他冷笑著接道：「連夫人早已將你恨之入骨，要我們來將你亂刀分屍，所以才先灌醉你，只可笑你還捧著她的金釵，自我陶醉，你豈非比我們還要可笑得多？」

蕭十一郎忽然狂吼一聲，撲了上去！

他傷口上的血本已凝結，這一用力，傷口就又綳裂，鮮血一股股標了出來。

但這一刀之威，仍是勢不可當。

趙無極揮劍迎了上去，「叮」的一聲，他虎口已被震裂，掌中劍竟也把持不住！

他整個人都被這一刀震麻了，兩腿一軟，跌了下去。

蕭十一郎的第二刀已又砍下。

趙無極心膽皆喪，再也顧不得什麼身分氣派，就地一滾，滾出了七八尺，「砰」的撞在櫃台角上，額角立刻被撞出了個大洞。

蕭十一郎已又追了過來。

趙無極魂都嚇飛了，只見他刀已揚起，突然「噹」的落在地上，他身子搖了搖，也隨著倒下。

請續看《蕭十一郎》下冊

古龍精品集 46

蕭十一郎（上）

作者： 古龍
發行人：陳曉林
出版所：風雲時代出版股份有限公司
地址：10576台北市民生東路五段178號7樓之3
電話：(02) 2756-0949　　傳真：(02) 2765-3799
封面原圖：明人出警圖（原圖爲國立故宮博物館典藏）
封面影像處理：風雲編輯小組
執行主編：劉宇青
行銷企劃：林安莉
業務總監：張瑋鳳
出版日期：古龍80週年紀念版2019年1月
ISBN：978-986-146-534-0

風雲書網：http://www.eastbooks.com.tw
官方部落格：http://eastbooks.pixnet.net/blog
Facebook：http://www.facebook.com/h7560949
E-mail：h7560949@ms15.hinet.net
劃撥帳號：12043291
戶名：風雲時代出版股份有限公司

風雲發行所：33373桃園市龜山區公西村2鄰復興街304巷96號
電話：(03) 318-1378　　傳真：(03) 318-1378
法律顧問：永然法律事務所 李永然律師
北辰著作權事務所 蕭雄淋律師

行政院新聞局局版台業字第3595號 營利事業統一編號22759935

定價：240元　

國家圖書館出版品預行編目資料

蕭十一郎／古龍作. -- 再版. --臺北市：
風雲時代，2009.03
冊； 公分
ISBN: 978-986-146-534-0（上冊：平裝）. --
ISBN: 978-986-146-535-7（下冊：平裝）. --
857.9　　98002389